가문형 新무협 판타지 소설
FANTASTIC ORIENTAL HEROES

대인배 5

김문형 新무협 판타지 소설

초판 1쇄 찍은 날 § 2008년 2월 15일
초판 1쇄 펴낸 날 § 2008년 2월 25일

지은이 § 김문형
펴낸이 § 서경석

편집장 § 문혜영
편집책임 § 문정흠

펴낸곳 § 도서출판 청어람
등록번호 § 제1081-1-89호
등록일자 § 1999. 5. 31
어람번호 § 제2-1423호

주소 § 경기도 부천시 원미구 심곡1동 350-1 남성B/D 3F (우) 420-011
전화 § 032-656-4452 팩스 § 032-656-4453
http://www.chungeoram.com
E-mail § eoram99@chollian.net

ⓒ 김문형, 2007

ISBN 978-89-251-1188-9 04810
ISBN 978-89-251-0893-3 (세트)

대인배
大人輩
김문형 新무협 판타지 소설
FANTASTIC ORIENTAL HEROES
5
[완결]
도서출판 청어람

目次

大人輩

第三十三章

재개된 비무대회

중원 최고의 도시인 개봉.

그 개봉의 외곽에서 남쪽으로 이어진 관도에는 때 아닌 진풍경이 연출되고 있었다.

바로 팔백 명이 넘는 개방 거지들이 오와 열을 엄정히 맞추어 행진하는 모습이었다.

유청은 거지들 행렬의 선두에 서서 걸어갔다.

개방의 임시 방주가 되었으니, 맨 앞에서 무리를 이끄는 것이 당연했다.

송막과 다른 장로들이 옆에서 유청을 호위했지만, 방주에게 예를 갖추기 위해서 다들 세 걸음씩 떨어져서 따라오고 있었다.

팔백 명의 개방 거지를 이끌고 당당히 길을 걷는 유청!

그는 절로 어깨가 으쓱해졌다.

'남자가 중원무림에 발을 들여놓았는데 이 정도 감투는 써야 되지 않겠어?'

어제까지만 하더라도 천한 거지들의 왕초가 되는 것이 죽기보다 싫었던 유청이다.

하지만 관제묘에서 본 개방 거지들의 일사불란한 모습에 어느새 마음이 바뀌었던 것이다.

'개방이 상거지들 소굴인 줄만 알았는데, 다시 보니까 다른 구대문파와 비교해서 하나도 꿇릴 게 없구나.'

그랬다.

위계질서가 잘 갖추어진 모습.

상명하복에 엄격한 명령 체계와 그 명령에 일사불란하게 움직이는 거지들.

게다가 그런 거지가 하나둘도 아니라 팔백이 넘지 않는가?

유청은 질서정연하게 뒤를 따라오는 거지들을 흘낏 바라보며 생각했다.

'소림이나 무당한테 무공으로 대결하면 뒤질지는 몰라도 쪽수로는 오히려 이기겠구나. 개방 방주 노릇도 생각보다 그럭저럭 할 만한데?'

그런 생각이 들자, 절로 콧대가 높아지고 어깨가 으쓱해졌다. 발걸음 역시 마치 구름을 밟는 것처럼 가벼웠다.

그때였다.

길옆에서 사람들이 수군거리는 소리가 들렸다.

"이게 뭔 냄새야?"

"저기 거지 새끼들한테서 나는 거 아냐?"

"젠장할, 더럽게도 많네! 중원 거지가 다 모였나? 어쩐지 생선 썩는 내가 넘쳐 난다 했지."

관도를 따라 개봉으로 올라가던 사람들은 코를 쥐어 막으며 거지들을 피해 멀리 돌아갔다.

거지가 하나둘만 있어도 코를 틀어막을 판인데 팔백이 넘으니 그 냄새가 오죽하랴!

평소라면 유청 역시 숨을 쉬지 못했을 것이나.

하지만 하룻밤을 거지들과 지내는 통에 악취에 조금은 익숙해져 있던 것이다.

게다가 바람이 맞은 편에서 불어와서 맨 앞에 있는 유청은 그런대로 참을 만했다.

유청은 사람들을 째려보며 속으로 일갈했다.

'거지들이 냄새 나는 게 당연하지, 뭘 그리 쳐다보냐? 더러운 게 싫으면 알아서 피해가든지!'

그것으로 끝나지 않았다.

사람들은 길옆으로 피해가면서 유청을 힐끔 쳐다보며 고개를 저었다.

"저놈이 거지 놈들 왕초인가?"

"맨 앞에 있으니 왕초가 맞겠지."

"쯔쯔, 나이도 어린 놈이 할 게 없어서 밥 빌어먹고 사나? 싹

이 노랗구나, 노래!"

그 말을 들은 유청은 발끈했다.

그러나 달리 반박할 말이 없었다. 아니, 할 말이 있다고 해도 할 수 없는 상황.

'쌍! 이놈의 거지 왕초, 내 단물만 빼먹고 당장에 때려친다!'

유청이 속으로 몇 번이고 곱씹으며 다짐했다.

유청은 거지들 팔백 명과 함께 관도를 따라 남쪽으로 내려갔다.

먼저는 죽을 힘을 다해 도망쳤던 관도.

그러나 그때는 지금 상황과 달랐다.

그때는 무당일봉 소영영이라는 중원무림 최고의 미녀가 옆에 있었으니, 도망치면서도 힘든 줄을 몰랐었다.

하지만 지금은 냄새 나는 거지들과 함께이니, 시간이 갈수록 짜증만 났다.

유청은 불만이었다.

'일이십 명만 따라오면 될 것이지, 팔백 전부가 와서 뭐 하려고 그러냐?'

거지들 팔백 명을 전부 데리고 무당산에 가는 것은, 실은 송막이 낸 제안이었다.

송막은 유청을 보호하려면 팔백 명의 거지들이 언제든지 타구진을 펼칠 수 있어야 한다는 논리를 펼쳤다.

송막은 어디까지나 제안이라고 말하고 겸양을 부렸다.

하지만 개방의 실세와 다름없는 장로 송막의 말이다.

유청으로서 대놓고 반대할 수 없지 않은가?

결국 유청은 임시 방주의 신분으로 팔백 거지의 호위를 받으며 무당산으로 가는 셈이 되었다.

유청이 답답해서 길가의 돌을 발로 차며 걸어갈 때,

송막은 그 뒤에서 슬며시 미소를 짓고 있었다.

송막은 유청이 불만을 품은 것을 익히 알았으나 개의치 않았다.

그는 생각했다.

'무당 장문인 장평이 급하게 무림맹대회를 재개하는 것에는 필히 어떤 이유가 있을 것이다. 그런 판에 개방이 약한 면모를 보인다면, 앞으로 재편될 무림의 새로운 질서에서 뒷줄에 서게 될지도 모른다.'

송막이 개봉에 모인 팔백 명의 거지들을 남김 없이 끌고서 무당산으로 향한 것에는 그러한 속셈이 숨겨져 있었다.

'무공으로 안 되면 쪽수라도 많아야 하는 법.'

물론 구대문파의 절정고수를 상대로 하여 어설픈 인원수는 도움이 되지 않았다.

송막도 그 사실을 잘 알았다.

'지금은 오대세가에 잠시 세가 밀렸다고는 하나, 부자가 망해도 삼 년은 간다고 했다. 구대문파의 절정고수라면 강호의 웬만한 삼류 무사들은 일당백으로 맞아도 쉬이 상대해 내

겠지.'

하지만 개봉에 모인 팔백 명의 거지들도 만만치 않았다.

드넓은 중원에서 한다 하는 거지들을 추리고 추려 뽑은 팔백 명.

송막은 자신이 있었다.

'내공의 깊이와 초식의 정묘함에서는 뒤질지 모르나, 쌈박질에는 도가 튼 게 거지다.'

이미 기기괴괴한 타구진으로 구대문파의 하나인 공동의 장문인 왕철심과 그를 따르는 무당 제자들을 무력화시키지 않았는가.

송막은 내친 김에 팔백 거지들을 이끌고 무당산에서 개방의 위세를 단단히 떨치리라고 계획한 것이다.

'전임 방주는 명을 다했고 꼭두각시 임시 방주가 내 손안에 있으니, 중원무림을 먹을 날도 이제 멀지 않았다.'

송막은 팔백 명의 거지들을 바라보며 회심의 미소를 지었다.

팔백 명의 개방 거지들과 함께 관도를 내려온 지 두 주가 지났다.

유청 일행은 무당산에 도착했다.

잘 닦여진 관도를 따라 내려왔으니, 평소라면 훨씬 일찍 도착했어야 됐다.

그러나 팔백 명이 넘는 대인원이 움직이느라 자연히 시간이

지체된 것이다.

유청은 구름에 둥글게 둘러싸여 있는 무당산의 봉우리를 보자 새삼 감회가 새로웠다.

늙은 거지 장 형, 그러니까 개방 방주 홍욱을 따라 처음 무당산에 왔을 때만 해도 강호의 무명소졸에 불과했던 자신이 아닌가.

그러나 비무대회에서 당당히 팔강에 올라 이름을 떨쳤으니, 그때와 지금의 자신은 천지 차이가 난다고 할 수 있었다.

또한 중원무림의 최고 미녀인 소영영도 자신을 마음에 두고 있는 눈치다.

무당산에 오지 않았다면 절대 불가능했을 일들.

그런 생각을 하고 있자니, 문득 홍욱에게 고마운 생각이 들었다.

홍욱이 아니었다면 비무대회 참가도, 소영영과 만날 일도 없었을 테니 말이다.

유청은 포권을 하며 생각했다.

'고맙소이다. 장 형 덕분에 이런 호사를 누리는구려.'

만약 홍욱이 살아서 옆에 있었더라면 고마워하는 눈치를 절대 보이지 않았을 유청이다.

하지만 지금은 그가 죽고 없으니, 마음이 풀어져서 흔쾌히 사의를 표한 것이다.

무당산에 오르는 길은 전처럼 번잡하지 않았다.

무림맹대회가 한 번 중단됐다가 재개된 탓이었다.

중원의 무림인들이 전보다는 아무래도 적게 모였기 때문이다.

또한 팔백 명의 거지들을 이끌고 오느라 구파일방에서 개방이 제일 늦게 도착한 까닭도 있었다.

하지만 중원무림인들이 전부 모이는 무림맹대회이니만큼, 여전히 무당산을 오르는 길에는 사람들의 줄이 끊이지 않고 있었다.

그중에는 유청을 알아보는 이도 적지 않았다.

비무대회 팔강에 오르기까지 가장 많이 화제를 뿌렸던 유청이니, 당연한 일이었다.

사람들은 유청을 보며 얘기했다.

"저기, 혹시 강북일협 아냐?"

"어, 정말이네? 강북일협은 도학 진인 살수로 지목되지 않았나? 어떻게 다시 무당산에 왔지?"

"이 사람, 소식통 한 번 느리구만. 무당 장문인이 이미 전 무림에 살수는 따로 있다고 공표한 것도 모르는가?"

"그렇구먼. 그럼 강북일협이 다시 온 이유는……."

사람들은 유청을 보며 생각했다.

'강북일협이 비무대회가 재개되면 우승을 하기 위해 다시 무당산에 왔다!'

유청은 사람들이 자신을 보며 놀람과 감탄의 표정을 짓자 어깨가 절로 으쓱해졌다.

'크크크, 나도 이제 중원무림의 유명인사가 됐구나.'

유청은 턱을 살짝 치켜들고 등을 꼿꼿이 했다.

'팔소호 삼소봉도 이겼겠다, 이제 당당한 무림 명숙이 됐는
데 몸가짐에 좀 더 신경 써야 되지 않겠어?'

그때, 길옆에서 어떤 이의 목소리가 들렸다.

"근데 강북일협이 뭐가 아쉬워서 거지가 됐지?"

순간, 유청은 정신이 번쩍 들었다.

아니나 다를까, 여기저기서 수군거리는 소리가 들렸다.

"그러게 말야? 개방에라도 들어갔나?"

"개방도가 됐다면 그냥 거지는 아니잖아? 출세한 거 아냐?"

그 말에, 주위 사람들이 말한 이에게 핀잔을 줬다.

"그걸 말이라고 하냐!"

"개방이고 뭐고 간에 거지가 거지지, 무슨 놈의 출세냐!"

"그, 그런가?"

"그렇고 말고!"

말을 꺼냈던 자는 풀이 죽어서 고개를 숙이고 조용히 산을
올라갔다.

유청은 어이가 없었다.

'이놈들아, 그냥 거지가 아니라 당당한 개방 방주가 됐단 말
이다!'

유청의 허리춤에는 개방 방주임을 나타내기 위해 아홉 개의
매듭이 묶여 있었다.

하지만 아무도 매듭에 신경 쓰지 않았다.

만약 구대문파의 제자가 개방도를 만났다면 먼저 매듭이 몇 개인지부터 살폈을 것이다.

그러나 무소속인들은 유청이 거지가 됐다는 사실만 주목하느라 매듭에는 신경 쓰지 못했다.

그러자 처음에는 부러운 눈빛으로 유청을 보던 사람들이 어느새 피식거리며 실소하기 시작했다.

그들의 생각은 동일했다.

'강북일협도 급했구나. 하고많은 문파 중에 하필 갈 데가 없어서 개방에 들어갔다니……!'

사람들 머릿속을 모를 리 없는 유청은 똥 씹은 얼굴이 되었다.

'빌어먹을! 내 비무대회에서 우승하자마자 이딴 거지짓 때려치운다!'

그때, 유청은 고개를 돌리다가 송막과 눈이 마주쳤다.

'헉!'

유청은 얼른 담담한 미소를 지으며 목례를 했다.

그리고 속마음이 들키지 않게 슬며시 고개를 돌렸다.

유청은 구파일방의 숙소가 있는 곳에 도착했다.

무소속인들의 거처는 전에 왔을 때보다 사람이 조금 줄어 있었다. 하지만 구파일방 숙소에는 여전히 사람이 많았다.

유청은 송막에게 슬쩍 말을 걸었다.

"갑작스레 재개된 무림맹대회인데 사람이 크게 줄은 느낌은 나지 않는군요?"

송막은 살짝 고개를 숙이며 대답했다.

"당연한 일이지요. 무당 장문인이 구파일방에게만 전갈을 보냈을 테니까요."

"그런가요?"

"예. 구파일방의 세는 이미 무림맹대회가 시작할 때 확고히 했으니, 지금 와서 무당 장문인이 강호의 무명소졸을 반길 리 없겠지요."

"……"

송막의 말은 적나라했다.

'이놈, 무당 장문인한테 무슨 원한이라도 있나?'

생각해 보니, 장평에게 앙심을 품은 것은 자신도 마찬가지였다.

송막이 말했다.

"어찌 됐든, 무림의 소수정예가 모였으니 제대로 된 무림맹대회는 이제 시작됐다고 볼 수 있겠군요."

송막의 말에, 유청은 정신이 번쩍 들었다.

그들은 구파일방 숙소를 지나쳐서 산을 돌아 반대편에 있는 개방 숙소로 향했다.

무당 제자 하나가 앞에 서서 숙소로 안내했다.

그런데 숙소가 보이자 무당 제자는 더 이상 가지 않고 멈춰서서 말하는 게 아닌가?

"그럼 편히 쉬시지요."

그리고는 부리나케 몸을 돌려 가버렸다.

마치 도망치는 듯한 모습.

유청은 생각했다.

'왜 저래? 개방 숙소에 못 볼 거라도 있나?'

열 걸음도 더 걷기 전에 유청은 무당 제자가 황급히 도망친 까닭을 깨달았다.

개방 숙소가 아직 멀리 떨어져 있는 데도 풍겨오는 냄새에 숨을 쉬기가 곤란했던 것이다.

'크억!'

그때서야 홍욱이 예전에 했던 말이 떠올랐다.

"개방 숙소가 어떤지 아느냐? 좁은 방에 거지 수십, 수백 명이 들어앉아 있어서 이와 벼룩이 들끓고 냄새가 진동한다, 이놈아!"

개방 숙소는 중원 천지에서 모인 거지들이 뒹구는 바람에 악취가 풍겨서 무당 제자들이 기피하는 금지(禁地)가 된 지 오래였던 것이다.

'미치겠네. 들어가기도 전에 숨이 막히는데 저기서 어떻게 잠을 자냐?'

다행히 유청은 악취가 진동하는 곳들을 피해서 그나마 가장 깨끗한 건물에 묵을 수 있었다. 장로들 대다수가 정의파(淨衣

派)였기 때문이다.

유청은 임시 방주의 신분이니 장로들과 함께 묵는 게 당연했다.

그렇게 하룻밤이 지나갔다.

다음날 아침.

무당 제자가 연락을 알리러 왔다. 그가 눈에 익은 송막에게 말하려 하자, 송막은 유청을 가리키며 말했다.

"이분이 개방의 신임 방주이시오. 이분에게 말씀드리시오."

송막의 말에 무당 제자는 유청을 돌아보다가 화들짝 놀라며 입을 딱 벌렸다.

"다, 당신은… 강북일협 대인배?"

"흠흠, 그렇소만."

유청은 헛기침을 하며 대답했다.

그런데 무당 제자의 얼굴이 이상했다.

처음에는 놀란 얼굴이다가, 이내 빙그레 웃는 얼굴이 되는 것이 아닌가?

예전 같았다면 한마디 내뱉었을 유청이다.

하지만 꾹 참았다.

'이제 당당한 무림 명숙의 일원이 됐으니 언행에도 신경 써야 된다.'

무당 제자는 웃음을 참으며 말했다.

"개방 방주와 장로 분들께서는 비무장으로 오시라는 명입니다."

"알았소."

무당 제자는 말을 마치자마자 급히 몸을 돌려 달려갔다.

유청은 몰랐지만, 얼마 있지 않아 대회 진행을 맡은 무당 제자들 사이에는 소문이 파다하게 퍼졌다.

'강북일협 대인배가 비무대회에 이어서 개방까지 접수했다!'

유청은 아침을 먹고 나서 송막과 다른 장로들과 함께 비무장으로 향했다.

비무장 주변은 전에 왔을 때보다는 비교적 사람 수가 줄어들어 있었으나, 여전히 복잡했다.

유청이 비무장에 나타나자 무당 제자들은 물론, 다른 구파일방인들이 일제히 고개를 돌려 쳐다봤다.

강북일협 대인배가 누군가?

무림에 홀연히 출현하여 단 일 초식만으로 비무대회 팔강에 오른 강호의 무명소졸이 아닌가.

그런데 그것도 모자라 이번에는 개방의 신임 방주가 돼서 나타났으니, 사람들의 화제가 된 것도 당연했다.

유청은 송막과 함께 단상에 올라갔다.

비무장의 맨 윗자리에 위치한 단상이 어떤 자리인가?

구파일방의 장문인들과 그에 달하는 무림 명숙이 아니라면 감히 발을 들일 수 없는 무림의 상석이 아닌가.

유청은 감개가 무량했다.

'오대세가만은 못하다 해도, 구파일방이 어디냐? 암, 옛말에 쇠꼬리가 될 바에야 닭 머리가 낫다란 말도 있잖아?'

단상에 오르던 유청은 주영취와 눈이 마주쳤다.

주영취는 잔뜩 불만을 품은 얼굴이었다.

'단상에는 내가 올라갔어야 할 차례였다!'

하지만 유청은 피식 웃으며 속으로 대답했다.

'억울하면 너도 출세하든지!'

그러다가 단상 옆에 구파일방 제자들의 자리가 있다는 것이 생각났다.

유청은 눈을 돌려 소영영을 찾았다. 하지만 소영영은 진수향과 나란히 앉아서 담소에 정신이 없었다.

유청은 답답했다.

'하여간에 여자들은 수다만 떨면 정신이 없다니까. 여기 좀 봐라!'

그러나 소영영은 돌아보지 않았다.

참다 못한 유청은 전음을 보냈다.

"소저, 내가 왔소."

소영영은 고개를 돌려 유청을 봤다.

"응, 왔어?"

그리고는 다시 고개를 돌려 진수향과 얘기를 계속하는 게 아닌가?

유청은 어이가 없다가 곧 화가 치밀어올랐다.

'지아비가 먼 길을 찾아왔는데 인사가 말 한마디로 끝이냐?

어느새 유청도 주영취처럼 소영영과 혼사를 치른 사이처럼 착각하고 있었다.

유청이 소영영에게 정신을 팔고 있자 뒤에서 송막이 말했다.

"얼른 올라가시지요."

유청은 하는 수 없이 소영영에게 이렇다 할 말 한마디 건네지 못하고 단상으로 올라갔다.

유청이 단상에 오르자, 구파일방 명숙들의 시선이 일제히 유청에게 꽂혔다.

이미 오래전에 절정고수의 반열에 오른 그들이 동시에 시퍼런 안광을 뿜어내자 유청은 자기도 모르게 움찔했다.

그러나 이를 앙물고 참았다.

'내가 저놈들에게 꿀릴 게 뭐 있나?

유청은 좌중을 돌아보며 조용히 서장내공심법에 따라 진기를 전신의 혈도로 운용했다. 그러자 오금이 저리며 다리가 후들거리던 게 깜쪽같이 사라졌다.

그때였다.

한 인영이 앞으로 나오며 일갈했다.

"여기가 어디인 줄 알고 감히 강호의 무명소졸이 올라오는 것이냐?"

그는 바로 화산 장문인 신선검 풍조학이었다.

유청은 속으로 발끈했지만 꾹 참았다.

'여기서 맞상대하면 나만 손해다.'

송막이 옆에서 나오며 말했다.

"말씀을 삼가하시오. 이분은 새로 개방의 용두방주에 오르신 분입니다."

"뭐, 뭐라?"

풍조학이 어이없다는 얼굴로 말했다.

풍조학뿐만 아니라, 단상 위에 있던 다른 구대문파의 장문인들도 놀란 표정이다.

유청은 포권지례를 하며 낭랑한 목소리로 말했다.

"개방의 신임 방주 유청이 인사드립니다."

유청이 당당하게 인사를 하자 풍조학은 잠깐 머뭇거리더니 다시 자리로 돌아갔다.

그는 생각했다.

'저런 시정잡배가 방주라니! 그러길래 거지 패거리 따위는 진작에 구파일방에서 빼버려야 되는 거였는데… 쯔쯔!'

풍조학처럼 분개하는 이가 하나 더 있었다.

바로 공동 장문인 적수무적권 왕철심이었다.

왕철심은 유청을 잡으러 멀리 개봉까지 미친 듯이 추격했는데 개방의 타구진에 막혀서 빈손으로 돌아오는 바람에 망신살이 뻗친 터였다.

그런 그가 유청을 곱게 볼 리 없었다.

'그때 내 손으로 저놈을 잡았어야 했는데… 후환이 생기고

말았구나.'

타 문파의 장문인들이 모두 자신을 쏘아보자, 유청은 짜증이 났다.

강호의 무명소졸과 함께 자리하는 것이 못마땅하다는 얼굴들.

유청은 속으로 일갈했다.

'왕후장상의 씨가 따로 있냐? 나도 당당한 개방 방주다!'

장문인들 중에 유청에게 따가운 눈빛을 던지지 않는 이는 단 두 명뿐이었다.

바로 소림 방장 무혜와 무당 장문인 장평이었다.

소림 방장 무혜는 개방 방주 홍욱과 도학 진인이 유청을 도운 사실을 알고서 어느 정도 사정을 짐작하고 있었다.

무혜는 담담한 미소를 띤 얼굴로 유청을 보며 합장했고, 유청도 그에 답하여 포권했다.

유청과 송막이 자리를 찾아 앉자, 장평이 일어서서 단상 앞으로 나간 다음 말했다.

"모든 무림 동도는 들으시오!"

절정고수인 그가 진기를 돋워서 말하자 목소리는 비무장 구석구석까지 똑똑하게 울려 퍼졌다.

"도학 진인 암살을 꾀하던 살수의 정체를 밝혀냈소! 그는 바로 비무대회 팔강에 올랐던 삼권무적 동문이란 자요! 따라서 강북일협 대인배 유청은 무죄임을 선언하는 바이오!"

비무장에 운집한 사람들이 대번에 술렁거렸다.

"그 겁쟁이 동문 놈이 살수였단 말야?"

사람들은 뜻밖의 사실에 놀라며 입을 다물지 못했다.

반면 구파일방인들은 이미 장평이 보낸 전갈을 보고 사정을 알고 있었기 때문에 크게 동요하지 않았다.

장평의 말이 이어졌다.

"또한 강북일협 대인배 유청이 개방의 신임 방주가 되었다고 하오!"

"……!"

그 말에 사람들은 대경실색했다.

무당 제자가 소문을 퍼뜨리긴 했으나 자기들 사이에서 쉬쉬하며 말이 오갔을 뿐, 다른 무소속인에게까지 소문이 퍼지지는 않았기 때문이다.

잠깐 쥐 죽은 듯이 조용하던 비무장에 갑자기 커다란 함성이 터졌다.

"와아아아!"

"강북일협 대인배, 감축드리오!"

안 그래도 비무대회에서 무소속인들의 설움을 대변했던 유청이다. 때문에 무소속인들은 갑작스런 소식에 놀라면서도 동시에 기쁨의 함성을 지른 것이다.

유청은 자리에서 일어나 포권을 하며 감사 표시를 했다.

단상 위에 있는 장문인들은 눈앞에 벌어지는 광경에 눈살을 찌푸렸다.

강호의 일개 무명소졸이 비무대회의 화제를 독차지했을 때도 불만이었는데, 갑자기 나타나서 개방의 신임 방주가 되었다니 기분이 좋을 리가 없었다.

그들은 생각했다.

'도대체 일이 어떻게 돌아가는 것이냐? 노동일심 홍욱은 어디 가고 웬 듣도 보도 못한 잡놈이 신임 방주란 말이냐?

그 물음에 답하듯이, 유청은 좌중을 향해 말했다.

"전임 방주께서 갑자기 유명을 달리하셨습니다. 해서, 부족하나마 제가 잠시 개방 방주 직을 맡게 되었지요."

유청은 '잠시'라는 말을 슬쩍 집어넣어서 방주 직을 언젠가는 때려치우겠다는 뜻을 드러냈다. 하지만 송막은 그것을 아는지 모르는지 별다른 기색이 없었다.

유청이 인사를 마치고 자리에 앉자, 장평이 말을 계속했다.

"살수의 정체도 알아냈고 개방의 신임 방주가 무죄임이 밝혀졌으니 응당 비무대회를 재개해야 할 것이오."

"와아아아!"

사람들이 다시 한 번 환호성을 터뜨렸다.

구파일방에 소속되지 않은 이들이 무림맹대회에 온 이유가 무엇이겠는가?

운 좋게 무림에서 연줄이 생길지도 모른다는 기대를 빼면, 바로 무공 구경을 하는 게 목적이 아니겠는가.

때문에 비무대회가 재개된다는 말에 커다란 함성이 쏟아진 것이다.

장평이 말했다.

"지금은 비무대회를 재개하여 우승자를 선출하는 것이 시급하오. 그다음, 우승자의 문파를 중심으로 하여 당금 무림에서 벌어지고 있는 기사(奇事)를 해결해야 한다는 것이 현 무림맹주이신 도학 진인의 명이시오."

비무대회가 재개된다는 말에 들떠 있던 사람들은 그 말에 고개를 갸웃했다.

"무림에 벌어지는 기사? 그게 뭐지?"

"낸들 알 수 있나."

유청은 송막에게 슬쩍 물었다.

"기사? 그게 뭡니까?"

"저도 모르겠군요. 의심가는 구석이 있기는 한데……."

"예?"

송막은 다음 말을 전음으로 보냈다.

"실은 이번 무림맹대회가 열리기 전에 개방을 제외한 구대문파가 은밀히 연락을 주고받았다고 합니다."

"그런 일이 있었군요. 한데 왜 개방만 뺐답니까?"

"그건 아직 모르겠습니다."

"혹 개방을 음해하려는 건 아닙니까?"

"그런 것 같지는 않습니다."

유청과 송막의 전음 대화가 이어지자, 옆에 앉아 있는 아미장문인 청송 사태가 고개를 돌려 그들을 쳐다봤다.

조심스레 건넨 전음이지만 절정고수인 청송 사태는 금세 낌새를 눈치 챘던 것이다.

하지만 유청과 송막은 무슨 일이 있었냐는 듯한 얼굴로 자연스럽게 대화를 중지했다.

실로 표정 관리에 도통한 두 천재의 합작이 아닐 수 없었다.

무당 제자 하나가 올라와서 장평에게 종이를 건넸다.

거기에는 비무대회 사강에 오른 자들의 이름이 적혀 있었다.

달랑 네 명의 이름이야 즉석에서 말해도 되지만, 비무대회의 격식을 차리기 위해 일부러 종이에 적게 한 것이다.

"비무대회 사강 명단을 말하기 전에 먼저 공표할 것이 있소. 팔강에 올랐던 무당의 영조명은 현재 행방을 알 수 없는 상황이오. 해서, 그는 자동 탈락이 결정되었소."

무소속인들은 물론, 단상에 있는 장문인들마저 서로의 얼굴을 보며 수군거렸다.

무당일룡 영조명.

무림에서 손꼽히는 후기지수인 팔소호 삼소봉의 수장이며, 이번 비무대회의 우승 영순위가 아니었던가.

그런 영조명이 행방이 묘연하다고 하니, 자연 사람들은 고개를 갸웃한 것이다.

영조명이 유청에게 비참하게 패배한 소문은 아직 무소속인들에게까지 퍼지지 않은 상태였다.

반면, 장문인들이 놀란 것은 그 사실 때문이 아니었다.

자신의 수족과도 같던 무당 제자가 행방불명되었는데도 말에 한 치의 흔들림이 없는 장평.

장문인들은 생각했다.

'무당군자검 장평의 부동심(不動心)은 과연 명불허전이구나.'

그들은 장평의 굳은 심지에 다시 한 번 혀를 내둘렀다.

장평은 이어서 비무대회 사강을 발표했다.

"아미풍검 청연, 청성 소면호 이산, 곤륜 흑발식귀 엄홍, 그리고… 개방 방주 강북일협 대인배 유청이오."

"와아아아!"

장평의 말이 끝나기가 무섭게 무소속인들의 함성이 터져 나왔다.

단상 주위에 있는 구파일방인들은 눈살을 찌푸렸다.

사강의 다른 세 자리는 예상대로 구파일방의 후기지수인 팔소호 삼소봉이 차지했다.

하지만 무소속인들이 응원하는 유청, 단 한 명 때문에 어쩐지 빛이 바래 보였기 때문이다.

그러나 대놓고 불평을 터뜨릴 수도 없었다.

사정은 모르나, 어찌 됐든 유청은 현재 구파일방의 한 축인 개방의 방주가 돼서 나타나지 않았는가.

유청을 욕한다면 구파일방을 욕하는 셈이 될 터이니, 누워서 침 뱉는 꼴이 된 것이다.

유청 역시 그 사실을 잘 알았다.

그는 똥 씹은 얼굴을 하고 있는 구파일방인들을 보며 생각했다.

'억울하냐? 억울하면 네놈들도 출세하면 될 거 아냐?

장평은 명단 발표를 끝낸 다음 무당 제자에게 고갯짓을 했다. 그러자 무당 제자가 아미풍검 청연에게 가서 단상에 오르라고 말을 건넸다.

청연이 단상에 오르자 다른 무당 제자 하나가 작은 나무통을 들고 왔다.

장평이 청연에게 말했다.

"아미의 제자는 통에 든 이름표를 뽑아라. 그자가 그대의 사강 상대가 될 것이다."

즉석에서 자신의 비무 상대를 추첨하는 진행.

재개된 비무대회의 열기를 높이기 위해서 장평이 고안한 또 하나의 술수였다.

그의 예상은 옳았다.

사람들은 청연이 어떤 이름표를 뽑을지 궁금해했다.

"사강 비무 대진이 아미풍검의 고운 손에 결정나겠구나!"

"고운 손이라니, 아미풍검의 손속이 얼마나 매서운지 모르는 모양이군?"

"무공하고 아미풍검의 손이 고운 거랑 무슨 상관이냐?"

여기저기서 소란이 그치지 않는 와중에 사람들의 생각은 하나로 통일되었다.

'청연은 강북일협 유청을 뽑기를 원할 것이다!'

유청이 개방 방주의 신분이지만 얼마 전까지만 해도 강호의 무명소졸에 불과했으니만큼 다른 팔소호 삼소봉과 겨루는 것보다 나으리라는 생각에서였다.

그런데 사람들의 기대와는 달리, 청연은 좀처럼 통에 손을 넣지 않았다.

사람들은 어리둥절해서 단상을 쳐다봤다.

"왜 저러지? 뭘 망설여?"

뜻밖에도 청연은 이름표를 뽑지 않고 몸을 돌렸다. 그리고 단상 위의 장문인들을 향해 포권을 하며 말했다.

"구파일방의 장문인들께 아미의 제자가 감히 말씀드립니다. 저는 비무대회에서 기권하겠습니다."

"……!"

장문인들을 비롯하여, 비무장에 있는 모든 사람들이 입을 딱 벌렸다.

아미 장문인 청송 사태가 벌떡 일어서며 소리쳤다.

"애야, 그게 무슨 소리냐?!"

"말씀드린 대로입니다. 기권하겠습니다."

"네가 지금 제정신이냐? 도대체 연유가 무엇이냐?"

장문인의 질타에도 불구하고 청연은 흔들림 없는 얼굴로 말했다.

"저와 팔소호 삼소봉은 강북일협을 뒤쫓아 관도를 가던 중에 그와 비무를 하게 되었습니다."

"한데?"

"저와 영조명, 엄홍, 이산, 주영취, 진수향, 모두 여섯이서 강북일협과 소영영을 상대로 비무를 했습니다."

"그, 그랬느냐? 이미 아는 얘기는 군이 할 필요 없다."

관도에서의 일을 장문인들은 이미 알고 있었다.

하지만 그 사실을 일부러 꺼낼 필요는 없지 않은가?

청송 사태는 청연에게 눈짓을 하며 생각했다.

"청연아, 알았으니 그 말은 그만 해라."

하지만 젊은 여성답지 않게 대쪽같이 올곧은 성정의 청연은 장문인의 뜻을 알지 못하고 말을 이었다.

"강북일협 유청과 소영영은 각자 팔소호 삼소봉 세 명씩을 상대해야 했지요. 하나 그들이 이기고 저희가 패배했습니다."

"……!"

비무장은 충격에 휩싸였다.

청연은 사람들의 반응은 아랑곳 않고 말을 계속했다.

"강북일협은 저와 이산, 영조명을 상대하여 모두 이겼습니다. 또한 소영영의 상대였던 진수향도 그가 대신 상대하여 승리를 거뒀지요……."

청연은 계속해서 유청의 활약상을 가감없이 얘기했다.

유청이 어떤 수법으로 팔소호 삼소봉을 상대했는지, 무공 초식과 운신법과 내공심법에서 어떻게 우위를 점했는지를 모두 설명했다.

그녀의 말은 이렇다 할 미사여구는 없었으나 대신에 상황 설명이 정확해서 듣는 이로 하여금 비무를 직접 눈으로 보는 것 같은 느낌을 주었다.

사람들은 어느새 그녀의 얘기를 손에 땀을 쥐고 들었다.

"…강북일협은 우리 넷을 상대하여 승리한 후에도 지친 기색이나 내공이 소진된 기미를 보이지 않았어요. 저는 강북일협이 무공과 내공 수위에서 팔소호 삼소봉에 앞선다는 것을 인정하지 않을 수 없습니다."

청연이 비무 설명을 끝내자, 비무장은 잠시 정적에 잠겼다.

상평이 침묵을 깨고 말했다.

"하면, 네가 기권한다는 뜻은 강북일협에게 패배를 인정하겠다는 뜻이냐?"

"그렇습니다. 저는 다시 비무를 한다고 해도 그를 이길 수 없습니다."

사람들은 모두 입을 딱 벌렸다.

하지만 놀라움만이 클 뿐 이미 의문은 사라져 있었다.

아미풍검 청연이 스스로 비무를 포기하겠다는 말을 처음 들었을 때는 의아했으나, 그녀가 관도에서 벌어진 비무를 설명했기에 상황을 깨달은 것이다.

사람들은 수군거렸다.

"다시 싸워봐야 어차피 또 질 거란 뜻이지?"

"암, 그게 아니면 뭐겠어."

"어찌 되었든 여장부답구먼."

청연은 비무장의 관중들을 향해 포권을 하고는 단상을 내려갔다.

짝짝짝짝!

비록 멋진 비무를 선보이지는 못했으나, 명문정파답게 깨끗이 승복하는 청연에게 감복한 사람들은 뜨거운 박수갈채를 보냈다.

단 한 명, 청송 사태는 똥 씹은 얼굴이었다.

'저것이… 평소에도 꽉 막혀서 말귀를 못 알아듣더니 결국 사고를 치는구나!'

청송 사태는 수치감에 고개를 들 수 없었다.

다른 장문인들이 아미 제자의 경솔함을 탓할 것이 뻔하지 않은가?

그러나 청송 사태의 고민은 곧 해결되었다.

비무를 포기하는 자가 또 나타났기 때문이다.

청연이 단상을 내려가자, 뒤를 이어 다른 이가 나섰다. 그는 가벼운 몸놀림으로 단상 위에 올라와서 포권하며 말했다.

"나도 기권한다… 하겠습니다."

그는 바로 사강에 오른 다른 팔소호 삼소봉인 곤륜 흑발식 귀 엄홍이었다.

청연에 이어서 엄홍까지 비무 포기를 선언하자 장문인들의 얼굴이 어두워졌다.

곤륜 장문인 백발광귀 주식이 예의를 차리지 않고 말했다.

"네놈도 강북일협 머시기 놈을 못 이기겠다는 거냐?"

"그렇소. 나는 소영영하고 싸워서 졌소. 한데, 내 보기에 강북일협의 내공 수위는 소영영보다 한 수 위요. 싸워봤자 배만 고프고 질 게 뻔한데 뭐 하러 비무를 해야 되오?"

마치 강호의 무사들이 서로 막말을 하는 듯한 대화.

주식이 말했다.

"네놈, 기권하면 사흘 동안 밥 굶는 줄 알아라. 그래도 좋으냐?"

주식이 엄포를 놨지만, 엄홍은 주먹으로 가슴을 치며 말했다.

"사내대장부, 한 번 말한 것은 바꾸지 않소. 굶어도 상관없소. 밥 배불리 먹는다고 못 이길 상대를 이긴다는 법도 없소."

엄홍의 고집이 꺾이지 않자, 주식이 혀를 끌끌 차며 말했다.

"네놈 좋을대로 해라. 대신에 약속대로 사흘간 밥은 없다."

얘기가 끝나자 엄홍은 단상을 내려가더니 청연에게 다가가서 말했다.

"나, 엄홍, 먹는 것만 밝히는 식충이오. 하지만 오늘 그대에게 진심으로 감복했소. 명문 아미의 제자라면 억지로 떼를 써서라도 비무에서 이겨야 체면이 설 터인데, 그대는 속시원히 패배를 인정했소. 당금 강호에서 그대가 열 사내 합친 것보다 더 당당하시오!"

엄홍의 말이 끝나자 다시 한 번 관중석에서 박수갈채가 쏟아졌다.

"와아아! 둘 다 멋있다!"

엄홍은 아예 엄지까지 내밀면서 청연을 칭송했다.

말투는 어린애같이 서툴렀으나, 그의 말과 행동에는 진심이 담겨 있었다. 자연히 박수 소리는 더욱 커졌다.

잠시 후, 박수가 멈추자 사람들은 앞으로 상황이 어떻게 돌아가게 될지를 궁금해했다.

아미풍검 청연과 곤륜 흑발식귀 엄홍이 호연지기를 앞세워서 강북일협에게 패배를 시인한 것은 좋았다.

하나 그 때문에 사강에서 두 명이 탈락한 셈이다.

즉, 비무대회는 졸지에 사강이 아니라 결승이 된 것이 아닌가.

그 사실을 깨달은 사람들의 시선이 단상 옆에 있는 한 인영에게로 향했다.

아직 남아 있는 비무 사강자, 바로 청성 소면호 이산이었다.

사람들은 그를 보며 수군거렸다.

"그럼 어떻게 되는 거야? 소면호 이산이 강북일협 유청이랑 자웅을 가리는 건가?"

모두는 침을 꿀꺽 삼키며 이산의 반응을 기다렸다.

실은 이산은 사람들의 주목을 받기 전부터 상황이 지금처럼 돌아갈 것을 예측하고 있었다.

'다음 차례는 내가 되겠군.'

이산이 잠시 생각에 잠겨 있을 때, 단상 위에서 청성 장문인 석호가 이산에게 전음을 보냈다.

"잘되었다. 청성이 비무대회에서 우승할 절호의 기회가 아니고 무엇이냐?"

한껏 들떠 있는 석호의 목소리.

그러나 이산은 석호가 볼 수 없게 고개를 숙인 채로 피식 웃었다. 그리고 다시 엄숙한 표정을 지으며 고개를 들었다.

"글쎄요. 결승전이 열릴 것 같습니까?"

"당연한 일 아니냐? 청연과 엄홍이 기권했으니, 네가 비무대회에서 우승하는 일만 남지 않았느냐!"

"그렇게 되기는 힘들 것입니다."

"뭐라?"

석호의 반문에 이산은 쓴웃음을 지으며 말했다.

"제자가 이미 관도에서 강북일협에게 패했다는 것을 아시지 않습니까?"

"그게 무슨 상관이냐? 한 번 패배는 병가지상사라고 했다. 그때 당한 수모를 비무대회에서 설욕할 기회가 아니냐?"

이산은 고개를 흔들었다.

"아닙니다. 지금 비무장의 분위기를 보십시오. 모두가 청연과 엄홍의 처사에 감복하고 있지 않습니까?"

"그들과 네가 무슨 상관이냐?"

"상관이 있죠. 저는 그들과 함께 팔소호 삼소봉의 일원입니다. 강북일협을 추격하던 팔소호 삼소봉 여섯은 관도에서 그에게 패했습니다. 한데, 청연과 엄홍이 비무를 기권한 지금, 저 혼자만 계속 비무를 하겠다고 고집한다면 오히려 사람들은 저를 보고 기회주의자라고 손가락질할 것입니다."

"으음."

이산의 말이 정곡을 찔렀는지 석호는 신음을 흘렸다.

"게다가 자칫하면 돌이킬 수 없는 상황이 벌어질지 모릅니다."

"그건 또 무엇이냐?"

"만약 제가 결승전에서 또다시 강북일협에게 패한다고 가정해 보십시오. 그때는 저 혼자의 위신이 떨어지는 것을 넘어서, 청성의 명성에 누를 끼치는 결과를 낳겠지요."

"……."

이산의 논리정연한 말에 석호는 대답이 궁해졌다. 석호는 잠시 생각을 하다가 말했다."

"그럼 어찌하면 좋으냐?"

"별수 있겠습니까? 대세를 따를 수밖에요."

"알았다……."

고집 센 석호도 이번만큼은 이산의 말에 반대할 수 없었다.

이산은 생각했다.

'청성의 명성을 꼬투리로 내세우니까 장문인도 별말씀을 못하시는군. 장문인의 약점을 기억해 둬야겠다.'

이산은 자리에서 일어나 단상 앞으로 갔다. 그리고 몸을 돌려 좌중을 향해 포권했다.

사람들은 이산이 무슨 말을 할지 궁금해하며 눈을 반짝였다.

이산이 입을 열었다.

"청성 제자 이산은 아미와 곤륜의 제자가 결의한 뜻을 이어서 비무대회를 기권하겠습니다."

슬쩍 아미와 곤륜을 집어넣은 이산의 말.

어차피 일은 아미와 곤륜에서 터뜨린 셈이니, 후에 청성이 책임질 일이 없도록 하는 이산의 심계였다.

하지만 그것을 깨달은 자는 없었다.

사람들은 이산 역시 호쾌하게 패배를 시인하자 환호성을 질렀다.

"별호가 소면호인데 잔꾀를 부리기는커녕 명예를 아는구나! 다시 봤다!"

"팔소호 삼소봉이 무공만 대단한 줄 알았는데 언행도 제대로 박혔구나!"

상황은 이상하게 돌아갔다.

비무대회 사강에 오른 팔소호 삼소봉이 모두 기권했는데, 사람들은 오히려 그들의 의기로움을 칭찬하는 상황이다.

사정이 그러니, 단상 위의 장문인들은 화를 내고 싶어도 내지 못하는 처지가 되었다.

장문인들은 생각했다.

'한때 멋있게 보였다고 후에 남는 게 있을 것 같으냐? 시간이 지나면 결국 실리를 취한 자만 이득인 것을 왜 모르느냐? 팔소호 삼소봉이 젊은 혈기에 구파일방의 대사를 망치고 마는구나……'

그들은 똥 씹은 얼굴로 서로를 쳐다봤다.

'이제 어찌 하면 되겠소?'

'뭘 어쩌겠소? 비무대회는 파장난 거지.'

'아직 한 놈 남지 않았소?'

'에이, 설마……'

장문인들의 시선이 장평에게 모였다.

장평은 아무 감정도 드러내지 않은 얼굴로 단상 앞으로 나섰다. 그리고 진기를 돋워서 말했다.

"사강에 오른 자들 중에 아미, 곤륜, 청성의 제자가 기권을 했소."

비무장은 그야말로 쥐죽은 듯이 조용했다. 누군가의 침 삼키는 소리가 단상에까지 들릴 정도였다.

꿀꺽!

장평이 말했다.

"해서, 남아 있는 한 명, 강북일협 대인배 유청이 비무대회의 우승자가 된 것으로 하겠소."

"……!"

비무장은 충격에 휩싸였다.

문파와 소속에 관계없이 사람들은 입을 딱 벌리고 장평에서 눈을 떼지 못했다.

장평이 무언가 해결책을 마련했을 거라고 생각하던 장문인들도 경악해서 입을 다물지 못했다.

무슨 일이 있어도 얼굴 표정 관리, 도박면상을 철저히 지키던 유청마저 이번만큼은 입을 딱 벌렸다.

유청은 생각했다.

'내, 내가 우승자라고?'

비무대회 우승.

명문정파의 후기지수만이 올라설 수 있을 거라 생각했던 최고의 자리가 아닌가?

반면, 자신은 얼마 전까지만 해도 강호의 무명소졸에 불과했다.

일 권, 일 초라도 삼 년을 수련하면 소림의 문턱을 넘나들고, 십 년을 수련하면 군림천하한다는 말을 가슴에 되새기며 열심히 백호복운을 수련해 왔다.

한데, 십 년이 채 안 된 팔 년 만에 정말 군림천하를 할 줄이야…….

물론 비무대회 우승을 군림천하에 비할 수는 없을 것이다. 하지만 당금 구파일방의 모든 후기지수들의 위에 선 것은 분명하지 않은가.

장평은 어리둥절해 있는 유청에게 말했다.

"비무대회 우승자는 앞으로 나오시오."

유청은 장평의 말에 자기도 모르게 일어섰다. 그리고 귀신에 홀린 듯한 발걸음으로 걸어갔다.

장평이 유청에게 고갯짓을 했다. 비무장에 모인 관중들에게 한마디 하라는 신호였다.

평소라면 청산유수같이 말을 쏟아냈을 유청이다. 그러나 지금은 왠지 입이 떨어지지 않았다.

유청이 멍하니 있자, 뒤에서 송막이 전음을 보냈다.

"뭘 망설이십니까? 일이 틀어지기 전에 얼른 못을 박아 기회를 나꿔채십시오!"

그제야 유청은 정신이 번쩍 들었다.

'송막의 말이 맞다. 지금 머뭇거리다가는 죽도 밥도 안된다.'

유청은 저잣거리의 유명한 바람둥이 주씨의 말을 떠올렸다.

"중원 천지에서 제일 못난 남자는 다름 아닌, 줘도 못 먹는 놈이다."

유청은 그 말에 힘을 얻어서 한 걸음 앞으로 나갔다. 그리고 낭랑한 목소리로 외쳤다.

"비무대회 우승자, 강북일협 대인배 유청이 무림 동도 여러분께 인사드립니다! 앞으로 가진 것 없는 자가 잘사는 무림을 만들기 위해 이 한 몸 바치겠습니다!"

유청이 포권지례를 하고 물러서자 박수와 환호성이 비무장을 흔들었다.

송막은 유청의 등을 바라보며 피식 웃었다.

'역시 말 하나는 잘하는군. 개방 방주쯤 되는 네놈이 가진 것 없는 자에게 과연 신경이나 쓸 것 같으냐?'

그때였다.

송막은 장평이 슬며시 미소 짓는 것을 봤다.

유청을 보고 있는 장평의 눈빛이 번뜩거리더니, 그의 두 볼에 평소라면 절대 볼 수 없는 볼우물이 살짝 패이는 게 아닌가!

송막은 깨달았다.

'장평 놈이 무언가 흉계가 있구나.'

장평은 금세 원래의 차가운 얼굴로 되돌아왔다.

송막이 우연히 보지 않았다면 그 누구도 장평의 미소를 눈치 채지 못했으리라.

송막은 장평과 유청을 번갈아 보며 생각했다.

'무당군자검 장평이 이렇게 손쉽게 밥그릇을 넘겨줄 자가 아니다. 분명 속셈이 있을 터인데…….'

문득 떠오르는 생각,

'혹 장평도 유청 놈을……?'

그 생각이 들자, 송막은 자기도 모르게 손뼉을 쳤다.

'그렇군. 그런 것이었군.'

송막은 장평을 지그시 노려보며 생각했다.

'유청 놈을 꼭두각시, 아니, 방패막이로 삼으려는 속셈이렷다? 그것도 나쁘진 않겠지. 하나 놈은 개방의 것이니 통째로 삼키게 놔두지는 않겠다.'

그러다가 송막과 장평은 눈이 마주쳤다.

송막은 담담한 미소를 지으며 자연스럽게 목례했고, 장평 역시 무표정한 얼굴로 그에 답했다.

그때, 유청은 사람들의 환호에 들떠서 정신이 나가 있었으니…….

유청을 이용해 먹으려는 승냥이가 송막 하나에서 장평까지 더해 둘로 늘어나는 순간이었다.

第三十四章

벼락출세에는 부작용이 따라온다

오대세가를 꿈꾸며 가출했다가 괴이한 세가에 들어가 팔 년 동안 눈칫밥만 먹었다.

배운 것이라고는 백호복운 일 초식에 괴상한 보법 하나, 그리고 훔쳐 배운 서장내공심법이 전부다.

돈이 없어서 만두 하나를 시켰지만, 까다로운 입맛 때문에 그것까지 못 먹고 거지 애들에게 적선해야 했던 처량한 신세.

거기에 어울리지 않게 과장되서 남들의 비웃음을 사는 별호, 강북일협 대인배.

그런데 엉겁결에 개방의 신임 방주가 되는가 싶더니, 창졸 간에 비무대회의 우승까지 차지하다니…….

유청은 너무 기뻐서 정신을 차릴 수 없었다.

'이게 꿈이냐, 생시냐?'

상황이 일사천리로 좋게만 풀려가니 대뜸 겁이 났다.

'혹시 이러다가 잘못되는 거 아냐?'

유청은 문득 과거 저잣거리의 도박꾼 양씨가 심심하면 늘어놓던 얘기가 생각났다.

양씨는 젊었을 때 큰 도박판을 찾아 중원 최고의 도시 중 하나인 낙양에 갔다고 한다. 그런데 우연찮게 낙양 최고의 부자들이 벌이는 도박판에 끼게 되었다.

"당시 대단했었지. 사흘 밤낮이 지나도 판이 끝나지 않았어. 그런데 사흘째 되는 밤, 부자들이 판돈을 몽땅 밀어 넣은 대박판이 만들어진 거야. 당시 낙양 최고의 도박사였던 대운객이란 자가 마지막으로 주사위 열여덟 개를 던졌지. 그런데 무슨 패가 나왔는지 알아?"

"뭐가 나왔는데요?"

"주사위 열여덟 개가 전부 육(六)이 나왔지! 그게 뭔지 알아? 일평생 주사위를 던져도 한 번 나오기 힘들다는 패, 바로 인생대역전 로토(露兎) 패란 거야!"

유청은 양씨의 얘기를 떠올리며 생각했다.

'개방 방주에다 비무대회 우승까지 했으니, 나야말로 로토 패가 터진 게 아니고 무엇이랴, 크크큭!'

유청은 구름을 밟는 기분으로 개방 숙소로 돌아왔다.

돌아오는 길에 팔백 명의 거지들은 유청을 호위하며 연신 '개방 최고!'라고 외쳐서 사람들의 주목을 받았다.

하지만 사람들도 더 이상 그들을 거지라고 손가락질하지 않았다.

비무대회 우승자가 개방에서 나왔으니, 거지라고 업신여겨봐야 좋을 게 없었기 때문이다.

비무가 열리지 않는 바람에 점심을 먹고도 시간이 남았다. 유청은 소영영을 만나보려고 숙소를 나서려 했다.

그런데 송막이 유청을 잡았다.

"왜 그러시오?"

"바쁘신 몸이신데 어딜 가려 하십니까?"

"흠흠, 잠시 무림의 옛 친우를 뵈려고 하오."

그러나 송막은 넘어가지 않았다.

"시간 없습니다. 지금부터가 중요합니다."

"무슨 소리시오? 비무대회는 끝났지 않소?"

"비무대회는 끝났지만 무림맹대회는 이제부터 시작입니다."

"그게 그거 아니오?"

유청은 고개를 갸웃하며 묻자 송막이 답했다.

"비무대회 우승자의 문파에서 다음 무림맹주가 나온다는 것은 알고 계시겠지요?"

"......!"

유청은 정신이 번쩍 들었다.

'그렇구나. 장 형도 그 얘기를 했었지.'

십 년 전에 소림사에서 열렸던 무림맹대회에서 무당신검 진하군이 우승했다는 얘기가 기억났다. 그 뒤에 무당신검은 자파의 도학 진인을 무림맹주로 추대하지 않았는가.

무림맹대회를 여는 중요한 이유 중의 하나가 바로 새 무림맹주를 뽑는 일이다.

새로 무림맹주를 배출하는 문파가 향후 무림의 중심 축이 되는 것은 당연지사.

유청이 개방의 신임 방주 신분으로 비무대회에서 우승했으니, 다음 무림맹주가 개방에서 나오는 순서만 남은 것이다.

문득 뇌리에 스치는 것이 있었다.

'잠깐만, 그럼 내가 무림맹주를 추대해야 되잖아? 그럼 혹시……'

유청은 눈을 가늘게 뜨고 송막을 쳐다봤다. 그리고 이를 바드득 갈았다.

'알았다. 네놈이 나보고 무림맹주로 추대해 달라고 할 속셈이렷다?!'

송막 역시 당당한 개방 장로 신분이다. 무림맹주의 자격에 하등 무리가 없다.

유청은 그제서야 송막이 왜 자신을 왕철심과 무당 제자들에게서 구해주었으며, 관제묘에서 주영취 대신에 개방 방주로 만들려고 갖은 술수를 썼는지 알 수 있었다.

'나를 꼭두각시로 해서 잘도 부려먹었겠다?'

하지만 어쩌랴?

일은 이미 송막의 계획대로 진행돼서 자신이 비무대회 우승까지 하지 않았는가.

송막이 이미 거기까지 예상하고 있었다고 생각하니 등에서 식은땀이 흘렀다.

'무서운 놈이다. 쉽게 보면 안 되었는데 내가 함정에 걸렸구나.'

송막이 말했다.

"시간이 없습니다. 내일 비무장에서 무림맹주 추대가 있을 터이니 준비를 완벽하게 해야 합니다."

유청은 그 말이 속으로 분통을 터뜨렸다.

'개새끼! 무림맹주가 그렇게도 되고 싶으냐?'

그런데 이어지는 송막의 말이 뜻밖이었다.

"내일 차기 무림맹주가 될 몸입니다. 이제 함부로 밖에 나도는 것은 삼가하십시오."

'엥?'

유청은 어안이 벙벙했다.

"…날 보고 하는 소리요?"

"당연하죠. 그럼 개방의 신임 방주가 무림맹주가 되지, 또 누가 된답니까?"

유청은 너무 놀라서 그만 얼굴 표정 관리에 실패할 뻔했다.

유청은 잠시 멍하니 송막을 쳐다보다가 그의 두 손을 잡으며 말했다.

"나는 그런 줄도 모르고… 감사하오!"

송막은 빙그레 웃으며 말했다.

"마땅히 해야 할 일을 했을 뿐입니다."

유청은 송막에게 괜한 의심을 한 것이 머쓱해졌다.

'나쁜 놈인 줄 알았더니 의외로 사람이 됐구나. 중원 천지에는 남 등쳐먹으려는 놈만 있는 줄 알았더니……. 하긴, 내가 그동안 나쁜 놈들을 좀 만났어? 오해할 만도 했지.'

유청은 그렇게 자기합리화를 했다.

송막이 말했다.

"비무대회 우승을 차지했으나 무림맹주가 되는 일은 쉽지 않을 것입니다."

"아직도 무슨 난관이 남았습니까?"

"무당 장문인 장평은 쉬이 볼 자가 아닙니다. 또한 구대문파의 장문인들이 목소리를 합쳐서 반대할 가능성도 있습니다."

송막의 말에 유청은 진지해졌다.

'하긴, 졸지에 제 놈들 밥그릇을 빼앗기게 생겼는데 뻔히 보고만 있지는 않겠지.'

"지금부터가 중요합니다. 내일을 위해서 만반의 준비를 갖춰야 합니다."

"알았소. 내 무슨 일이든, 장로의 말을 따르겠소."

송막은 고개를 끄덕이며 유청을 숙소로 안내했다. 유청은 팔백 명의 거지들에게 포권을 하고는 숙소로 들어갔다.

담담한 미소를 짓는 유청이지만, 그 속마음은 달랐다.

'아싸, 좋구나! 비무대회 우승에다가 무림맹주 자리라니, 꿩 먹고 알 먹고 깃털로 모자 만드는 셈이 아니고 무엇이냐? 도박꾼 양씨, 당신이 본 로토 패가 제아무리 좋다 해도 이번에 터진 나의 대박만큼은 안 될 것이오, 크크크!'

숙소에 들어가자 송막은 바로 작전회의를 시작했다.

송막은 유청과 자신 이외에는 아무도 들어오지 못하게 했다. 대신에 늙은 거지와 젊은 거지 한 명씩을 들어오게 했다.

두 거지는 유청에게 각자 자기소개를 했다.

먼저 늙은 거지가 말했다.

"개봉 분타주를 맡고 있는 철원이라고 합니다, 헤헤."

늙은 거지 철원은 키는 유청의 어깨에 겨우 닿을 정도인데, 피골이 상접할 정도로 비쩍 말라서 어딘가 동정심을 자아내는 외모였다.

다음으로 젊은 거지,

"개봉 분타주의 밑에 있는 기현입니다."

젊은 거지 기현은 늙은 거지 철원과는 반대로 유청보다 머리 하나는 더 큰 키에, 턱살이 세 겹으로 접힐 정도로 비대하게 살집이 오른 몸이었다.

유청은 그들이 송막의 심복임을 직감했다.

거지들이 소개를 마치자, 송막이 자못 진지한 목소리로 말했다.

"이 둘은 방주님을 무림맹주로 만들 작전을 짜는 데 필요한 자들입니다."

"알겠소."

송막이 처음부터 무림맹주를 언급했으나, 철원과 기현은 그다지 놀라는 눈치를 보이지 않았다.

유청은 생각했다.

'주도면밀한 송막이니 부하 역시 똑똑한 자들을 두었겠지.'

그렇게 해서 송막이 감독하고, 철원과 기현이 무대를 꾸미며, 유청이 주연하는, 이른바 '유청 무림맹주 만들기 대작전'이 시작되었다.

철원은 먼저 유청의 나이부터 걸고 넘어갔다.

"실례지만, 방주님은 춘추가 어떻게 되십니까?"

유청은 대답이 궁했다.

'나이가 무에 중요하다고 묻냐?'

아직 스무 살이 채 못 됐으니, 말했다가 괜히 얕잡아 보이지는 않을까 걱정이 됐다.

송막이 유청의 눈치를 살피고는 말했다.

"겉으로는 중원무림에서 신진고수나 후기지수를 떠받드는 것 같으나, 실상은 그렇지 않습니다. 무림은 알고 보면 늙은이들 손아귀 속에 있습니다."

"그런가요?"

"예. 나이가 젊으면 무시당하는 것은 세상 어디서나 마찬가지입니다. 해서, 일단 나이를 알아야 합니다."

유청은 마지못해 대답했다.

"올해로 스물둘입니다."

실은 열아홉이나 슬쩍 세 살을 덧붙인 것이다.

송막이 눈을 가늘게 뜨고 유청을 바라보다가 말했다.

"스물여덟로 합시다."

'헉!'

유청은 기겁했다.

"그건 너무 심한 것 아니오?"

'내가 이미 세 살 올렸단 말이다!'

하지만 송막은 확고부동했다.

"어차피 강호에서 십 년 터울은 그냥 터놓고 들어갑니다."

옆에 있는 철웅도 한마디 부됐다.

"비무대회에 참가할 수 있는 나이 상한선인 스물여덟이 딱 좋습죠, 헤헤."

"……."

유청은 어이가 없었다.

'안 그래도 동안이라서 나이 속이기 힘든 판에, 스물여덟이라고 하면 당최 누가 믿냐?'

유청이 나이를 올리기 꺼려한 것에는 다른 이유가 있었다.

바로 무당일봉 소영영 때문이었다.

'소영영은 스무 살 언저리인 것으로 아는데, 내가 스물여덟이라면 아저씨로 볼 거 아냐? 요즘 여자들은 연상보다 연하를 더 좋아한다는데, 아저씨를 사귀겠어?'

"아무리 그래도 스물여덟은 너무 많지 않소?"

그러나 송막은 꿈쩍도 안 했다.

"스물여덟로 합시다. 더 낮추면 혹 무림맹주 자리를 맡기에
는 너무 어리다는 말이 나올 수 있습니다."

철원도 거들었다.

"무림에 널리고 널린 게 반로환동(返老還童)한 고수들인데,
방주님이 좀 동안이면 또 어떻습니까? 훌훌."

칭찬인지 놀리는 건지 알 수 없는 말.

유청은 속으로 일갈했다.

'방주는 난데, 송막 편만 드냐? 네놈, 나중에 두고 보자!'

송막은 나이 문제에 도장을 찍었다.

"지금부터 방주님은 공식적으로 스물여덟입니다."

"알았소……."

조용히 있던 젊은 거지 기현이 처음으로 입을 열었다.

"그래도 너무 어려 보입니다. 나이를 올렸다가 외려 역효과
가 날지 걱정이 되는군요."

유청은 기현의 말을 반기며 말했다.

"내 말이 그 말이오."

그러나 이어지는 기현의 말이 유청의 기대를 산산이 깨뜨렸
다.

"수염을 길러보면 어떨까요?"

송막이 대답했다.

"그거 좋겠군."

유청은 기가 막혔다.

'내일까지 없는 수염을 무슨 수로 기르냐?'

유청은 전신에는 솜털이 많았으나, 이상하게도 수염과 구레나룻은 잘 나지 않는 체질이었다.

유청이 말했다.

"없는 수염이 갑자기 어디서 난단 말이오?"

기현이 답했다.

"강호의 무사들 중에는 하루 만에 시커멓게 수염이 나는 자들이 많습니다. 지금 중요한 것은 수염이 어떻게 하루 만에 생기느냐가 아니라, 수염이 있느냐 없느냐입니다."

"……."

"게다가 수염이 있으면 무림맹주의 위엄이 더욱 돋보이지 않겠습니까?"

무림맹주의 위엄이라는 말이 나오자 유청은 더는 할 말이 없어졌다.

"무슨 얘기인 줄은 알겠소. 하지만 내일까지 무슨 수로 수염을 기른단 말이오? 안 날 게 뻔하지 않소?"

그러자 송막이 말했다.

"방주님, 개방에는 이런 말이 있습니다."

"무슨 말이오?"

"안 되면 되게 하라."

"……."

'무슨 놈의 무림방파가 흑점 놈들보다 더 막무가내냐?'

철원이 송막을 거들었다.

"못해서 안 하는 게 아니라, 안 해서 못하는 거란 말도 있습지요, 훌훌."

"……."

송막이 말했다.

"수염이 없다면 만들어서 붙이면 되는 일입니다."

유청은 더는 불평하지 않고 속으로 욕지거리를 했다.

'쌍! 붙였다가 혹 단상 위에서 떨어지기라도 하면 무슨 개망신이냐?'

그러나 철원과 기현의 대화는 유청의 속내와는 달리 계속해서 이어졌다.

"수염 붙이는 데 좋은 아교가 있다고 하던대?"

"예. 한 번 붙이면 삼 일간은 절대 안 떨어집니다. 세수해도 끄떡없습니다."

그 말에 유청은 입을 딱 벌렸다.

'빼도 박도 못하고 팔자에도 없는 가짜 수염을 붙이겠구나.'

그것으로 끝이 아니었다.

송막은 이번에는 유청의 목소리를 지적했다.

"방주님의 목소리가 낭랑해서 듣기에는 좋으나, 무림맹주 자리에 오르기 위해서는 좀 더 위엄이 서린 목소리여야 합니다."

유청은 한숨이 푹 나왔다.

'나이와 얼굴 다음에는 목소리냐? 아예 환골탈태를 시키던지!'

"그래서 어쩌란 말이오?"

"목소리를 좀 굵게 해보십시오."

"내가 연극 배우요? 원래 타고난 목소리를 어떻게 바꿉니까?"

"안 되면……."

"하겠소."

유청은 헛기침을 한 번 하고 억지로 낮게 목소리를 내봤다.

하지만 송막, 철원, 기현은 그다지 만족한 표정이 아니었다.

기현이 무슨 생각이 들었는지 말했다.

"목청을 틔우는 전통적인 방도가 있습니다."

송막이 물었다.

"그게 뭐냐?"

"개봉의 유명한 명창한테 들은 얘기인데, 인분을 먹으면 목이 뚫려서 깊고 우렁찬 소리가 나온다고 합니다."

유청은 기겁했다.

"절대 못하오!"

기현이 말했다.

"얘기를 들으니, 눈감고 삼키면 그럭저럭 참을 만하다고 합니다."

'썅! 그럼 니가 먹든지!'

"싫소!"

유청이 마음을 돌리지 않자, 송막이 말했다.

"방주님, 개방에는 이런 말도 있습니다."

"또 뭐요?"

"피할 수 없다면 즐겨라."

유청은 기가 막혀서 말이 안 나왔다.

'내가 똥개냐? 인분을 먹으면서 즐기게!'

그렇게 유청과 송막은 장장 반 시진 동안 목청을 틔운다는 전통의 방도를 시도하느냐 마느냐로 승강이를 벌였다.

다행히 송막이 한 발짝 물러서서 유청은 명창이 될 기회(?)를 피할 수 있었다.

그 후로도 송막, 철원, 기현은 유청의 머리끝에서 발끝까지를 두고 밤을 꼬박 새우며 회의를 거듭했다.

*   *   *

유청이 송막과 작전회의를 하느라 진땀을 흘리고 있을 때,

무당 장문인의 처소인 청월헌에는 장문인들이 모여 있었다.

그런데 구파일방의 장문인들은 모두 열 명인데, 보이는 인영은 단지 넷뿐이었다.

무당군자검 장평, 공동 적수무적권 왕철심, 화산 신선검 풍조학, 아미 청송 사태가 그들이었다.

그들은 잔뜩 얼굴을 찌푸리고서 침묵하고 있었다.

아미 청송 사태가 침묵이 답답했는지 입을 열었다.

"도대체 제정신이십니까? 어쩌자고 그런 시정잡배를 비무대회 우승자로 인정하셨단 말입니까?"

무당과 아미는 사이가 돈독했기 때문에 청송 사태는 그동안 앞장서서 장평을 두둔해 왔었다.

하지만 지금은 벌겋게 상기된 얼굴로 먼저 나서서 분통을 터뜨렸다.

청송 사태가 화가 난 것에는 이유가 있었다.

따지자면, 자신의 문파 제자인 청연이 비무를 기권하는 바람에 빚어진 일이 아닌가?

때문에 일부러 먼저 장평에게 트집을 잡아서 그 점을 묻어 두려는 속셈이었다.

그러나 화산 풍조학은 눈을 가늘게 뜨면서 청송 사태의 약점을 놓치지 않았다.

"그 말은 적반하장 격이지 않소?"

"무슨 소리입니까?"

"이게 다 아미 때문이 아니오? 아미 제자가 처신을 똑바로 했다면 이런 일은 없었을 것이오."

"뭣이라고요?"

청송 사태는 눈을 치켜 뜨더니 역공세를 폈다.

"흥! 팔소호 삼소봉에 속한 화산 제자 당호는 아예 비무대회에 참가도 안 했으면서 남 탓을 하시는 것입니까?"

"뭐라?"

이번에는 풍조학이 발끈했다.

화산은 이번 비무대회에 속가제자 공덕진이 참가했다.

하지만 정작 팔소호 삼소봉의 일원인 화산 제자 당호는 사천에서 벌어진 군소 문파의 분쟁을 해결하기 위해 자리를 비우는 바람에 대회에 참가하지 못했던 것이다.

풍조학은 안 그래도 속가제자 공덕진이 무소속인 삼권무적 동문에게 어이없게 패배해서 입맛이 씁쓸한 차였다.

그런 그를 청송 사태가 건드린 셈이 되었으니…….

둘은 서로를 노려보며 자리에서 일어났다.

"지금 한 말 당장 취소하시오!"

"못하겠다면요?"

두 문파의 장문인이 검을 빼어 들고 사생결단을 낼 태세.

그때, 장평이 손을 들어 탁자를 내려쳤다.

떵!

가볍게 손을 내려놓은 것 같았는데 마치 커다란 범종이 울리는 듯한 소리가 귓속을 찔러왔다.

장평이 날카롭게 말했다.

"검을 뽑을 거면 제자들을 시켜서 비무대회에서 뽑게 했어야지, 지금 이게 무슨 짓들이오?"

장평의 질책에 청송 사태와 풍조학은 떨떠름한 얼굴로 다시 자리에 앉았다.

장평이 말했다.

"오늘 부른 것은 해결책을 찾기 위함이지, 싸우라고 부른 게 아니오."

그러나 풍조학은 아직 불만이 남았는지 비꼬면서 말했다.

"아미, 곤륜, 청성의 제자가 모두 기권한 판에 해결책이 어디 있소?"

뒤를 이어서 왕철심이 말했다.

"애초에 그 시정잡배를 무혐의로 풀어준 것이 잘못하신 것 아닙니까?"

평소의 왕철심답지 않게 공손한 말투.

장평이 왕철심에게 당근과 채찍을 병행하며 술수를 썼기 때문에, 왕철심은 어느새 장평의 오른팔 심복을 자처하고 있었다.

장평이 답했다.

"이미 생각해 둔 바가 있어서 그대로 했을 뿐이오."

그 말에 다른 장문인들은 어안이 벙벙했다.

"이미 생각한 대로라고요?"

"그렇소. 이번 무림맹대회에 가장 시급한 일이 무엇인지 다들 알 것이오."

모두는 고개를 끄덕였다.

"구파일방에게 도전하는 자들이 있음은 다들 알고 있을 것이오. 이번에 나타난 살수 동문이란 자도 그들 중 하나인 것으로 밝혀졌소."

"아아……."

왕철심이 놀라서 신음을 흘렸다.

풍조학이 말을 재촉했다.

"그래서 해결책이란 게 뭐요?"

"비무대회 우승자인 강북일협을 무림맹주로 내세우는 것

이오."

"……!"

세 장문인은 입을 딱 벌렸다.

청송 사태가 그녀답지 않게 목소리를 떨며 말했다.

"그, 그게 말이 됩니까?"

"왜 안 되오? 강북일협은 개방 방주가 되어서 돌아왔소. 구파일방 장문인 중의 하나란 말이오. 무림맹주가 될 자격은 충분하오."

풍조학이 그제야 알았다는 듯한 얼굴로 말했다.

"오호라, 그놈을 떡밥으로 해서 낚시를 하시겠다?"

장평이 고개를 끄덕였다.

"맞소. 이번 무림맹주는 아마도 목숨을 내놓아야 하는 자리가 될 것이오. 득은 없고 실만 있을 뿐이지. 강북일협을 내세워서 일을 마무리한 다음, 놈을 제거하면 눈엣가시 같았던 개방의 세도 약화될 것이오."

장평의 말에, 세 장문인들은 소름이 돋는 듯했다.

마치 처음부터 강북일협 유청을 미끼로 내세우려고 계획했던 것 같지 않은가?

세 장문인은 장평이 도대체 어느 시점에서 지금의 일을 계획했을지 추측조차 할 수 없었다.

장평이 말했다.

"개방 전임 방주였던 노동일심 홍욱도 살수 무리의 손에 죽었소. 강북일협도 그들에게 죽는다면, 우리가 해야 할 수고가 줄어드는 셈이 되겠지."

세 장문인은 감탄한 얼굴로 그의 말에 고개를 끄덕였다.

*　　　*　　　*

다음날이 되었다.

송막과 작전회의를 하느라 밤을 꼬박 새운 유청은 하품을
참으며 아침을 먹었다.

그리고 곧바로 철원과 기현의 감독하에 분장을 시작했다.

기현은 유청의 얼굴에 정성 들여서 수염을 붙였다.

그는 일부러 수염이 듬성듬성 난 것처럼 연출했다.

그러자 강호의 거친 무사 같은 느낌이 살아나서 한층 나이
가 들어 보였다.

그다음, 유청은 기현이 구해온 도포로 갈아입었다.

기현이 수하의 거지를 시켜서 무당산 밑에서 급하게 구해온
도포였다.

도포를 입은 다음에는 머리에 푸른색 두건을 둘렀다.

기현의 말로는, 개봉에서 젊은이들 사이에 최신 유행하는
복장이라는 것이었다.

도포도, 두건도 모두 최고급 비단이어서 몸에 착 감기는 감
촉이 끝내줬다.

한눈에 보아도 비싸 보이는 복장.

유청은 생각했다.

'명품이 과연 좋긴 좋구나. 춘장녀들이 명품만 찾는 게 다 이유가 있었구나.'

기현의 분장이 모두 끝나자, 유청은 강호의 일개 무명소졸에서 당당한 구파일방의 신진고수 장문인으로 탈바꿈해 있었다.

유청은 기현의 솜씨에 감탄하면서 동시에 어이가 없었다.

'이게 어딜 봐서 거지냐?'

하지만 송막은 유청의 불만을 일축했다.

"시대가 바뀌었으니 거지도 바뀌어야 됩니다."

유청 일행이 막 비무장으로 떠나려 할 때, 무당 제자가 찾아왔다.

"장문인께서 개방 방주를 모시고 청월헌으로 오라는 명입니다."

유청과 송막은 서로를 처다봤다.

"청월헌이라, 무슨 일일까요?"

"글쎄요."

무당산에서 무당 장문인의 말을 듣지 않을 수는 없는 일.

유청과 송막은 무당 제자의 뒤를 따라 청월헌으로 갔다.

청월헌에는 기다란 탁자를 중앙에 두고 구대문파의 장문인들이 자리해 있었다.

유청은 아홉 명의 장문인이 자신을 처다보자 자기도 모르게 움찔했다.

옆에서 송막이 속삭였다.

"기죽지 마십시오. 방주님도 엄연한 개방의 제일인자이십니다."

유청은 그 말에 힘을 얻었다.

'그래, 내가 저놈들보다 못한 게 뭐 있냐?'

유청은 포권지례를 하면서 말했다.

"개방의 신임 방주 유청이 구대문파 장문인께 인사드립니다."

그리고는 비워져 있는 자리에 가서 앉았다.

송막은 장로 신분이기 때문에 유청의 뒤로 가서 섰다.

상석에 있는 장평이 말했다.

"오늘 구파일방의 장문인들을 모신 것은 무림맹주 추대 때문이오."

장평의 말에 구파일방 장문인들의 눈에서 시퍼런 안광이 쏟아져 나왔다.

눈을 한 번 깜박이면 어느새 목이 떨어져 있을 듯한 삼엄한 분위기.

유청은 무거운 분위기에 눌려서 답답했다.

'지위도 높은 놈들이 무슨 불만이 많길래 눈을 부라리냐?'

하지만 자신도 엄연한 구파일방의 한 축인 개방의 방주다.

유청은 조용히 진기를 운용하면서 마음을 가라앉혔다. 그러자 더 이상 장문인들의 안광이 불편하지 않았다.

장평의 말이 계속됐다.

"무림맹주는 비무대회에서 우승한 자가 추대한다는 것이 기존의 관행이었소. 아시다시피 어제 있은 비무대회에서 우승자는 개방의 신임 방주로 정해졌소. 그럼 개방 방주에게 묻겠소. 무림맹주로 추대할 무림의 명숙은 생각해 두셨소?"

갑자기 자신에게 질문이 떨어지자 유청은 깜짝 놀랐다.

'이거야 범굴에 뛰어든 거와 다를 게 없구나.'

유청은 잠시 말문이 막혔다. 그는 송막을 힐끗 바라봤다.

'어제는 내가 무림맹주가 될 것처럼 말하더니, 사정이 이상하게 흘러가지 않소?'

하나, 장문인들의 시선이 집중된 판이라 송막은 유청의 눈길에 대답할 수 없는 처지.

송막은 오히려 아무 문제도 없다는 양 태연한 얼굴로 유청을 쳐다봤다.

송막이 아무 도움도 되지 못하자 유청은 머뭇거리다가 말했다.

"아직 따로 생각해 둔 분은 없습니다."

"그렇소?"

장평은 그답지 않게 부드러운 목소리로 말했다.

"알겠소. 이런 물음이 개방 방주에게 큰 실례인 것을 모르는 것은 아니오. 하나, 혹 따로 추대하실 분이 있으신가 해서 일단 물어본 것이오."

유청은 생각했다.

'실례가 될 짓을 왜 하냐?'

"강북일협 대인배 유청이 비록 무소속인의 신분으로 비무대회에 참가했으나 이제는 엄연히 개방의 방주이시오. 비무대회 우승자는 자기 문파의 최고 어른을 무림맹주로 추대하는 것이 관행이오. 지금 개방에서 가장 높은 분은 당연히 개방 방주 본인일 것이오."

유청은 어안이 벙벙했다.

'어라?'

유청은 이어지는 장평의 말이 믿기지 않았다.

"해서, 무림맹주이신 도학 진인의 충고를 빌어 개방 방주가 직접 무림맹주를 맡는 것이 어떨까 제안하오."

"……!"

순간, 유청의 얼굴이 딱딱하게 굳었다.

도박면상을 깨뜨릴 만큼 충격적인 말이었으나, 다행히 너무 놀라서 얼굴이 굳어버린 것이 오히려 감정을 드러내지 않게 된 것이다.

다른 구대문파의 장문인들도 깜짝 놀란 얼굴이었다.

그중 한 명이 말을 꺼냈다.

"비무대회에서 우승하고 스스로 무림맹주가 된다는 건 너무 이상하지 않소?"

황급히 말한 자는 바로 청성 장문인 석호였다.

하지만 장평은 태연했다.

"개방이 비무대회 우승자를 냈으니 개방 방주가 무림맹주가 되어야지, 그럼 누가 되어야 한단 말이오?"

"으음……."

석호는 반박하지 못하고 신음을 흘렸다.

유청은 둘의 대화를 듣고서야 정신을 차렸다.

'어제 송막이 이렇게 될 것을 미리 예상하고서 그 난리를 친 거구나!'

그 사실을 깨닫자 송막이 만만치 않아 보였다.

'처음에는 날 벗겨먹으려는 꼰대인 줄 알았는데, 그게 아니다. 내 생각보다 훨씬 무서운 놈이다.'

송막은 눈웃음으로 유청을 보며 생각했다.

'거봐라. 내 뭐라 그랬냐? 무림맹주는 개방의 것이라 했지?'

하지만 송막도 한편으로는 무언가 이상하다는 것을 느꼈다.

'장평은 쉽게 자기 밥그릇을 내놓을 자가 아니다. 한데 왜 이리 일을 서두를까?'

송막은 개방이 무림맹주 자리를 얻기 위해서는 넘어야 할 고초가 많을 것이라 생각하고 있었다.

그런데 장평은 대뜸 유청을 무림맹주로 만들려 하고 있지 않은가?

송막은 생각했다.

'장평 놈이 노리는 게 무언지 알아야 할 텐데…….'

장평이 좌중을 돌아보며 말했다.

"개방 방주가 차기 무림맹주를 맡는 것에 반대하는 장문인이 있다면 지금 말씀하시오."

"……."

물론 나서는 이는 아무도 없었다.

제일 먼저 장평의 말을 걸고 넘어졌던 청성 석호는 답답하기만 했다.

'이러다가 정말 어디서 굴러온지 모르는 시정잡배가 무림 맹주가 되겠다. 왜 아무도 반대하지 않는 거냐?'

그는 자신은 한 번 말을 꺼냈으니, 이번에는 다른 사람이 나서주기만을 기다렸다.

잔머리를 지나치게 굴리는 바람에 자기 주장을 끝까지 밀어붙이는 과감성이 석호에게는 부족했던 것이다.

하지만 아무도 말이 없었다.

그러다가 석호는 무언가를 깨달았다.

다른 장문인들은 모두 놀란 표정이 얼굴에 조금이나마 엿보이는데, 유독 세 명의 얼굴빛이 평소와 다르지 않게 화색이 도는 게 아닌가?

그들은 바로 아미 청송 사태, 화산 풍조학, 공동 왕철심이었다.

그제서야 석호는 깨달았다.

'장평이 이미 무당의 뜻을 추종하는 놈들을 모아놓고 말을 맞췄구나!'

석호는 입술을 깨물며 분통을 터뜨렸지만, 이미 엎질러진 물동이였다.

무당 장평과 아미, 화산, 공동을 뺀 나머지 인원은 모두 여섯이었다.

하지만 그중에서 점창 노독 황필우와 종남일검 진월량은 장평의 수하까지는 아니더라도 그에 반대할 힘이 없는 자들이었다.

'곤륜 장문인 주식 놈이 나설 리도 없겠지. 당최 뭔 생각을 하는지 알 수 없는 늙은이 아닌가.'

그렇다고 개방이 스스로 무림맹주 자리를 거부할 리도 없는 일.

남은 자는 소림 방장 무혜뿐이었다.

석호는 무혜에게 눈빛을 보냈다.

'대사, 무림이 이처럼 엉망으로 돌아가는 것을 좌시할 생각이시오? 막아야 합니다!'

그러나 장평이 선수를 쳤다.

"소림은 어떻게 생각하십니까?"

모두의 시선이 소림 방장 무혜에게 집중됐다.

지금은 세가 예전만 못하다고는 하나 소림은 엄연한 무림의 태산북두였기 때문이다.

석호는 생각했다.

'만약 소림이 반대한다면 제아무리 무당의 장평이라도 자기 뜻대로만 할 수는 없을 것이다.'

모든 것이 무혜의 말 한마디에 좌지우지될 상황.

무혜가 합장을 하며 말했다.

"아미타불. 개방의 신임 방주께서 무림맹주가 되어 무림에 젊은 기운을 불어넣어 주신다면 그보다 더 좋은 일은 또 없지 않을까요?"

"……!"

누가 들어도 찬성이지, 반대로는 들리지 않는 말.

석호는 그 말에 속으로 한숨을 내쉬었다.

결국 소림 방장 무혜까지 무당의 장평에게 찬성을 했으니 무림맹주 일은 그것으로 결정되어진 셈이었다.

장평이 말했다.

"그럼 구대문파는 개방 방주가 새 무림맹주를 맡는 것에 동의한 것으로 알겠소."

잠시 청월헌에는 무거운 침묵이 흘렀다.

청송 사태, 풍조학, 왕철심은 장평의 말만 따라서 개방의 애송이를 무림맹주에 올린 것이 과연 잘한 일일까라고 스스로에게 반문했다.

석호와 송막은 장평의 흉계가 무엇인지 추측하느라 여념이 없었다.

주식과 무혜는 속내를 알 수 없는 미소를 짓고 있었다.

한편, 소동의 주인공인 유청은 어안이 벙벙해 있었다.

'내, 내가 무림맹주라고?'

어제 비무대회에서 우승자가 됐을 때는 뛸 듯이 기뻤다.

그러나 엉겁결에 무림맹주가 되고 나니, 기쁨보다는 두려움이 앞섰다.

어려서부터 아버지에게 회초리를 맞으면서 귀에 못이 박히

도록 들었던 말,

"남자는 출세가 전부다! 공부해라, 이놈아. 책 한 권 더 읽으면 훗날 마누라 얼굴이 바뀐다!"

그 말을 들을 때마다 유청은 속으로 반문했다.
'웃기지 마쇼! 아버지는 평생 글만 읽었는데 어머니가 도망치지 않았소?'
어쨌든 글공부를 게을리 해서 그렇지, 그때부터 출세에 목을 매고 살아온 유청이다.
하지만 너무나도 커다란 벼락출세를 하고 보니 실감이 나지 않았다.
'중원무림에 이런 인생대역전이 또 있을까?'
그때였다.
장평의 얼굴에 슬쩍 미소가 스쳐 지나가는 것이 아닌가?
문득 뇌리를 스치는 생각,
'여지껏 장평이 웃는 것을 한 번도 본 적이 없다. 근데 왜 웃었을까?'
그제야 유청은 상황이 어떻게 돌아가는지를 깨달았다.
자신이 한 것은 없는데, 남들이 추켜세워 주며 벼락출세를 시켜주었다.
마치 팔 년 전에 서문세가 가주가 자신을 꾀어낼 때와 같지 않은가!

'혹시 이놈들이 날 이용해 먹으려고 이러나?'

송막이 자신을 꼭두각시 방주로 내세워 이용하려는 것은 익히 알고 있다.

그런데 이번에는 구대문파의 장문인들마저 자신을 이용해 먹으려는 심산이다.

유청은 치가 떨렸다.

'개자식들! 이 유청이 그렇게 호락호락해 보이더냐?'

유청은 자리에서 일어나 장문인들을 향해 포권지례를 했다.

그리고 얼굴은 도박면상을 지키며, 속으로 일갈했다.

'네놈들 생각대로 당하고만 있지는 않을 것이다!'

第三十五章

무림맹주도 사양하는 무욕을 갖췄다

무당 장문인의 처소 청월헌에는 깊은 정적이 감돌았다.

강호의 일개 무명소졸이던 유청이 갑자기 개방 방주가 되어서 나타나더니, 비무대회에서 우승을 차지하며 무림맹주까지 되어버렸다.

가히 청천벽력이 떨어진 것 같은 상황.

어처구니없는 것은, 일을 일사천리로 진행시킨 것이 다름 아닌 무당 장문인 장평이란 사실이었다.

다른 장문인들은 반대도 하지 못하고 장평의 의중이 무엇일지 머리를 굴렸다.

그러니 자연 청월헌은 조용할 수밖에 없었다.

유청도 어리둥절했다.

지금 자신의 벼락출세가 도무지 믿기지 않았기 때문이다.

'절벽에서 뛰어내렸더니 동굴이 있는데 그 안에서 신공절학이 담긴 무공 비급을 찾았다는 말이 차라리 더 믿을 만하겠다.'

하지만 반대로 수긍이 가는 점도 있었다.

바로 장평이 꾸미고 있을 흉계였다.

장평이 자신을 이용해서 무언가 일을 처리하려는 눈치를 알아차린 유청.

유청은 그가 무슨 생각을 하고 있을지 궁금했다.

'하긴, 저놈이 미쳤다고 무림맹주 자리를 쉬이 내놓겠어? 분명히 숨기고 있는 게 있겠지.'

문제는 그것이 무엇인지 모른다는 것이다.

유청은 장문인들이 장평에게는 한마디 반대도 못하고 서로의 얼굴만 쳐다보자 짜증이 났다.

'범굴에 들어가도 정신만 차리면 산다고 했지만, 범이 한 마리가 아니라 열 마리나 되니 어쩌란 말이냐?'

구대문파의 장문인과 송막을 합치니 그 수가 열이다.

소림 방장 무혜는 아니겠지만, 어쨌든 자신을 먹잇감으로 노리는 범이 열 마리나 되는 상황.

유청은 이 난국을 어떻게 타개해야 할지 알 수 없었다.

장평이 침묵을 깨고 말했다.

"구대문파의 장문인들은 새 무림맹주를 반대하지 않는 것으로 알겠소. 하나, 마지막 절차가 남았소."

유청은 그 말에 정신이 번쩍 들었다.

'아직 끝난 게 아닌가?'

장평은 마치 물음에 답하듯, 유청을 보면서 말했다.

"무림맹주는 모든 무림 동도가 찬성하는 자만이 가능하오. 회의가 끝나고 나면 비무장으로 가서 무림 동도에게 의견을 물을 것이오."

유청이 물었다.

"그럼, 반대하는 자가 있으면 어떻게 됩니까?"

"그때는 다시 절차를 밟아서 무림맹주를 재선임해야 하오."

유청은 장평의 말에 고개를 끄덕였다.

'하나라도 반대하면 꽝이구나. 무림맹주 되는 게 과연 쉽지 않겠군.'

그러나 금세 그 생각이 틀렸다는 것을 깨달았다.

'아니다. 감히 누가 반대하겠냐? 죽고 싶어서 미친 것도 아닐 테고…….'

그랬다.

구파일방이 내세운 무림맹주를 감히 어떤 자가 반대할 것인가?

장문인들이 이미 찬성한 뒤이니, 구파일방의 제자 중에서 반대하고 나설 자가 없으리라는 것은 불 보듯 뻔하다.

그렇다고 이름 없는 문파나 가문의 사람, 또는 무소속인이 무림맹주를 반대할 것인가?

'만약 일이 잘못되면 목을 내놓아야 할 판이다. 반대할 놈이 없는 게 당연하잖아?

유청의 생각대로였다.

무림 동도에게 찬성을 구하는 것은 형식적인 절차일 뿐이었다.

장평도 그것을 언급했다.

"형식적인 절차일 뿐, 큰 문제는 없을 것이오."

유청은 속으로 욕을 했다.

'쌍! 그러면 그렇지. 감히 어떤 자식이 무당 장문인의 말에 반대를 하냐?'

그런데 이어지는 장평의 말에 청월헌의 분위기가 갑자기 바뀌었다.

"그럼 무림맹주 건은 결정난 것으로 하고, 당금 구파일방이 처한 기사(奇事)를 얘기하겠소."

장평의 말이 끝나기도 전에, 장문인들의 눈에서 시퍼런 안광이 쏟아졌다.

유청은 흠칫했다.

'또 뭐야?'

그러나 이번에는 장문인들의 시선이 자신을 향하고 있지는 않았다.

장평이 말했다.

"지금 구파일방은 중대한 기로에 서 있소."

풍조학이 툭, 말을 던졌다.

"기로? 허, 말은 바로 해야 되지 않겠소? 기로가 아니라 위기 아니오?"

풍조학의 예의 없는 어투.

그러나 장평은 그 말에 찬성하듯 고개를 끄덕였다.

"맞소. 구파일방은 위기에 처해 있소."

유청은 깜짝 놀랐다.

'뜬금없이 무슨 소리냐?'

유청도 구파일방의 세가 과거만 못하다는 것은 잘 알고 있었다.

하남 이가장의 총관에게도 굽신거렸던 소림 십팔나한.

구파일방보다 오대세가가 대세라고 말하던 이름 모를 거지.

그리고 강호에 나와서 지금까지 보고 들은 정황이 그 사실을 뒷받침했다.

그러나 부자가 망해도 삼 년은 간다고, 아직 중원에서 구파일방은 적어도 이름값을 하고 있었다.

'오대세가한테 조금 뒤진다고 위기라는 거냐? 하여간에 있는 놈들이 더 난리라니까.'

그런데 장문인들의 분위기가 영 심상치 않았다.

먼저는 유청이 무림맹주가 되는 것을 반대하는 분위기였다.

반면, 지금은 살짝 고개를 숙이고서 탁자만 쳐다보는 폼이 어딘가 한풀 기세가 꺾인 얼굴이다.

게다가 무슨 일이 있어도 자애로운 미소를 잃지 않던 소림 방장 무혜마저 양미간을 찌푸린 얼굴이 수심이 깊어 보였다.

유청은 무혜의 표정을 보고서야 사태가 심각하다는 것을 느겼다.

'소림 방장마저 저런다면 보통 일이 아니겠구나.'

유청은 뒤에 서 있는 송막에게 슬쩍 눈짓을 했다.

하지만 송막을 고개를 흔들 뿐이었다.

자기도 무슨 일인지 모른다는 얼굴이다.

유청은 생각했다.

'그래도 나랑 송막은 같은 배를 탄 입장인데, 모른다고 잡아떼는 것은 아니겠지. 그럼 대체 무슨 일일까?'

그때, 공동 왕철심이 탁자를 치며 말했다.

"도대체 일이 어쩌다 이 지경이 됐습니까? 무당과 소림은 여지껏 무얼 하고 있었단 말이오?"

유청은 어이가 없었다.

'저 새끼가 미쳤나?'

유청이 보기에 왕철심은 구파일방 장문인들 중에 하급에 속했다.

그런 그가 무당과 소림을 들먹이며 불평을 하다니?

무혜가 합장을 하며 말했다.

"아미타불, 드릴 말씀이 없습니다."

'엥?'

유청은 다시 한 번 고개를 갸웃했다.

'소림 방장이 아무리 사람이 좋아도 헛말을 할 분이 아닌데?'

무혜가 말을 계속했다.

"애초에 소림이 먼저 여러분께 언질을 드리지 못한 점, 진심으로 사죄드립니다."

유청과 송막은 서로를 쳐다봤다.

무림의 태산북두 소림이, 구파일방에 겨우 끼어서 명맥을 유지하고 있는 공동에게 머리 숙여 사죄를 하다니?

눈앞에 벌어지는 데도 도저히 믿기지 않는 상황.

장평이 말했다.

"지금 다른 문파를 탓해봐야 무슨 소용이 있겠소? 하나 일단 소림에서 일이 시작됐으니 방장께서 말씀을 하시오."

"알겠습니다."

무혜의 이야기가 시작됐다.

"소림의 장경각이 화를 당한 것이 벌써 팔 년 전의 일이 되었군요."

유청은 그 말에 멈칫했다.

팔 년 전이라면 바로 자신이 집을 나와서 서문세가 가주를 따라 백당으로 갔을 때가 아닌가.

유청은 가슴을 쓸어내리며 생각했다.

'뭐, 우연의 일치겠지.'

그러나 곧이어 놀라운 사실이 수면 위로 떠올랐다.

무혜가 말을 이었다.

"그날, 장경각에 침입한 자는 한 명이었습니다."

풍조학이 되물었다.

"한 명? 두 명이 아니었소?"

"아닙니다. 단 한 명이었지요."

"그럼 소림은 한 명한테 당했다는… 흠흠, 한 명이 침입했다는 말이오?"

"그렇습니다. 그자는 익히 알려진 대로 인피면구를 쓰고 있던 것으로 생각됩니다. 또한 완벽하게 복장을 갖추어서 일견 다른 소림 제자들과 구별할 수 없었습니다. 그자는 장경각을 지키던 소림 제자 하나를 해치고 도주했지요, 아미타불."

무혜의 말이 끝나자, 유청은 왜 그가 얼굴을 찌푸렸는지 이해할 수 있었다.

'정체 모를 괴인이 장경각을 침입한 것도 문제인데 소림 제자까지 죽었다니, 방장이 인상을 구길 만하구나.'

끝났다고 생각한 무혜의 말이 이어졌다.

"그리고 대력금강장과 금강부동신법 등을 비롯한 무공 서책들이 사라졌습니다. 필히 괴인이 가져간 것이겠지요, 아미타불."

"……!"

유청은 깜짝 놀랐다.

'무공 비급이 없어졌다는 얘기잖아?

그러고 보니, 장경각은 바로 소림의 무공 비급을 보관하는 중지가 아닌가!

그런 장경각에서 기사가 벌어졌다면, 무공 비급이 도난당했다는 것 말고 또 무엇이 있겠는가?

유청은 그 사실을 뒤늦게야 깨달은 자신을 책망했다.

그때, 머리에서 청천벽력이 울렸다.

'잠깐만, 무공 비급 도적이라고? 설마…….'

무혜의 말이 끝나자, 옆에 있는 곤륜 장문인 주식이 말했다.

"곤륜은 칠 년 전에 비급을 도적 맞았지, 쯔쯔. 멍청한 제자 놈들이 변장한 도적을 표국 사람으로 착각하고 놓아주는 바람에……."

주식의 뒤를 이어서 장문인들의 말이 이어졌다.

"화산은 육 년 전에 일을 당했소."

"화산도요? 아미도 육 년 전에 당했습니다."

"우리는 오 년 전……."

"우리는 사 년 전……."

장문인들은 각자 자신의 문파가 언제 무공 비급을 도적 맞았는지 자세한 날짜를 얘기했다.

얘기가 계속되는 동안, 유청의 등허리에는 진득한 식은땀이 흐르기 시작했다.

유청은 장문인들이 말한 날짜를 하나하나 따져 봤다.

그러자 경악할 만한 결과가 나왔다.

'구파일방이 무공 비급을 도적 맞은 날짜가… 가주가 중원행을 떠난 날짜랑 같다!'

유청의 몸이 자기도 모르게 벌벌 떨렸다.

그가 내린 결론은 하나였다.

'이들이 말하는 무공 비급 도적은 바로 서문세가 가주다!'

유청은 너무도 놀라운 사실에 그만 눈앞이 캄캄해졌다.

구파일방이 당금 처한 위기는 각 문파에 침입하여 무공 비급을 훔쳐간 도적 때문이었다.

그런데 그 도적이 바로 자신이 팔 년간 몸담았던 서문세가의 가주였다니…….

그제서야 모든 의혹이 눈 녹듯이 풀어졌다.

가주는 중원행을 할 때마다 구파일방의 한 문파에 잠입하여 무공 비급을 도적질한 것이다.

가주의 방에서 발견한 인피면구가 그때 사용했던 변장 도구이리라.

무엇보다 피할 수 없는 증거가 있지 않은가?

가주의 비밀 방에 차곡차곡 쌓여 있던 무공 비급들.

필사(筆寫)한 것이 아니라 원본으로 보이던 그 비급들을 훔치지 않았다면 어디서 얻었단 말인가.

그 사실을 깨달으니, 가주에 대한 분노도 컸지만 반대로 감탄도 되었다.

팔 년을 두고서 구파일방을 넘나들며 무공 비급을 도적질했다.

그 어떤 절정고수라도, 또는 구파일방과 견원지간의 원수인 오대세가나 마교의 무리라도 감히 꿈꾸지 못했을 일이었기 때문이다.

'가주가 나쁜 놈이기는 하나, 대단한 놈인 것도 사실이다.'

장문인들의 얘기가 모두 끝나자, 장평이 유청을 쳐다봤다.

사건의 배후를 알고 있는 유청은 뜨끔했다. 그러나 꾹 참고 내색을 하지 않았다.

장평이 물었다.

"개방은 어떻소?"

'무슨 소리지?'

유청은 혹 자신의 생각이 들킨 것이 아닐까 우려했다. 그러나 다행히 장평이 묻는 것은 다른 얘기였다.

송막이 유청을 거들면서 말했다.

"방주님이 아직 개방의 세부 일을 다 아시지 못하는 터라 제가 대신 말하겠습니다. 개방은 피해가 없었습니다."

유청은 가슴을 쓸어내렸다.

'그 얘기였구나. 하긴, 장평이 서문세가 일을 알 리 없지.'

송막의 말을 들으니 문득 기억나는 것이 있었다.

바로 비밀 방에는 유독 개방의 무공만 없었지 않은가?

'개방은 글을 모르는 거지가 태반이라 무공을 구전(口傳)으로 전수하니까 가주가 훔칠 비급이 있을 리가 없지.'

유청은 속으로 실소했다.

'그 바람에 개방만 손해를 안 봤구나. 구파일방 놈들, 맨날 거지라고 괄시하더니 꼴 좋다!'

장평이 장문인들을 보며 말했다.

"모두 협조해 줘서 고맙소. 하나, 무당과 소림을 탓할 수는 없다고 보오."

풍조학이 반론하고 나섰다.

"무슨 소리요? 팔 년 전에 처음으로 무공 비급 도적을 당한 게 바로 무당과 소림 아니오? 그때 모든 문파에게 경고의 말이라도 한마디 전했다면, 지금 이런 일은 없었을 것 아니오?"

그 말에, 장평이 눈을 가늘게 뜨고 말했다.

"화산이 처음 도적을 당했어도 말하지 못하였을 텐데?"

얼음장같이 차가운 말.

그러나 풍조학은 물러서지 않았다.

"그건 모르지 않소? 만에 화산이었다면……."

장평이 풍조학의 말을 잘랐다.

"화산이었다면 자신의 치부를 말할 수 있었다는 말인가?"

"무림을 위해서라면 당연한 일이오."

장평이 코웃음을 치며 말했다.

"그럼, 사천당문이 당금 화산의 세를 밀어내고 북상하고 있다는 것은 왜 말하지 않고 있소?"

풍조학의 얼굴이 하얗게 질렸다. 장평은 계속했다.

"오대세가가 본격적으로 구파일방의 세에 침입한 최초의 사건이 될 수도 있는 일 아니오? 그런데 왜 제자들에게 함구령을 내리셨소이까?"

"그, 그걸 어떻게……."

풍조학은 말을 더듬다가 입을 다물었다.

유청은 둘의 대화를 듣고 깨닫는 게 있었다.

'오호라, 이놈들이 서로에게 무공 비급이 도적질당한 것을

숨기고 있었구나!'

유청의 짐작이 옳았다.

무공 비급이 도적 맞는 기사는 해마다 차례로 문파를 바꿔 가며 벌어졌다.

하지만 각 문파는 자파의 위명이 하락할 것을 우려하여 철저히 함구했던 것이다.

유청은 몰랐지만, 실은 무공 비급 도적 얘기가 드러난 것은 소림과 무당의 속가제자 간의 대화에서였다.

장문인이 절대 함구하도록 지시한 얘기.

그런데 평소 절친했던 두 문파의 속가제자가 술이 잔뜩 취해서 말을 꺼낸 것이다.

먼저 말을 꺼낸 것은 소림의 속가제자였다. 그는 장경각에서 기사가 일어났다는 얘기를 하다가 함구령이 내렸다는 사실을 깨닫고 뒤늦게 말을 멈췄다.

하지만 무당 제자는 무당의 진무관도 괴이한 일이 벌어졌다는 얘기를 꺼냈다.

일단 얘기를 꺼내자 그 뒤는 일사천리였다.

두 속가제자는 얘기를 하면 할수록 공통점을 발견했고 무언가 심상치 않다는 생각이 들었다. 둘은 헤어지자마자 문파를 찾아가 그 이야기를 보고했던 것이다.

그 뒤로, 소림 방장과 무당 장문인은 비밀리에 회합을 가지고 무공 비급 도적의 배후를 추적했다.

그 와중에, 개방을 제외한 모든 문파에서 도적질을 당한 사실이 드러난 것이다.

당금 구파일방이 처한 최대의 위기.

그것은 바로 유청이 몸담았던 서문세가 가주의 무공 비급 도적질에서 빚어진 일이었던 것이다!

구파일방의 기사라고 불리던 일의 정체를 혼자서 알고 있는 유청.

유청은 처음에는 경악했다.

하지만 시간이 지날수록 점차 익숙해졌다.

'어차피 제놈들이 잘못한 일이지, 나랑은 상관없다.'

그리고 다른 생각도 들었다.

'팔 년 동안 서로 쉬쉬하다가 이제서야 발등에 불이 떨어졌구나, 크크큭!'

풍조학이 언성을 높여서 잠시 싸늘해진 분위기를 무혜가 깨뜨리며 말했다.

"지금 중요한 것은 누구의 책임을 묻느냐가 아닙니다. 굳이 책임을 따지자면, 그동안 서로를 의심하며 말을 열지 않았던 구파일방 모두의 잘못이겠지요."

무혜의 말에 장문인들은 할 말이 없는지 탁자만을 바라봤다.

장평이 말했다.

"소림 방장의 말이 맞소. 지금 중요한 것은 무공 비급을 되찾아 더 이상 사문에 누를 끼치지 않는 일이오."

풍조학이 팔짱을 끼며 말했다.

"눈 뜨고도 무공 비급을 도적 맞았는데 어디서 찾는단 말이
오?"

"무당은 소림과 함께 제자들을 은밀히 풀어서 조사를 했소.
처음에는 오대세가가 이번 일을 조종했으리라 생각했지만, 그
건 아니었소. 오대세가는 관련이 없었소."

풍조학은 아직도 불만이 풀리지 않았는지 빈정거렸다.

"오대세가도 아니면 누구 짓이란 말이오?"

"무공 비급 도적은 개인이 벌인 게 아니라 어떤 조직의 계획
임이 분명하오. 그리고 아마도 도적 중의 한 명은 바로 도학
진인의 암살을 꾀하던 살수가 아닐까 싶소. 바로 삼권무적 동
문이란 자 말이오."

"……!"

조용하던 청월헌이 대번에 시끄러워졌다.

"그놈이 무공 비급 도적이었소?"

"어쩐지 구파일방을 이유없이 물고늘어진다 싶었지!"

"조용히들 하시오."

장평의 말에, 장문인들은 일제히 입을 다물었다.

무혜가 말했다.

"살수 동문은 과거 멸문되어 지금은 사라진 복호문의 제자
라고 스스로 밝혔습니다. 무당 장문인과 빈승은 무공 비급 도
적이 바로 복호문 제자들이 아닌가 짐작하고 있지요."

"복호문이라고? 그 음양오행권인가 뭔가 하는, 시정잡배나 하는 무공을 퍼뜨린 곳 말이오?"

"맞습니다."

풍조학의 물음에, 무혜가 답했다.

잠시 마음을 놓고 있던 유청은 화들짝 놀랐다.

'왜 거기서 음양오행권 얘기가 나오냐?'

다행히 풍조학을 포함하여 다른 장문인들은 유청이 비무대회에서 음양오행권의 백호복운 초식만 쓴 것을 생각하지 못하는 눈치였다.

하지만 유청은 불길한 예감을 떨칠 수 없었다.

아니나 다를까…….

"개방의 신임 방주께서도 비무대회에서 음양오행권을 쓰신 것으로 알고 있습니다."

무혜는 모두가 놓치고 있는 점을 지적했다.

유청은 똥줄이 탔다.

'이 땡초가, 지금 그걸 왜 끄집어내냐?'

하지만 겉으로는 태연한 척하며 말했다.

"예, 그렇습니다."

다행히 무혜는 더 추궁하지 않았다. 그러자 다른 장문인들도 별다른 말을 하지 않았다.

유청은 속으로 한숨을 내쉬었다.

장평이 말했다.

"지금까지 얘기한 대로, 무공 비급 도적은 구파일방의 위명을 떨어뜨리려는 복호문의 잔당임이 밝혀졌소. 해서 신임 무림맹주를 중심으로 하여 복호문의 잔당을 일망타진하는 계획을 세우고자 하오."

장문인들은 다시 한 번 장평의 일 처리에 혀를 내둘렀다.

'벌써 거기까지 진행을 시켰다니……'

그런데, 이어지는 장평의 말이 유청의 귀에 청천벽력처럼 들렸다.

"복호문의 잔당이 둥지를 튼 곳은 사천의 시골 구석인 백당이라 하오."

"……!"

유청은 너무도 놀라서 그만 자리에서 벌떡 일어설 뻔했다.

장평이 문밖을 보며 말했다.

"들어오너라."

그러자 문이 열리며 무당 제자 하나가 들어왔다. 그가 장문인들에게 포권을 하며 말했다.

"무당 제자 우현이 구파일방의 장문인들을 뵙습니다."

장평이 우현을 가리키며 말했다.

"이 아이는 몇 달 전에 무공 비급 도적을 추적하다가 사천의 백당이란 곳을 알아냈소. 그래, 그곳에 무엇이 있더냐?"

"도적은 큰 건물을 사들여서 사는 것 같았습니다. 듣자 하니, 그곳에 세가를 차렸다고 합니다."

"세가?"

"예. 하지만 말만 세가이지, 식솔이 없다고 합니다. 도적으로 짐작되는 가주와 그의 부인, 그리고 딸이 전부였습니다."

장평과 우현의 문답이 계속되자 유청은 긴장되어 숨을 쉬기도 힘들었다.

'범굴에 들어가도 정신만 차리면 산다고 했는데, 지금은 아예 범 뱃속에 들어앉은 꼴이구나.'

"제가 조사하는 와중에도 세가의 가주는 멀리 여행을 떠났다가 돌아왔습니다."

"우리가 작년에 무공 비급을 도적 맞았소!"

공동 왕철심이 소리쳤다.

그는 구대문파 중에서 가장 늦게 비급을 도적 맞은 것이 자랑이라도 되는 양 의기양양한 얼굴이었다.

하지만 다른 장문인들은 속으로 웃었다.

'공동의 무공이 가장 쓸모 없어서 뒤늦게 훔친 것이겠지!'

장평이 계속 물었다.

"무공 비급은 찾아보았느냐?"

"경비가 따로 있지는 않으나, 그 가주라는 자의 무공이 상당해 보였기에 함부로 잠입할 수는 없었습니다. 또 무당에 돌아올 시간이 부족하기도 했습니다."

"그자가 확실하면 그것으로 되었다."

그때, 무혜가 중간에 끼어들었다.

"그자에게 여식이 있다고 했지요?"

"예."

"그녀의 무공 수위는 어떠했습니까?"

"일류 정도는 되어 보였습니다."

"절정의 경지는 올랐던가요?"

그 말에 무당 제자 우현은 고개를 갸웃하다가 말했다.

"제자가 공부가 부족하여 거기까지는 모르겠습니다."

"알았습니다."

유청은 생각했다.

'소가주 년은 무공 겉핥기만 해서 절정 반열에는 평생 못 오를 거요.'

무혜의 말이 이어졌다.

"그자가 구파일방의 무공 비급을 훔쳤다면 필히 여식에게 전수하려 했겠지요."

"그걸 어찌 아시오?"

풍조학이 묻자 무혜는 합장하면서 말했다.

"속세의 모든 미물은 제 자식 돌보기를 가장 중히 여기는 법이지요."

장평이 고개를 끄덕였다.

"일리 있는 말이오. 한데, 딸은 고수가 아니라고 하잖소? 그자에게 딸 말고 아들은 없었느냐?"

"없었습니다. 그런데……."

우현이 머뭇거리자, 장평이 재촉했다.

"무엇이냐?"

"젊은 남자가 총관으로 있었습니다."

순간, 유청은 가슴이 철렁했다.

"그래?"

"예. 제자는 그자를 멀리서 한 번 본 적이 있습니다. 근처에 있는 객잔의 점소이가 그 젊은 남자를 보고 세가의 총관이라고 귀띔해 줬습니다."

유청은 그 점소이가 누군지 알 것 같았다.

'왕삼 새끼! 내가 그렇게 차를 팔아줬는데, 날 꼰질러?'

물론 왕삼은 자신의 말이 어떤 결과를 불러일으킬지는 알지 못했을 것이다.

그러나 유청은 너무나 화가 나서 속으로 그에게 욕지거리를 한 것이다.

장평이 진지한 얼굴로 말했다.

"젊은 남자를 총관으로 삼았다? 흐음, 어쩌면 데릴사위로 삼을 셈이었을지도 모르겠군."

유청은 기겁했다.

'내가 미쳤냐? 소가주 년이랑 혼사를 치르게. 절대 그럴 일 없다!'

하지만 겉으로 말을 할 수 없는 처지가 아닌가?

장평의 말이 계속됐다.

"만약 데릴사위라면, 그자에게 구대문파의 무공을 전수해 주었을 가능성이 크군."

'난 고작 백호복운 일 초식 배운 게 전부다!'

유청의 속이 타 들어갈 때, 우현이 쐐기를 박았다.

"그 총관이 가문의 모든 일을 도맡아 처리한다는 얘기를 들었습니다. 절대 외부인이 아닙니다."

'이 새끼가 제대로 알지도 못하고 말하냐?'

풍조학도 한마디 거들었다.

"무공 비급을 훔칠 때 살수 동문이 아니라 그 총관이란 놈이 함께 도적질을 했을지도 모르겠군."

'허걱!'

유청은 심장이 멎는 것 같았다.

'큰일이다! 자칫 신분이 탄로 나면 빼도 박도 못하고 가주의 공범으로 몰리겠구나.'

한편, 안심이 되는 면도 있었다.

'그나마 다행이다. 도망치지 못하고 지금까지 세가에 있었더라면 이제 꼼짝없이 잡혔을 것 아냐? 다시 가주를 볼 일은 없을 테니, 내가 총관이라는 건 영영 들키지 않는다!'

그때, 장평이 유청을 보며 말했다.

"이번 일은 무림맹주께서 친히 나서주셔야겠소."

"예?"

유청은 가슴이 덜컥했다.

"지금 무공 비급 도적 때문에 구파일방의 사기는 땅에 떨어져 있소. 다행히 신임 무림맹주는 무공도 뛰어난데다가, 아직 춘추가 많지 않아 젊은 후기지수들과 함께 행동하는 데 무리가 없을 거라 생각하오."

"예……."

"이번 기사를 무림맹주가 직접 나서서 해결하여 구파일방의 위명을 다시 세워주시오!"

잔뜩 예의를 갖춘 말.

그러나 유청은 속뜻을 잘 알았다.

'내가 아직 젊으니까 힘든 일을 네놈들 대신 하란 소리렷다?'

실은 장평이 유청에게 일을 맡긴 것에는 다른 이유가 하나 더 있었다.

무공 비급이 어떤 것인가? 무림문파의 존망이 걸려 있는 서책이 아닌가?

안 그래도 무공 비급이 도적 맞은 일을 쉬쉬하며 숨겨왔던 구대문파의 장문인들이다.

사정이 그러니, 만약 구대문파의 장문인들 중 어느 하나가 일을 맡으면, 다른 장문인들은 그에게 자기 문파의 무공을 빼앗길까 봐 꺼려할 것이 자명한 일.

하지만 유청은 사정이 달랐다.

구대문파와 상관없는 개방의 신임 방주가 아닌가?

때문에 장평은 유청을 무림맹주로 만들면서 미리 무공 비급 도적에 관한 일을 맡기려고 계획했던 것이다.

장평이 마지막으로 말했다.

"전 무림맹주이신 도학 진인을 대신하여, 현 무림맹주에게 그분의 뜻을 전달하겠소. 팔소호 삼소봉을 이끌고 사천 백당으로 가서 무공 비급 도적과 그 식솔들, 그리고 총관을 잡아오시오!"

유청은 멍청한 얼굴로 허공을 바라봤다.

무림에서 만인지상(萬人之上)의 위치라 할 수 있는 무림맹주가 된 유청.

그런데 처음 맡은 임무가 바로 자기 자신을 잡아오는 일이 된 것이었다!

유청은 망연자실했다.

개방의 신임 방주에서 비무대회 우승자로, 그리고 무림맹주까지 벼락출세를 하는 줄 알았다.

한데, 그것이 모두 자신의 발목을 옥죄는 함정이었지 않은가?

지금까지 생사의 난관이 닥쳐도 도박면상을 유지하며 사기를 쳐서 빠져나왔던 유청이다.

그러나 이번만큼은 도망칠 수 있는 해법을 알 수 없었다.

유청은 차라리 속 시원히 외치고 싶었다.

'나 돌아갈래! 무림맹주 되기 전으로!'

그러나 물동이는 엎질러지다 못해 아예 산산이 부서진 꼴이 아닌가.

장평이 말했다.

"일이 시급하오. 무림맹주 추대를 어서 끝내야겠소."

순간, 머리에 스치는 생각.

'맞다! 아직 완전히 무림맹주가 된 건 아니었지?'

유청은 먼저 장평이 했던 말을 기억해 냈다.

바로, 전 무림 동도에게 찬성을 받아야 정식으로 무림맹주가 된다는 말.

물론 감히 구파일방의 일에 훼방을 놓으려는 간 큰 이는 없을 게 뻔하다. 형식적인 절차라는 소리다.

유청도 그때는 그렇게 생각했었다.

그런데 지금은 그것이 유일한 탈출구가 된 셈이다.

'아직 안 끝났다. 한 명이라도 반대자가 나오면 무림맹주 건은 무산된다. 아니, 무산되지는 않더라도 최소한 시간은 늦출 수 있다. 그 사이를 틈타 도망치면 된다.'

장문인들은 일제히 자리에서 일어났다.

장평이 우현에게 말했다.

"구파일방의 장문인들이 비무장으로 간다고 전해라."

"존명!"

우현은 포권을 하고는 청월헌을 나갔다.

유청은 문과 가장 가까운 곳에 있었기 때문에, 우현이 나갈 때 슬쩍 고개를 피했다.

혹시라도 그가 자신이 총관이라는 것을 알아볼지 몰랐기 때문이다.

다행히 우현은 그냥 스쳐서 나가 버렸다.

그 뒤로 장평을 선두로 하여, 장문인들은 비무장으로 향했다.

유청은 똥줄이 타 들어갔다.

마치 사형장으로 발을 옮기는 사형수의 심정 같았다.

'이러다가 정말 무림맹주가 되면 인생 쫑난다.'

모든 중원의 무림인들이 꿈에서조차 바라기 힘든 무림맹주의 자리.

그러나 유청은 이제 거저 준대도 싫었다.

안 그래도 죽으러 가는 심정이니, 발걸음이 자연 무거웠다.

반면, 장평을 비롯한 장문인들은 진기를 돋우고 경공을 써서 바람처럼 내달렸다.

유청은 속으로 욕을 퍼부었다.

'쌍! 다른 때는 점잔빼더니, 왜 오늘따라 눈썹이 휘날리게 달리냐?'

유청은 조금씩 뒤로 처졌다.

그러자 뒤에서 왕철심이 유청을 추월하며 말했다.

"신임 맹주께서는 경공이 남다르셨던 걸로 기억하는데, 오늘은 몸이 불편하신가 보죠?"

유청이 그의 말뜻을 모를 리 없다.

'관도에서는 잘도 도망치더니, 지금은 웬일로 늑장이냐는 말이렷다?'

하지만 유청은 대꾸하지 않고 걸음을 조금씩 느리게 했다.

여차하면 언제라도 몸을 빼서 도망칠 생각.

그러나 도망칠 구석은 없었다.

맨 뒤에서 소림 방장 무혜가 따라왔기 때문이다.

"시주, 어서 가시지요."

무혜는 유청의 경공 수준을 익히 잘 알기에, 겸손 부릴 것

없다는 마음으로 한 말이었으리라.

하지만 유청은 속이 탔다.

'난 가고 싶지 않수다. 방장이나 먼저 가시오!'

결국 유청은 장문인들 틈에 끼여서 비무장에 도착하고야 말았다.

무당 제자 우현은 장평의 명을 받고서 이미 비무장에 포고를 마친 뒤였다.

아침부터 비무장에 모여 있던 사람들은 구파일방의 장문인들이 도착하는 것을 보자 환호했다.

장문인들은 단상으로 올라가 자리를 잡고 앉았다.

유청은 미치고 환장할 것 같았다.

'지금이라도 도망쳐야 되는데…….'

그러나 가면 어디로 간단 말인가?

비무장에 가득 찬 구파일방인들과 무소속인들, 단상 밑에 있는 팔소호 삼소봉, 그리고 장문인들의 눈을 무슨 수로 피한단 말인가?

설상가상으로, 언제 송막이 지시했는지, 숙소에 있어야 할 거지들 팔백 명이 전원 비무장에 나와 있었다.

유청의 신변에 무슨 일이라도 생기면 즉시 팔백 명이 달려들어 유청을 에워싸고 호위할 태세다.

유청은 짜증이 났다.

'송막 새끼! 왜 시키지도 않은 일을 하냐?'

설령 하늘을 날 수 있는 날개가 있다 해도 도망칠 수 없는 상황.

유청은 생각했다.

'도망칠 길은 없다. 그렇다면, 무림맹주가 되면 절대 안 된다!'

장평이 단상 앞으로 나가서 손을 들자, 비무장은 쥐 죽은 듯이 조용해졌다.

그러자 그가 말했다.

"모든 무림 동도는 들으시오. 어제 개방의 신임 방주인 강북일협 대인배 유청이 비무대회에서 우승했다는 것을 이 자리에서 공표했소."

"와아아아!"

"비무대회 우승자가 나온 문파에서 다음 무림맹주를 맡게 된다는 것은 다들 잘 아실 것이오."

사람들은 수군거렸다.

"그럼 뭐야? 개방이 무림맹주를 먹는 거야?"

"해서, 구파일방의 장문인들은 회의를 거쳐서 개방 방주를 차기 무림맹주로 추대하는 것에 만장일치로 찬성하였소."

"아아아……."

사람들은 경악했다.

"무슨 소리야? 강북일협 대인배가 무림맹주야?"

"무당 장문인이 그렇다고 하잖아."

"그게 말이 돼? 강북일협은 이제 겨우 스무 살이나 먹었을

법한 애송이인데?"

사람들의 술렁임은 끊이지 않았다.

이치대로 따지자면 이해 못할 일도 아니다.

어느 문파에서든 무림맹주가 나와야 하는 판에 문파의 장문인이 무림맹주가 되지 않으면 누가 된단 말인가.

저번 무림맹대회에서는 조금 사정이 달랐다.

무림의 최고 고수이자 명숙인 도학 진인이 무당에 있었기 때문에, 장문인인 장평이 아니라 도학 진인이 무림맹주를 맡아도 아무도 이상하게 여기지 않았던 것이다.

하지만 지금 개방의 사정은 또 다르지 않은가.

전임 방주인 노동일심 홍욱이 있다면야 모르지만, 그가 없으니 방주 말고 누구를 추대한단 말인가.

굳이 고르자면 소걸아 주영취뿐인데, 그는 비무대회 상위 입상은커녕 십육강에서 송죽일권 이명하에게 패배해서 떨어졌으니…….

결국 개방에 남은 인물은 신임 방주인 유청뿐이었다.

사람들은 좀처럼 술렁임을 멈추지 않았다.

"나, 강북일협을 비무대회 예선 때 봤었는데, 그때는 평범한 무명소졸이었다고!"

"에이, 그래도 뭔가 있었겠지."

"아니라니까! 어떤 늙은 거지랑 돌아다니던 꼴이 영락없는 상거지였어!"

비무대회 예선 때부터 유청을 알고 있던 사람들은 그의 벼락출세에 놀라했다.

그러나 놀람도 잠시,

곧이어 땅을 뒤흔드는 함성이 울려 퍼졌다.

"와아아아! 새 무림맹주가 나왔다!"

안 그래도 비무대회에서 무소속인들의 응원을 한 몸에 받던 유청이다.

그런 그가 믿기지 않을 만큼 출세를 하자, 무소속인들은 유청을 영웅시하게 된 것이다.

한 번 함성이 터지자, 곧 분위기는 역전됐다.

그러나 함성이 크면 클수록 유청이 마음은 시커멓게 타 들어갔다.

'난 무림맹주 되기 싫단 말이다!'

장평이 손을 들자 시끄러운 함성 소리가 일시에 멈췄다.

그가 엄숙하게 말했다.

"구파일방의 장문인들은 개방의 신임 방주를 무림맹주로 추대하였소. 전 무림맹주이신 도학 진인을 대신하여 묻겠소. 개방 방주 유청이 새 무림맹주가 되는 것에 반대하는 이가 있다면 지금 단상 앞으로 나오시오!"

장평은 진기를 돋워서 비무장 끝까지 목소리가 쩌렁쩌렁 울리게 했다.

감히 무당의 일에 반대할 꿈도 못 꾸도록 엄포를 놓는 듯한 장평의 처사였다.

하지만 그럴 필요도 없었다.

반대하고 나서는 이가 아무도 없었기 때문이다.

유청은 입이 바싹 말랐다.

'아주 겁을 단단히 주는구나. 반대하고 나서면 목이 떨어진다, 이거지?'

사람들의 대다수를 차지하는 무소속인들이야 애초부터 유청을 응원했으니 반대할 리 없다.

유청이 갑작스레 무림맹주가 된 것에 불만을 품은 이들은 주로 구파일방인들이었다.

특히 후기지수 모임인 팔소호 삼소봉의 얼굴에는 질투심이 드러날 정도였다.

하지만 자기 문파의 장문인들이 이미 유청을 추대한 터인데, 반대할 자가 있을 리 없었다.

송막은 조용한 비무장을 훑으며 생각했다.

'일이 너무 쉽게 풀리는군. 장평 놈이 방주를 허수아비 맹주로 만들 심산이렷다? 후후, 거지는 한 번 물은 봉을 절대 놓지 않는다. 맹주 자리를 넘겨주면, 필히 후회할 날이 올 거다.'

아무도 나서는 이가 없자 장평이 유청에게 고개를 끄덕였다.

유청은 한숨을 푹 쉬었다.

'올 것이 왔구나……'

앞으로 나가서 무림맹주로서 첫 인사를 하라는 신호가 아니고 무엇인가.

유청은 도살장에 끌려가는 소처럼 억지로 걸어나갔다.

그리고 좌중을 향해 포권지례를 하며 말했다.

"개방의 신임 방주 유청이 무림 동도에게 인사드립니다."

"와아아아!"

유청은 침이 바싹 말랐다.

'이대로 무림맹주가 됐다가는 내가 나를 잡으러 백당으로 가야 된다. 그럼 빼도 박도 못하고 가주 놈이랑 공범이 된다.'

유청은 재빨리 머리를 굴렸다.

'대체 어떻게 해야 무림맹주를 반대하는 놈들이 나올까?'

문득 뇌리를 스치는 생각,

'반대하는 놈들이 없다면, 만들면 되는 것 아냐?'

유청은 주먹을 꽉 움켜쥐었다.

'좋아, 한번 낚아보자!'

유청은 단단히 결심을 하고 좌중을 둘러봤다.

그때부터 무림맹주가 되지 않기 위한 유청의 처절한 연기가 시작됐다.

이십 평생을 눈칫밥을 먹으며 감언이설을 혀에 달고 살아온 유청.

훗날, 유청이 무당산에서 열변을 토한 이야기는 무림의 역사에 길이 전설로 남게 된다.

유청은 뒤를 돌아보며 말했다.

"먼저, 저를 무림맹주로 추대해 주신 구파일방의 장문인들께 진심으로 감사드립니다."

겉으로는 도박면상을 지키며 말했지만, 속으로는 욕지거리를 퍼부었다.

'개새끼들! 내가 니들 따까리냐?'

그러나 사람들은 유청의 속내를 모른 채, 그의 겸손함과 예의바름에 고개를 끄덕였다.

유청이 연설을 시작했다.

"제가 무림맹주가 되면 무림을 위해서 크게 세 가지의 일을 하겠습니다."

그 말에 사람들은 고개를 갸웃했다.

"엥, 무슨 소리야?"

"방금 맹주가 됐는데, 그전에 이미 할 일을 정해뒀나?"

장문인들도 영문을 몰라서 귀를 기울였다.

유청은 포권을 하며 말했다.

"첫째, 하남의 개봉과 절강의 항주를 잇는 대운하를 건설하겠습니다!"

"......!"

사람들은 어안이 벙벙했다.

곧 여기저기서 술렁이는 소리가 터져 나왔다.

"대운하? 물길을 튼다는 소리인가?"

"개봉에서 항주까지면 까마득하게 먼데, 어떻게 운하를 파?"

사람들이 수군거리든 말든, 유청은 연설을 계속했다.

"중원은 너무나 넓습니다. 남에서 북으로 가는 데 말을 타고 달려도 석 달이 더 걸립니다. 대운하를 파서 개봉과 항주를 잇는다면, 쉽게 남북을 오갈 수 있을 겁니다."

사람들은 멍한 얼굴로 유청을 바라봤다.

유청의 말이 너무나 허황되고 거창했기 때문이다.

충격은 거기에서 그치지 않았다.

"또한 운하 주변으로 상권이 형성되어 중원무림인의 살림살이에 큰 보탬이 될 것입니다!"

그때, 단상에서 한 인영이 끼어들었다.

"중원에는 이미 장강(長江)이 있지 않소? 장강을 피해서 어떻게 운하를 판다는 소리요? 게다가 구파일방인들은 남북보다 주로 동서로 오가는 일이 많은데, 남북으로 운하를 파놓으면 말이 달릴 길이 사라져서 불편할 게 아니오?"

말을 꺼낸 자는 뜻밖에도 공동 왕철심이었다.

다른 장문인들은 장평의 눈치를 보느라 함구하고 있었다.

한데, 눈치 없고 성급한 왕철심은 그걸 모르고서 대뜸 반발하고 나선 것이다.

하지만 사람들은 그 말에 고개를 끄덕였다.

유청의 헛점을 찌르는, 일리있는 말이었기 때문이다.

그러나 유청은 간단하게 대답했다.

"좀 불편하면 어떻소? 중원무림의 살림살이만 나아지면 되지 않소?"

"……."

유청의 말에 왕철심은 할 말을 잃었다.

실은, 중원의 교통 문제는 구파일방의 큰 밥그릇이었다.

중원 각지를 오가며 사람들과 물건을 운송해 주는 표국. 그들이 바로 구파일방의 중요한 수입원이었던 것이다.

한데, 유청의 말대로 운하가 만들어진다면 표국이 할 일은 자연히 없어지는 셈이다. 그러면 그들의 뒤를 봐주는 구파일방의 수입도 줄어들게 된다.

구파일방의 존속에 심히 타격을 주는 유청의 공약.

때문에 왕철심은 유청이 무림맹주라는 사실도 까맣게 잊고서 끼어들었던 것이다.

유청의 말이 이어졌다.

"반대하시는 분들의 뜻도 잘 알겠습니다. 하나, 무림의 살림살이를 위해서 꼭 대운하는 파야 합니다."

"……."

왕철심은 그제야 장평의 눈빛을 보고는 입을 다물었다.

유청이 두번째 공약을 말했다.

"둘째, 황궁에 연락을 취하여 무림인을 위한 일자리 육십만 개를 새로 만들겠습니다!"

"……!"

두번째 공약은 대운하만큼이나 사람들에게 충격을 주었다.

원래 무림은 황실과는 어느 정도 거리를 두고 있었다. 무림이 하는 일을 황실이 좌지우지할 수 없도록 함이었다.

한데, 한번 황실에 손을 벌린다면 그 뒷감당을 어찌한단 말인가?

왕철심은 장평이 눈치를 준 것도 잊어먹고서 다시 끼어들었다.

"그게 무슨 소리요? 왜 무림이 황실에게 부탁을 한답니까?"

유청이 반문했다.

"그럼 놀고먹는 무림의 서민들은 어찌할 생각이시오?"

"그, 그건……."

"황실에는 남자들의 일손이 많이 필요하다고 알고 있소. 무림인들이 목소리를 합쳐서 간곡히 청한다면 황상께서도 황은을 내려줄 것이오."

왕철심은 기가 막혀서 말을 잇지 못했다.

황실에서 필요한 남자 일손이 무엇인가?

바로 내시가 아닌가!

만에 하나, 황실이 유청의 청을 들어준다고 치더라도 육십만 명의 무림인이 내시가 될 수는 없는 일이다.

그런데 상황은 이상하게 급변했다.

유청의 터무니없는 공약에 무소속인들은 오히려 환호성을 지르며 반겼다.

"와아아아!"

"신임 무림맹주가 우리 같은 서민을 위해 무림을 바꾸려고 단단히 작정하셨구나!"

그 말을 들은 왕철심은 발끈했다.

"비록 내 입으로 말하기 부끄럽지만, 공동도 요즘 사정이 좋지 않소. 오대세가에 비하면 우리 공동도 서민에 속하오. 한데, 무작정 서민을 위한다면서 말이 안 되는 소리를 하시오?"

그 말에 유청은 눈을 가늘게 뜨며 말했다.

"그대는 공동의 장문인이오. 맞소?"

"그렇소. 그게 뭐 어쨌단 말이오?"

"이미 장문인이라는 직책이 있지 않소? 일자리가 있으면 서민이 아니오!"

"……."

왕철심은 유청의 말에 입을 딱 벌렸다.

유청은 개의치 않고 연설을 계속했다.

"셋째, 앞으로 모든 문파에서 무공을 가르칠 때 반드시 천축어를 쓰도록 하겠습니다!"

이번에는 왕철심은 물론, 모든 장문인들이 입을 딱 벌렸다.

"중원에 무공을 전해서 소림을 만드신 달마 대사는 원래 천축국의 사람이셨습니다. 무공 공부를 깊이 할 때 반드시 알아야 하는 것이 바로 천축어입니다. 하나, 무림인들이 천축어를 배우기는 너무 힘듭니다. 해서, 구파일방에서 무공을 가르칠 때부터 천축어를 사용한다면, 말도 배우고 무공도 익히고 일석이조가 아니겠습니까?"

유청은 잠깐 호흡을 고르더니, 추가했다.

"게다가 모든 무림인이 천축어를 할 수 있다면 무림의 경쟁력 또한 높아질 것입니다!"

왕철심은 어이가 없어서 이번에는 끼어들지도 못했다.

물론 무공이나 불경을 연구하기 위해서 천축어는 꼭 필요했다.

하지만 천축어를 할 줄 아는 이가 각 문파에 한 명만 있어도 충분한 일이 아닌가?

안 그래도 평생 배워도 다 못 배울 만큼 중원의 말이 어려운 판에 무슨 놈의 천축어란 말인가?

설상가상으로 정말 많은 이들이 천축어를 하게 된다면, 그동안 어려운 천축어를 독점하여 단단히 한몫 챙기던 구파일방은 밥그릇을 또 하나 잃는 셈이 된다.

장문인들은 기가 막혀서 장평을 바라봤다.

그들의 생각은 동일했다.

'저 린 놈 을 정말 무림맹주로 추대해야 하오?'

하지만 장평은 아무 대꾸도 하지 않았다.

연설을 모두 마친 유청은 생각했다.

'떡밥을 잔뜩 뿌려놨으니, 입질이 올 차례다.'

유청은 좌중을 향해 포권을 하며 말했다.

"이상이 제가 앞으로 실행할 일입니다. 혹 제 생각에 부족함이 있다고 생각하는 무림 동도가 있으시면 앞으로 나와서 말씀해 주십시오."

왕철심이 자리에서 일어서려 했다.

그때, 그의 귓속으로 전음이 파고들었다.

"앉으시오."

날카로운 목소리.

전음을 보낸 자는 다름 아닌 장평이었다.

왕철심은 전음으로 호소했다.

"저런 망나니가 설치는 것을 그냥 두고만 볼 것이오? 난 못하겠소!"

"지금 나서면 어찌 된다는 것을 모르시오?"

"무슨 소리요?"

"지금까지는 그냥 넘어갈 수 있었소. 무림맹주의 연설에서 궁금한 점을 물었다고 하면 되니까 말이오. 하나, 이번에 나선다면 무림맹주에 정면으로 반대하는 뜻이 되는 셈이오."

"……!"

왕철심은 멍한 얼굴로 장평을 바라봤다.

장평의 짐작은 옳았다.

유청은 일부러 장문인들과 구파일방인들의 심기를 거스르는 공약을 늘어놓았던 것이다.

그들 중에서 반대하는 이가 나오게끔 화를 돋구는 것이 바로 유청의 심계였다.

유청은 생각했다.

'더도 말고 덜도 말고 한 놈만 나오면 된다. 한 놈만 반대해도 일단 무림맹주 추대는 뒤로 늦춰진다.'

그러나 유청의 생각과는 달리, 아무도 나서는 이는 없었다.

장문인들은 이미 장평의 눈빛을 보고 억지로 자리를 지키고 있었다.

그렇다면 남은 것은 구파일방의 제자들뿐인데, 자파의 장문인이 침묵을 지키는데 그들이 나설 수는 없는 일 아닌가?

유청은 애가 탔다.

'썅! 이만큼 약을 올려도 아무도 안 나오냐?'

유청은 다시 한 번 미끼를 던졌다.

"어떤 말씀을 들어도 저는 개의치 않겠습니다. 그러니 부디 무림의 앞날에 도움이 될 말을 해주십시오."

하지만 구파일방인들은 여전히 요지부동이었다.

반면, 유청의 공약을 반기는 무소속인들이야 나설 리가 없는 상황이다.

유청은 자신과 원한이 있는 자들을 하나씩 지그시 노려봤다.

'먼저는 날 못 잡아먹어서 안달이더니, 왜 지금은 쥐 죽은 듯이 가만있냐?'

유청은 단상 밑에 있는 주영취를 노려봤다.

'주영취! 방주 자리를 빼앗겼는데 억울하지도 않냐?'

주영취는 유청이 자신을 노려보자 무언가 말을 할까 말까 망설이는 눈치였다.

'그래, 괜찮아. 남자가 태어나서 말할 건 말해야지! 소신껏 말해, 소신껏!'

그러나 주영취는 차마 말을 못 꺼내고 슬며시 유청의 눈길을 피했다.

'썅! 사내 새끼가 그렇게 배짱이 없냐?'

유청은 이번에는 소림 활나한 진억을 노려봤다.

팔소호 삼소봉 모임에서 유독 유청을 꺼려하며 못마땅해하던 진억.

그러나 그도 별다른 반응이 없었다.

'땡초 놈도 나서기는 글렀구나.'

계속해서 자신에게 비무에서 패했던 공동의 냉면서생 팔선
기를 노려봤다.

하지만 결과는 마찬가지였다.

팔선기 역시 슬며시 유청의 시선을 피했다.

유청은 답답해서 속으로 일갈했다.

'이놈들아! 왜 말을 못해! 저놈을 무림맹주 시키면 절대 안
된다고, 왜 말을 못해!'

유청은 똥줄이 탔지만, 도박면상을 지키며 말했다.

"저는 아직 무림맹주의 신분이 아닙니다. 어려워하지 마시
고 소신껏 의견을 말해주십시오."

"……."

그러나 이만에 가까운 인파가 모인 비무장에서 유청에게 반
대하는 이는 아무도 나오지 않았다.

오히려 사람들은 유청의 처사에 감복하며 말했다.

"신임 무림맹주가 공약도 대단하고 인품 또한 남다르다!"

"괜히 강북일협 대인배겠냐?"

유청은 그 말을 들으며 절망했다.

'이게 아닌데…….'

유청은 망연자실했다.

'이만큼 약을 올려도 반대하는 자가 안 나오면, 앞으로도 나
올 일이 없다…….'

실패했다는 생각이 들자 하늘이 노랗게 보였다.

문득 뇌리에 스치는 생각이 있었다.

'맞다, 그걸 물고 늘어지자!'

유청은 다시 숨을 고르고는 말했다.

"모든 무림 동도가 저의 뜻을 알아주시니 감개가 무량합니다. 하나, 제가 지금 당장은 무림맹주를 맡을 수 없는 이유가 있습니다."

그 말에 사람들은 고개를 갸웃했다.

'지금까지 공약을 그렇게 말해놓고서 갑자기 못하겠다니 무슨 소리냐?'

"실은 노동일심 홍욱, 즉 개방의 전임 방주께서 정체 모를 자들의 마수에 명을 달리하셨습니다."

유청은 말을 하다가 중간에 크게 한숨을 내쉬었는데, 그 모습이 사뭇 처량한 것이 전임 방주에 대한 그의 슬픔이 얼마나 큰지를 잘 보여주었다.

"해서, 개방에서는 전임 방주의 원수를 갚는 자가 다음 방주가 될 예정입니다. 저는 임시로 방주 직을 맡고 있습니다."

그 말에 사람들은 고개를 끄덕였다.

"그랬구나!"

"강북일협의 말이 맞다. 노동일심 홍욱이 죽었는데, 그의 원수를 갚는 자가 마땅히 방주가 되어야지!"

유청은 사람들의 반응을 보면서 생각했다.

'옳커니, 슬슬 입질이 오는구나.'

"무림을 위해서 하고자 하는 일과 뜻하는 바는 많으나 전임 방주의 원한을 갚지 않고서 무림맹주 자리에 오른다면, 후세에 사람들이 저를 보고 손가락질하며 명리를 탐한 소인배라고 욕하지 않겠습니까?"

"아아아……!"

사람들은 크게 감탄하며 고개를 연신 끄덕였다.

무림맹주 자리를 목전에 두고서도 공명정대하게 행동하는 강북일협 대인배!

훗날, 무림인들은 그를 두고서 이렇게 칭송하게 된다.

'강북일협 대인배. 그는 무림맹주도 사양하는 무욕(無慾)을 갖췄다!'

반면, 자신의 발을 옥죄는 함정에서 도망치기 위해 필사적이었던 유청의 속내는 그 누구도 알지 못했다.

송막은 유청의 말을 듣고 얼굴을 구겼다.

'저놈이 다 된 밥에 코를 빠뜨리겠구나!'

그러다가 고개를 갸웃했다.

'혹시 저놈이 정말 대인 협객인가?'

두뇌 회전이 남다른 송막마저 무림맹주 자리를 사양하는 유청의 정체를 알 수 없었던 것이다.

하지만 송막은 고개를 저었다.

'자고로 잔꾀 있는 협객은 없다고 했다. 저놈은 협객이 아니

다. 필히 무언가 속사정이 있을 터.'

유청은 속으로 안도하며 한숨을 내쉬었다.

'이번에는 먹혔다!'

그러나 그것도 잠시,

장평이 앞으로 나오며 말했다.

"개방 방주의 뜻은 잘 알겠소. 모든 무림 동도는 방주의 고귀한 뜻을 존중할 것이오."

유청은 생각했다.

'오호라, 이제 네놈도 할 말이 없는 게로구나.'

그러나 그것은 유청이 착각이었다.

장평은 관중을 향해 말했다.

"하나, 무림맹주 자리를 공석으로 비워둘 수는 없는 일이오. 해서, 개방 방주를 임시 무림맹주로 추대하고자 하오. 개방 전임 방주의 원한을 갚은 다음, 그때 가서 정식으로 무림맹주가 된다면 모든 일이 순탄하지 않겠소?"

장평의 말이 끝나자 비무장은 잠시 침묵에 휩싸이더니 곧 커다란 환호성이 터져 나왔다.

"와아아아아! 과연 무당 장문인이다!"

"무당 장문인도 무림 명숙답게 일 처리가 공명정대하구나!"

장평은 빙그레 웃으며 유청을 바라봤다. 그리고 포권을 하며 말했다.

"비록 임시지만 무림맹주에 오른 것을 감축드리오."

"와아아아!"

유청은 속마음은 황망했지만, 겉으로는 태연한 척하며 포권으로 답했다.

동시에 속으로 이를 갈았다.

'장평 새끼! 이번에는 내가 졌지만, 다음에 꼭 이 빚을 갚아 주겠다!'

그리고 환호하는 관중을 향해 돌아서며 말했다.

"감사합니다! 앞으로, 가진 것 없는 서민을 위한 무림을 만들겠습니다!"

박수갈채가 터지고 환호성이 쏟아졌다.

유청은 손을 흔들며 답례했다.

그러면서 속으로 일갈했다.

'이 뭐 같은 병신 놈들아! 두고 봐라. 언젠가 날 무림맹주로 뽑은 것을 땅을 치며 후회할 날이 올 것이다!'

第三十六章

하늘이 무너져도 도망칠 구멍은 있다

　유청이 신임 무림맹주로 추대된 것을 마지막으로 하여 무림맹대회는 대단원의 막을 내렸다.

　사람들은 앞으로 무림이 어떻게 나아갈지를 얘기하며 무당산을 내려갔다.

　무림맹대회에 참가한 사람들의 대다수는 무소속인이었다.

　그들은 잔뜩 희망에 부푼 마음으로 생각했다.

　'강북일협 대인배는 밑바닥에서 시작하여 중원무림 최고의 자리에 올랐다. 나라고 못할소냐?'

　'소속도, 문파도 없다고 괄시받는 것도 이제 끝이다. 강북일협이라면 가진 것 없는 자를 위한 무림을 만들겠지!'

　그들 중의 어느 누구도 유청의 진짜 정체를 의심하는 이는 없었다.

만약 유청의 별호가 허풍이며, 할 줄 아는 무공은 백호복운 일 초식에 불과한 사기꾼이라는 것을 안다면, 사람들은 땅을 치며 후회할 일이었다.

그러나 한 번 엎질러진 물을 도로 담을 수 없는 것이 세상의 이치였으니…….

유청은 비무장을 떠나면서 자신을 보고 환호하는 사람들에게 일일히 포권을 하며 답례했다.

그러나 개방 숙소로 돌아오자 표정이 싹 바뀌었다.

유청은 이를 바드득 갈았다.

'날 이용해 먹고서 버리시겠다?

서문세가 가주의 꾀임에 빠져서 팔 년간을 생고생하며 단물만 빨아먹혔다.

우여곡절 끝에 도망쳐서 이제야 제대로 된 강호출행을 하는가 싶었다.

백호복운 일 초식만 가지고서 당당히 비무대회 팔강까지 가지 않았던가.

그런데 이번에는 구파일방의 장문인들이 자신을 이용해 먹으려는 셈이니…….

유청은 생각했다.

'개새끼들, 내가 그렇게 만만해 보이냐?

무엇보다 '임시'라는 말이 귀에 거슬렸다.

개방 방주도 임시로 맡았는데, 무림맹주까지 임시란 말이 붙어버렸다.

　물론, 임시직은 유청이 스스로 자기 꾀에 걸려들었기 때문이다.

　하지만 유청은 그 생각은 하지 않고서 구파일방의 장문인들과 송막을 욕했다.

　'날 토사구팽하겠다는 속셈이렷다?'

　토사구팽(兎死狗烹).

　토끼를 잡으면 사냥개는 삶아먹는다는 말이다.

　무림맹주 되기를 끝끝내 사양했건만, 장평은 임시라는 말로 자신을 옭아매지 않았던가.

　무공 비급을 되찾으면 무슨 흉계를 써서든지 무림맹수 사리에서 끌어내겠다는 속셈이었다.

　유청은 치를 떨었다.

　'구파일방 놈들, 특히 장평 새끼! 내 네놈들 하라는 대로만 하진 않는다.'

　그날 저녁,

　유청이 한창 짐을 꾸리고 있을 때, 무당 제자가 찾아왔다.

　"장문인께서 무림맹주님을 뵙자고 하십니다."

　'꼴 보기도 싫은데 왜 또 불러?'

　유청은 송막과 함께 청월헌으로 갔다.

　뜻밖에도 장문인들 말고도 유청을 기다리는 자들이 있었다.

　바로 팔소호 삼소봉이었다.

물론 소영영도 그중에 있었다.

유청은 그녀를 보자 반가워서 슬쩍 눈빛을 보냈다.

하지만 소영영은 여전히 유청에게 눈길을 주지 않았다.

유청은 애가 탔다.

'왜 저래? 날 마음에 두고 있던 게 아니었나?'

유청이 딴 곳에 정신을 팔자 송막이 옆구리를 쿡, 찔렀다.

유청은 정신이 번쩍 들어서, 사람들을 향해 포권을 했다.

장평도 유청에게 포권을 했다. 이제 같은 구파일방의 장문인 신분이며, 임시라고는 해도 엄연한 무림맹주이니 예를 갖춘 것이었다.

그가 말했다.

"이렇게 갑자기 부른 것은, 일이 한시라도 빨리 해결해야 할 만큼 시급하기 때문이오."

유청은 짜증이 났다.

'내가 날 잡으러 가야 하는 것도 어이없는데, 지금 당장 가라는 소리냐?'

아니나 다를까, 장평이 말했다.

"무림맹주는 선발대와 함께 지금 바로 사천 백당이란 곳으로 떠나주시오. 구파일방의 다른 이들은 만반의 준비를 갖추고서 후발대로 따라가겠소."

"예……."

유청은 하기 싫은 대답을 억지로 했다.

그런데 문득 드는 생각,

'선발대랑 함께라고? 그럼……'

"선발대라 함은, 팔소호 삼소봉을 두고 한 말입니까?"

장평은 고개를 끄덕였다.

"그렇소. 팔소호 삼소봉이 맹주를 호위할 것이오. 또한 무당 제자 우현을 데려가시오. 그자가 사천 백당으로 안내할 것이오."

"알겠습니다."

유청은 조용히 고개를 끄덕였다.

그러나 속마음은 뛸 듯이 기뻤다.

'소영영 소저랑 다시 함께하게 됐구나!'

유청은 소영영과 함께 여행을 떠난다는 기쁨에, 잠시 다른 불만은 까맣게 잊어버렸다.

팔소호 삼소봉이 일제히 유청에게 포권하며 반배했다.

"팔소호 삼소봉이 무림맹주님을 뵙습니다."

유청도 그에 답했다.

팔소호 삼소봉은 전부 열한 명이지만, 지금 모인 자들은 모두 일곱 명뿐이었다.

팔소호 중에서는 소림 활나한 진억, 청성 소면호 이산, 곤륜 흑발식귀 엄홍, 개방 소걸아 주영취가 있었고, 삼소봉은 무당 일봉 소영영, 아미풍검 청연, 종남미검 진수향이 모두 있었다.

무당일룡 영조명은 행방불명 중이니, 불참이 당연했다.

화산과 점창의 제자는 애초에 무림맹대회에 참석하지 못했다.

마지막으로, 공동 냉면서생 팔선기는 비무대회에서 유청에게 당한 부상을 핑계로 오지 않았다.

일곱 명의 팔소호 삼소봉은 유청에게 포권지례를 하자니 심사가 복잡했다.

얼마 전까지만 해도 강호의 무명소졸이었던 자가 아닌가.

그래도 여제자들 삼소봉은 유청에게 호의를 품고 있었기 때문에 별 문제가 없었다.

청성 이산과 곤륜 엄홍도 유청이 자신들보다 무공 수위가 한 수 위라는 것을 인정했기에 크게 불만은 없었다.

그러나 소림 진억과 개방 주영취는 심기가 불편했다.

진억은 살수 동문에게 당한 내상이 크게 호전되었다.

한데, 방장 무혜가 바로 유청의 호위를 맡으라고 명한 것이 못내 불만이었다.

유청이 비무대회에 우승했다는 얘기를 듣고서 진억은 더욱 분해했다.

그는 생각했다.

'내가 계속 참가했더라면 저런 시정잡배쯤은 충분히 이길 수 있었을 것이다.'

진억은 내심 우승을 놓친 게 아쉬웠기에, 유청을 무림맹주로 인정할 수 없었던 것이다.

주영취의 불만은 그 누구보다 컸다.

안 그래도 자신이 차기 개방 방주 후보 일순위였는데, 어디서 굴러 들어왔는지 모를 유청에게 자리를 빼앗기지 않았는가.

유청은 개방 방주가 되자마자 급물살을 타서 무림맹주까지 꿰찼으니, 주영취가 유청을 고깝게 보는 것은 당연했다.

주영취는 유청의 위아래를 훑으며 생각했다.

'거지가 거지다워야 거지지!'

반면, 유청에게 크게 호감을 갖는 이도 있었다.

바로 종남미검 진수향이었다.

유청과 소영영이 함께 도망칠 때, 그가 소영영에게 잘해주는 것을 보고 부러워하던 진수향.

그녀는 유청을 보며 생각했다.

'역시 내 눈이 틀리지 않았어. 때 빼고 광내고 미낀 옷 입쳐 놓으니까 제법 근사하잖아?'

진수향은 은근슬쩍 유청에게 눈빛을 보냈다.

그러나 유청은 시종일관 소영영만을 바라보는 게 아닌가?

명문정파인 종남의 제자이며, 외가집이 엄청난 부자라서 남 부럽지 않게 자란 진수향.

때문에 그녀는 어려서부터 원하는 것은 반드시 손에 넣어야 하는 성미였다.

그런데 마음에 든 남자가 다른 여자만을 쳐다보고 있으니……

소영영과 친분이 깊은 사이지만, 어느새 진수향의 가슴에는 질투심이 크게 자리 잡고 있었다.

'언젠가는 저 남자를 내 남자로 만들어야지.'

팔소호 삼소봉은 그렇게 각자 딴생각을 하며 유청을 바라봤
다.

유청이 팔소호 삼소봉과 인사를 나누자 장평의 뒤에서 무당
제자 하나가 나왔다.

"무당 제자 우현이 맹주님을 뵙습니다."

먼저 청월헌에서 봤던 우현이었다.

유청은 담담한 얼굴로 답례했으나, 속마음은 달랐다.

'이 자식, 감히 날 염탐하고 왔겠다?'

장평이 팔소호 삼소봉을 보며 말했다.

"이번 선발대는 구파일방의 무공 비급을 되찾는 중대한 임
무가 있다는 것을 명심해야 할 것이다."

"존명!"

팔소호 삼소봉은 포권을 하며 답했다.

조용히 있던 소림 방장 무혜가 말했다.

"구파일방이 자랑하는 팔소호 삼소봉을 두고 그냥 선발대
라 명하는 것은 조금 심심해 보이는군요."

그 말에 사람들은 무혜를 쳐다보며 생각했다.

'무슨 좋은 생각이라도 있소?'

무혜가 빙그레 웃으며 말했다.

"무공 비급을 찾으러 떠나는 이들이니, 비급 원정대라 부르
면 어떠할지요?"

사람들은 무혜의 말에 수긍하며 고개를 끄덕였다.

장평도 고개를 끄덕이며 말했다.

"좋소. 그럼 맹주께서는 비급 원정대를 이끌고 먼저 출발하시오."

"알겠습니다."

유청이 몸을 돌리자 팔소호 삼소봉과 무당 제자 우현이 그 뒤를 따랐다.

구파일방 최고의 후기지수들이 자신을 보필하는 상황.

평소라면 하늘을 찌를 만큼 기쁘겠으나, 지금은 반대였다.

마치 소가 제 스스로 도살장에 걸어가는 상황이 아닌가?

유청은 속으로 절규했다.

'내가 나를 잡으러 가야 한다니, 중원 천지에 이런 개 같은 경우가 또 어디 있냐?

그렇게 하여 유청을 수장으로 하는 아홉 명의 비급 원정대가 결성되었다.

*   *   *

유청은 팔소호 삼소봉과 함께 무당산을 떠났다.

길을 떠난 것은 팔소호 중에서 진억, 이산, 엄홍, 주영취.

그리고 삼소봉 소영영, 청연, 진수향.

마지막으로 길을 안내할 무당 제자 우현까지 합하여 모두 아홉이었다.

그들은 무당이 마련한 준마 아홉 필을 타고 바람처럼 무당산을 내려가 사천으로 향했다.

이름하여 '비급 원정대'가 탄생한 것이다.

팔소호 넷은 그다지 기분이 좋지 않았다.

왕철심의 뒤를 따라 유청을 잡으러 관도로 올라가던 게 엊그제 같았다.

그런데 갑자기 유청이 낙하산을 타고 내려와서 이제 그의 명령을 받는 처지가 되었다.

당연히 팔소호 넷이 유청을 반길 리 없었다.

기분이 좋지 않은 것은 유청도 마찬가지였다.

'대체 이 일을 어찌하면 좋냐?'

시간이 지날수록 유청은 점점 더 불안해졌다.

'그냥 야반도주해 버려?'

중간에 객잔에 머물 때마다 도망칠 생각을 수백 번도 더 했다.

하지만 그것도 불가능했다.

꼴에 무림맹주라고, 팔소호 삼소봉이 밤마다 번갈아서 불침번을 서며 유청을 호위하는 게 아닌가?

'이 새끼들, 잠이나 처잘 것이지 왜 쓸데없이 지랄이야?'

팔소호 삼소봉 역시 잠을 설치는 것이 불만이었다.

'무림맹주쯤 됐으면 제 한 몸 지키는 데 무리는 없을 텐데, 왜 매일 밤 우리가 불침번을 서야 돼?'

그것 역시 장평의 심계였다.

팔소호 삼소봉에게는 불침번을 서라는 명목으로 명했지만,

실은 유청이 무슨 술수를 쓸지 미리 방지하려는 속셈이었던 것이다.

그러나 팔소호 삼소봉이 지키지 않는다고 해도 유청은 차마 도망칠 수 없었다.

중원무림에 대한 아쉬움 때문이었다.

'여기서 도망쳤다가는 영영 중원무림에는 발을 못 들인다.'

무림맹주가 돼서 얼굴이 팔렸는데, 그만두고 도망친다면 어디로 간단 말인가?

다시 강호의 무명소졸로 돌아가는 것 외에는 방법이 없는 판이다.

결국 유청은 이러지도 저러지도 못하고 속앓이를 했다.

하루하루가 바람처럼 지나갔다.

무당산을 떠난 지 보름이 지나자 비급 원정대는 사천에 당도했다.

사천의 성도에 도착하자 비급 원정대는 큰 객잔에다 말을 맡기고 도보로 떠날 채비를 했다.

무당 제자 우현이 말했다.

"백당이란 곳은 사천 구석에 틀어박힌 오지입니다. 말을 타고 갈 수 있는 길은 없습니다."

유청은 그 사실을 잘 알고 있으나, 모르는 척 고개를 끄덕였다.

우현이 노숙할 때 먹을 벽곡단을 준비하려 하자 유청은 우현에게 말했다.

"벽곡단 말고 육포와 말린 과일 등으로 준비하시오. 비용은
얼마가 들어도 좋소."

"예?"

우현은 처음에는 영문을 몰라 고개를 갸웃했다.

벽곡단(僻穀丹).

곡식과 솔잎 가루를 개서 콩알만 한 크기로 만든 비상식량
이다.

무림인들은 비상식량으로 대개 벽곡단을 준비하여 먹는다.
가지고 다니기 편할뿐더러 영양분이 풍부하기 때문이다.

그런데 귀찮게 육포와 말린 과일이라니?

게다가 값도 한층 비싸지 않은가.

우현이 머뭇거리자 유청은 슬쩍 삼소봉을 쳐다봤다.

그제야 우현은 고개를 끄덕였다.

'내 생각이 짧았구나. 맹주께서 삼소봉을 위해 내린 처사구
나.'

우현은 유청이 명문정파의 여제자들인 삼소봉을 위해 배려
한 처사라고 생각했다.

'하긴, 벽곡단이 맛이 없지. 팔소호와 나는 괜찮겠지만 명문
정파에서 호의호식하며 자란 여인들은 먹기 힘들 것이다.'

물론 유청이 벽곡단을 사지 말라고 지시한 이유는 자기가
먹기 싫어서였다.

'백당까지 그 맛없는 것만 먹고 어떻게 가나?'

우현은 그것도 모르고, 유청의 세심한 마음 씀씀이에 감복했다.

비급 원정대는 짐을 챙기고는 도보로 길을 떠났다.

팔 년 전에 가주를 따라 백당으로 갈 때 죽을 고생을 했던 유청이다.

그러나 지금은 산을 넘고 강을 건너는 것이 크게 힘들지 않았다.

목인비보가 이미 완성된데다가, 서장내공심법 진기와 홍욱이 불어넣어 준 진기가 끊임없이 솟아올랐기 때문이다.

팔소호 삼소봉은 서로 경쟁을 하듯 경공을 써서 바람처럼 내달렸다.

하지만 선두인 유청을 추월하지는 못했다.

그들은 유청의 경공 수위만큼은 인정하지 않을 수 없었다.

무당 제자 우현은 뜻밖에도 처지지 않고 잘 뒤따라왔다.

우현은 팔소호 삼소봉과 비교하면 무공과 내공 수위는 분명한 수 아래였다.

하지만 그는 경공만큼은 절정고수만큼이나 뛰어났다.

유청도 그 사실을 눈치 챘다.

'하긴, 발이 빠르니까 장평 놈이 이 먼 데까지 보내서 첩자질을 시켰겠지.'

벽곡단 건 때문에 유청에게 깊은 호의를 가지게 된 우현은 길을 가면서 유청에게 끊임없이 말을 걸었다.

유청은 그런 우현에게 혹 정체를 들키지 않을까 우려했다.

다행히 그는 못 알아보는 눈치였다.

우현이 말했다.

"맹주님이 비무대회에서 대활약을 하셨다고 들었는데요?"

"과찬이오."

"아닙니다. 얘기를 들으니, 단 일 초식만 출수하여 명문정파의 후기지수들을 모두 누르셨다죠? 그게 무슨 수법이라고 했었지……."

우현은 잠시 생각하더니 말했다.

"아, 음양오행권이었지! 평범하기 짝이 없는 음양오행권을 써서 우승까지 하셨으니 정말 대단하십니다!"

"……."

"참, 그러고 보니 세가의 총관이란 자도 음양오행권을 수련하더군요."

유청은 흠칫했다.

그러나 태연한 척 말했다.

"그렇소? 음양오행권이 사람들에게 널리 퍼진 건 사실이오."

"죄송합니다. 그런 뜻이 아니라……."

"괜찮소."

유청은 대충 얘기를 끝냈지만 등에서는 식은땀이 흘러내렸다.

한편 유청은 길을 가는 중에도 소영영에게 말을 걸 기회를 호시탐탐 노렸다.

그러나 좀처럼 기회가 오지 않았다.

소영영이 혼자 있다면 모를까, 삼소봉 셋이서 항상 붙어다니니 접근 자체가 불가능했던 것이다.

소영영과 진수향은 어렸을 때부터 잘 알던 사이다.

그런데 먼 길을 떠나는 와중에 평소 차갑던 청연까지 그 둘과 친해져 버린 것이었다.

여자 셋이 수다를 떨며 가는데 남자가 끼어들 틈이 있을 리 없었다.

특히 진수향은 찰거머리처럼 소영영에게 붙어서 떨어지지 않았다.

밥을 먹을 때도, 잠을 잘 때도, 심지어 볼일을 볼 때도 소영영을 졸졸 따라다녔다.

유청은 울화통이 터졌다.

'네가 소영영이랑 혼사라도 치른 거냐? 소영영은 내 여자란 말이다!'

하지만 소영영은 무당산에서부터 자신에게 차갑게만 대하고 있으니…….

유청은 날이 갈수록 소영영의 마음을 알지 못해서 애가 탔다.

삼소봉이 따로 노니, 자연히 남아 있는 남자들 여섯 명은 분위기가 어색해졌다.

그나마 청성 소면호 이산이 웃는 얼굴로 분위기를 띄웠다.

그가 없었다면, 남자들은 백당까지 서로 말 한마디도 안 하고 갔을지도 모를 일이었다.

그렇게 하여 성도를 떠난 지 일주일 만에, 비급 원정대는 드디어 백당에 도착했다.

유청은 백당에 들어서자 감회가 남달랐다.

울창한 대나무 숲은 여전히 그를 반기고 있었다.

그러다가 지금 자신이 왜 왔는지가 생각났다.

유청은 속으로 욕을 퍼부었다.

'빌어먹을 가주 새끼! 이게 다 니가 비급 도적질을 했기 때문이다!'

가주가 무공 비급 도적만 아니었더라면, 총관이었던 자신을 잡으러 올 일은 없었을 것이다.

그렇다면 무림맹주가 되어 금의환향할 수 있었지 않은가?

하지만 감상에 젖어 있을 시간은 없었다.

우현이 대나무 숲 길을 지나서 다루로 안내했기 때문이다.

유청은 물론 그 다루가 어떤 곳인지 잘 알고 있었다.

팔 년간 매일같이 주모의 차 심부름을 다녔던 곳.

바로 백당의 명물, 성록루였다.

성록루에 도착하자 절로 침이 꿀꺽 넘어갔다.

'왕삼한테 들키는 날에는 꼼짝없이 죽는다.'

유청은 안광을 돋우며 성록루 내부를 재빨리 훑었다.

다행히 왕삼의 모습은 보이지 않고, 다른 점소이들만 있었다.

실은 유청이 왕삼과 얼굴을 코앞에서 마주치지만 않으면, 왕삼이 그를 쉬이 알아보기는 힘들었다.

세가에서 영양가있는 밥을 먹어서 살결이 뽀얗고 하얗던 유청이다.

그런데 세가에서 도망친 뒤 쫄쫄 굶으며 갖은 고생을 하느라 어느새 젖살이 빠져 있었던 것이다.

게다가 개방의 기현이 듬성듬성 붙여놓은 콧수염은 여전히 떨어지지 않고 붙어 있었다.

그만큼 유청의 분위기는 과거와는 많이 달라져 있었다.

유청 일행은 성록루 이층에 있는 방 하나를 빌렸다.

유청 일행이 자리를 잡자 점소이가 와서 주문을 받았다.

삼소봉 셋은 그동안 노숙을 하다가 오랜만에 제대로 된 다루에 와서 기쁜 얼굴이었다.

셋은 시끄럽게 수다를 떨며 차를 골랐다.

다른 팔소호들도 오랜만에 편히 쉬어서 기분 좋은 얼굴이었다.

반면, 유청은 신경을 곤두세웠다.

마치 바늘방석에 앉아 있는 듯한 기분.

언제 어디서 왕삼이 튀어나올지 알 수 없지 않은가?

우현이 말했다.

"맹주님, 그 점소이를 찾으러 가보시죠. 제가 안내하겠습니다."

유청은 뜨끔했다.

'뭐라고 둘러대나……'

"으음, 혼자 다녀오시오."

"예?"

"이곳은 적들이 있는 곳이오. 그 점소이 역시 믿을 수는 없소. 그자가 비급 도적과 잘 아는 사이라 무슨 술수를 쓴다면 어찌하겠소?"

"아, 그렇군요."

"일단 혼자 가서 우연히 다루에 들른 것처럼 가장하고 얘기를 듣고 오시오."

우현은 고개를 끄덕였다.

"과연 맹주님은 주도면밀하십니다. 그럼 다녀오겠습니다."

우현이 가버리자 유청은 한시름 놓았다.

'휴우, 살았다.'

그러나 그것도 잠시,

우현은 간 지 일각도 되지 않아서 다시 돌아왔다.

'쌍! 사내 새끼가 뭐 이리 성급해? 쉴 틈을 안 주냐?'

"왜 벌써 왔소?"

"그 점소이를 만났습니다! 그런데……."

유청은 가슴이 두근거렸다.

'헉, 왕삼이 있었구나!'

"말하시오."

우현은 잔뜩 흥분해서 말했다.

"점소이가 말하길, 세가의 식구들이 전부 이곳 다루에 와 있답니다!"

유청은 가슴이 철렁 내려앉았다.

'허걱!'

"점소이가 안내하겠다고 합니다. 가시죠!"

'큰일이다!'

소면호 이산이 일어서며 말했다.

"그 세가 놈들을 잡으러 갈까요?"

유청은 재빨리 머리를 굴렸다. 그리고 짐짓 태연한 얼굴로 말했다.

"아니오. 다른 잔당이 있을지 모르오. 경거망동하지 말고 기회를 보다가 일망타신해야 하오."

"음, 일리있는 말씀입니다."

이산은 고개를 끄덕이며 자리에 앉았다.

유청은 팔소호 삼소봉을 보며 말했다.

"그자들의 면면은 일단 내가 확인하고 오겠소. 그대들은 이곳에서 만반의 준비를 하고 있으시오."

"존명!"

유청은 그렇게 말은 했지만 차마 발이 떨어지지 않았다.

우현은 빨리 오라고 고갯짓을 했다.

유청은 다급히 주위를 둘러봤다.

'도망칠 구석을 찾아야 한다.'

그때, 눈에 들어오는 것이 있었다.

주영취가 의자에 앉아 있는 폼이, 엉덩이를 살짝 걸친 것이

영 불안해 보였다.

'저거다!'

유청은 방을 나서다가 주영취가 차를 마시려는 순간, 그가 앉아 있는 의자를 발로 살짝 밀어버렸다.

그러자 갑자기 엉덩이가 공중에 떠버린 주영취는 꼴사납게 뒤로 넘어져 엉덩방아를 찧었다.

"어이쿠야!"

그때, 주영취가 들고 있던 찻잔에서 찻물이 공중으로 솟아올랐다.

'이때다!'

유청은 방을 나서는 척하면서 재빨리 목인비보를 밟았다.

그러자 찻물은 유청의 가슴팍에 정통으로 쏟아졌다.

우현이 소리쳤다.

"맹주님, 괜찮으십니까?"

"난 괜찮소."

팔소호 삼소봉은 사고를 친 주영취를 못마땅한 얼굴로 노려봤고, 주영취는 민망해서 고개를 숙였다.

주영취는 아무리 생각해도 멀쩡한 의자가 갑자기 뒤로 빠진 이유를 알 수 없었다.

유청이 말했다.

"음, 젖은 것은 상관없지만 찻물이 뜨거워서 수건으로 좀 닦아야겠소."

"점소이를 부를까요?"

"아니오. 내가 직접 가겠소. 그대는 세가 식구들이 있는 곳으로 가시오. 곧 뒤따라가겠소."

"알겠습니다."

유청과 우현은 방에서 나왔다.

유청은 옷을 닦는다는 핑계로 일층으로 내려갔다.

'살았다…….'

유청은 가슴을 쓸어내리며 생각했다.

'주영취 새끼, 그래도 항상 쓸모는 있구나, 크크큭!'

그때였다.

유청이 먼저 내려왔던 계단에서 점소이 왕삼이 내려오는 게 아닌가!

순간, 유청과 왕삼의 시선이 딱 마주쳤다.

'헉!'

창졸간에 벌어진 일이라 얼굴을 돌릴 사이도 없었던 것이다.

왕삼의 두 눈이 크게 떠졌다.

"유, 유 총관?"

"……."

유청은 그제야 정신을 차리고 몸을 돌렸다.

왕삼이 앞으로 다가오며 말했다.

"유 총관 맞지?"

"아니오. 사람 잘못 봤소."

'끝까지 우겨야 한다.'

유청은 얼버무리면서 그대로 반대편에 있는 계단으로 걸어갔다.

유청이 대뜸 부인하고 몸을 돌리자 왕삼은 고개를 갸웃하며 더는 따라오지 않았다.

"내가 잘못 봤나?"

유청은 죽었다가 살아난 기분이었다.

'이러다가 심장마비로 죽겠다.'

유청은 반대편에 있는 계단을 올라가려 했다.

그때였다.

왕삼의 목소리가 귓속을 파고들었다.

"저기, 저자가 바로 그 총관입니다."

'허걱!'

유청은 반사적으로 계단을 뛰어 올라갔다.

아니나 다를까, 우현의 목소리가 들려왔다.

"확실한가?"

모퉁이에 가려서 보이지는 않지만, 우현이 왕삼과 얘기하고 있는 게 눈에 보이는 듯했다.

"맞습니다. 한데 이상하게도……."

"뭔가?"

"자신이 총관이 아니라고 하네요? 하지만 팔 년 동안 봐온 제 눈은 못 속입지요, 암요!"

'빌어먹을 왕삼 새끼!'

다행히 유청이 재빨리 계단을 오르는 통에 우현은 총관이 무림맹주라는 것을 알아차리지 못했다.

유청은 뒤로 돌아보지 않고 미친 듯이 계단을 올라갔다.

뒤에서 우현의 목소리가 들렸다.

"서문세가 총관, 거기 서라!"

유청은 달리면서 고개를 갸웃했다.

'세가가 서문세가라는 것은 어떻게 알았지?'

대답은 바로 나왔다.

'왕삼 새끼, 아예 몽땅 꼰질렀구나!'

"거기 서지 못할까!"

우현은 뒤처지지도 않고 잘도 따라왔다.

'우현 놈, 발 하나는 너텁게 빠르구나. 서놈을 어떻게 따돌리지?'

문득 스치는 생각이 있었다.

'우현 놈이 내 얼굴을 보지는 않았겠다?'

유청은 삼층에서 모퉁이를 돌아 복도로 들어섰다. 그리고는 제자리에서 멈췄다.

유청은 몸을 홱 돌렸다. 그리고 명경지수와 같은 담담한 얼굴, 도박면상을 펼쳤다.

계단을 올라오던 우현은 유청과 딱 마주쳤다.

"맹주님?"

'생각할 틈을 주면 안 된다.'

유청은 재빨리 물었다.

"왜 여기 있소? 그 점소이가 어디 있는지 한참 찾았지 않소?"

"아, 그게……."

우현은 숨을 헐떡이며 말했다.

"점소이가 그 총관이란 자를 찾았답니다!"

"그렇소?"

유청은 놀란 척 연기를 했다. 그리고 뻔뻔하게 되물었다.

"그자가 어디 있소?"

누가 그 광경을 봤더라면 유청의 두꺼운 얼굴 가죽에 혀를 내둘렀을 장면이었다.

"방금 뒤쫓던 중입니다. 바로 이쪽으로 올라갔습니다."

"뭐요?"

유청은 다시 한 번 놀란 척을 했다.

"방금 올라온 자라면 나도 봤소."

"보셨습니까?"

"그렇소. 어쩐지 황급히 계단을 올라오는가 싶더니, 그자가 총관이었군. 그자는 저쪽으로 달려갔소."

유청은 복도의 반대편을 가리키며 말했다.

"무척 빠른 자군요."

유청은 재촉을 했다.

"뭐 하시오? 그자를 따라가시오."

"맹주님은요?"

"나는 그 점소이가 올라오면 함께 이층으로 다시 내려가겠소. 그러면 그대와 내가 쥐를 잡듯이 총관 놈을 양쪽에서 몰아넣을 수 있을 것이오."

"아, 알겠습니다!"

우현은 고개를 끄덕이고는 복도를 달려갔다.

유청은 쾌재를 불렀다.

'크크큭, 멍청한 우현 놈. 네놈이 아무리 발이 빨라봤자 부처님 손바닥 위의 손오공이다!'

유청이 일부러 삼층까지 올라온 것은 이유가 있었다.

바로 우현과 왕삼을 떼어놓기 위해서였다.

발빠른 무당 제자 우현을 중년의 점소이 왕삼이 뒤따를 수 없는 것이야 뻔한 일 아닌가?

아니나 다를까, 그제야 왕삼이 숨을 헐떡이며 계단을 올라왔다.

왕삼은 모퉁이를 돌다가 유청을 보고서 깜짝 놀랐다.

"유 총관?"

유청은 이번에는 부인하지 않고 고개를 끄덕였다.

"오랜만입니다."

왕삼은 유청이 흔쾌히 신분을 인정하자 잠깐 멍하니 있다가 말했다.

"정말 오랜만일세. 근데 아까는 왜 모른 척했나?"

"그럴 만한 사정이 있습니다."

유청이 그렇게 말하자 사람 좋은 왕삼은 더는 캐묻지 않았다.

"유 총관, 반가우이. 근데 왜 몇 달간 코빼기도 안 보였나?"

"이것저것 좀 바빠서요."

왕삼은 유청을 보자 반가운지 다가와서 손을 잡으려 했다.

그러다가 유청의 외모와 분위기가 과거와는 달리 사뭇 위엄이 서린 것을 눈치 채고는 함부로 다가서지 못했다.

"유 총관, 안 본 사이에 많이 출세했나 보군?"

"별일 아닙니다."

"헤, 백호복운은 여전히 열심히 수련하나? 왜, 일 초식이라도 잘만 하면 소림도 넘본다면서?"

왕삼은 농까지 건넸다.

유청은 쓴웃음을 지으며 생각했다.

'그렇소. 그 백호복운으로 무림맹주까지 되었수다.'

그러나 자랑하고 싶어도 말을 꺼낼 수는 없는 처지.

유청이 물었다.

"그런데 세가 식구들이 성록루에 와 있다면서요?"

"응. 총관인 자네가 그걸 모르나?"

"제가 그동안 자리를 좀 비웠거든요."

"그래서 보기 힘들었구만. 글쎄, 딸년만 와도 귀찮은데, 주모까지 모두 와 있네."

"예?"

유청은 깜짝 놀랐다.

주모는 성정이 손가락 하나 까닥하기 싫어하기 때문에 절대세가 밖을 나서는 일이 없었기 때문이다.

'주모가 세가를 나섰다니, 보통 일은 아니겠구나.'

유청은 호기심이 부쩍 일었다.

"다들 어디에 있습니까?"

"여기 삼층이네. 복도 끝에 모란실 알지? 거기 있네."

"감사합니다."

유청은 잠시 뜸을 들이다가 말했다.

"그리고 죄송합니다."

"엥? 뭐가?"

"푹 주무세요."

퍽!

유청은 왕삼의 배에 백호복운 일권을 찔러넣었다.

"끄으윽……."

왕삼은 입에 게거품을 물고 바닥에 쓰러졌다.

유청은 왕삼을 기절시킬 수밖에 없는 것이 못내 미안했다.

'그래도 팔 년 동안 잘해줬는데, 미안하게 됐수다. 날 꼰지른 업보라고 생각하시오.'

개방 방주에 무림맹주까지 되었으나 상대를 기절시키는 점혈법은커녕 달랑 백호복운 일 초식만 아는 유청.

그것이 왕삼에게는 불운이었다.

유청은 쓰러진 왕삼을 업고 계단을 내려갔다.

그러다가 다시 우현이랑 마주쳤다.

유청은 짜증이 났다.

'이 새끼, 머리는 멍청한 게 더럽게 부지런하네.'

우현은 유청의 등에 업힌 왕삼을 보고 깜짝 놀라 말했다.

"앗, 이자가 그 점소이입니다!"

"알고 있네."

"근데 어떻게 된 일입니까?"

"계단을 내려오다 보니까 쓰러져 있었네."

"그럼 점소이를 해친 자는……."

유청은 이번만큼은 진실을 얘기했다.

"그 총관이란 자의 짓이겠지!"

우현도 고개를 끄덕였다.

"그자가 자신의 정체를 알고 있는 점소이를 해친 것이군
요!"

"그럴 걸세. 다행히 혼절했을 뿐 목숨에는 지장이 없어 보이
네."

"아, 다행이군요."

유청은 숨을 돌리며 생각했다.

'이제 적어도 왕삼 놈이 깨어날 때까지는 걱정없겠구나.'

그런데 우현이 초를 쳤다.

"점소이가 깨어날 때까지 기다렸다가 총관의 뒤를 쫓읍시
다!"

유청은 이제 지긋지긋했다.

'쌍! 이 자식은 포기도 안 하나? 왜 이리 끈질겨?'

문득 좋은 생각이 났다.

"그때까지 기다리다가 총관이 다루에서 도망치면 어찌할
셈이오?"

"아⋯⋯."

유청은 엄숙한 목소리로 말했다.

"나는 이 점소이가 깨어날 때까지 옆에 있겠소. 그대는 팔소호 삼소봉에게 돌아가시오. 그리고 지금 당장 일층으로 내려가서 다루를 나가는 자가 있는지 지키시오. 무림맹주의 명이오."

"존명!"

우현은 유청의 명을 받고서 계단을 내려갔다.

유청은 그가 사라지자 왕삼을 업은 채 복도를 살폈다.

그리고 아무도 오는 이가 없는 것을 확인한 다음, 빈방 하나를 골라 안으로 들어갔다.

유청이 우현 혼자서 팔소호 삼소봉에게 돌아가라고 한 것은 다른 속셈이 있었다.

'가주가 주모와 소가주를 데리고 성록루에 와 있다. 하면, 필히 무언가 중요한 일이 있을 것이다.'

팔 년간 자신의 등골을 빼먹은 서문세가.

게다가 가주는 머나먼 오지의 광룡각에 유청을 미끼로 버려두고서 자신만 도망치지 않았는가.

유청은 당시 언젠가는 반드시 서문세가에 복수하겠다고 결심했었다.

'지금이 바로 그때다!'

유청은 서문세가 식구가 있는 방에 들어갈 생각이었다.

그는 기절한 왕삼의 옷을 벗기고는, 지금 입고 있는 옷 위에

겹쳐 입었다.

왕삼은 유청과 키는 비슷했으나 몸은 훨씬 뚱뚱해서 옷의 품이 컸다. 그래서 입은 옷 위에다 왕삼의 옷을 겹쳐 입어도 크게 불편하지 않았다.

옷을 입고 왕삼의 모자까지 머리에 눌러쓰니 영락없는 성록 루의 점소이였다.

'됐다. 다음에는 차다.'

유청은 왕삼을 방에 놔두고서 주방으로 갔다.

"모란실에서 주문한 차를 빨리 가져오라고 성화인뎁쇼?"

유청은 왕삼의 말투까지 흉내 냈다.

다행히 차를 끓이는 자는 유청은 신경 쓰지도 않고 손을 흔들었다.

"보나마나 서문세가 딸년이지?"

"오늘은 세가 식구가 전부 왔습니다."

그자는 혀를 차며 말했다.

"허어, 얼른 가져가게. 조금 늦었다가는 경을 치르겠구면."

유청은 쟁반을 건네받고는 다시 삼층으로 올라갔다.

그런데 모란실에 도착하자 두 명의 젊은 남자가 그곳에서 나오는 게 아닌가?

'웬 놈들이지?'

분명 어디서 본 듯한 기억이 났다.

하지만 괜히 쳐다보다가 혹 자신이 서문세가 총관이라는 것을 알아볼지도 모르기에 고개를 숙였다.

그들의 얼굴엔 잔뜩 불만이 담겨 있었다.

한 남자가 말했다.

"되게 비싸게도 구는군. 우리 가문이면 감지덕지해도 모자랄 판인데."

"홋, 가문을 앞세우는 걸 보니, 네놈은 글렀구나."

"뭐라? 다시 한 번 말해봐라!"

"됐소이다. 누가 선택될런지 지켜나 보자고."

둘은 서로 말다툼을 하더니 고개를 돌리고 헤어졌다.

유청은 영문을 알 수 없었다.

'서문세가는 백당에 틀어박혀 있는데, 웬 놈들이지?'

하지만 고개를 흔들었다.

'정신 차리자. 지금 중요한 것은 가주를 염탐하는 거다.'

유청은 문을 열고 모란실로 들어갔다.

방에는 원탁이 하나 있었고, 주위에 세 인영이 앉아 있었다.

꿈속에서도 잊지 못할 얼굴들이 거기 있었다.

서문세가 가주, 주모, 그리고 소가주 서문영옥이었다.

가주는 여전히 풍채가 좋아 보였다.

주모는 예전에 봤을 때보다 얼굴에 살이 더 붙어 보였다.

'그동안 잘도 처먹었구나.'

뜻밖에도 소가주 서문영옥은 진하게 화장을 한 얼굴이 무척 요염해 보였다.

하지만 유청은 속으로 코웃음을 쳤다.

'네년이 제아무리 꾸며도 소영영 소저에 비하면 추녀나 마찬가지다.'

"주문하신 차를 대령했습니다."

유청은 얼굴이 들키지 않게 슬쩍 고개를 돌리고 차를 내려놓았다.

다행히 세가 식구들은 점소이에게 신경 쓰지 않았다.

유청은 무언가 정보를 얻기 위해서 일부러 차를 늦게 따르며 늑장을 피웠다.

하지만 아무도 입을 열지 않았다.

유청은 답답했다.

'말 좀 하고 살아라! 무슨 놈의 식구가 이리 말수가 적냐? 네놈들은 대화가 필요해!'

그때, 가주가 입을 열었다.

"정했느냐?"

소가주가 말했다.

"몰라요."

"어서 마음을 정해라."

"모른다니까요!"

가주의 재촉에 소가주는 날카롭게 대꾸했다.

그들이 서로 다투자 유청은 무슨 사정인지 더욱 궁금해졌다.

'당최 무슨 일이냐?'

주모가 예의 코맹맹이 목소리로 말했다.

"너무 애를 닥달하지 마세요. 인륜지대사가 아닙니까?"

그 말에 유청은 짚이는 것이 있었다.

'인륜지대사? 소가주가 혼사를 치르나?'

그제야 유청은 상황을 알 수 있었다. 먼저 방에서 나갔던 두 남자는 소가주에게 정식으로 청혼을 하러 온 것이리라.

'근데 상대가 하나가 아니고 둘이었잖아? 오호라, 소가주 년한테 두 놈이 동시에 청혼을 했구나!'

가주의 재촉은 소가주보고 둘 중의 하나를 고르라는 얘기였다.

그러다가 유청은 먼저 두 남자가 누구였는지 기억해 냈다.

'옆 마을에 사는 병관과 문석이란 놈이다!'

유청은 과거의 일을 되세겨보았다.

병관과 문석은 유청보다 세 살이 더 많았는데, 멀리 떨어진 옆 마을에 살면서 백당에 종종 놀러오고는 했다.

병관은 부잣집 맏아들이었다.

그의 아버지는 소돼지를 잡는 백정이었다. 백정 노릇을 수십 년 한 덕에 떵떵거리고 살 만한 재산을 모았다. 그리고 지금은 과거의 일을 쉬쉬하며 숨기고 있었다.

문석은 유청처럼 문사(文士) 집안이었다.

문석의 집안은 대대로 관리를 지냈는데, 지금 문석의 대에 와서는 아무도 과거에 급제를 못해서 겉으로만 거드름을 피우고 다닐 뿐, 다음 달 먹을 쌀을 걱정해야 하는 형편이었다.

병관과 문석은 하루가 멀다 하고 소가주를 졸졸 쫓아다녔다.

유청은 그들의 심사를 뻔히 알았다.

'소가주를 꼬셔서 어떻게 신분상승해 보려는 속셈이렷다!'

병관은 백정의 아들이니 당연했다.

문석은 집안은 좋으나 정작 자신이 능력이 없는 판이었다.

게다가 소가주의 얼굴이 백당에서는 보기 드물게 반반한 편이니, 이성을 알게 된 사내 놈들이 소가주를 가만 내버려 둘 리 없었다.

나이라고 해봤자 자신보다 세 살 더 많은 놈들이 한량 짓이나 하고 다니는 모습이 영 꼴불견이었다.

'소가주 따라다니는 시간에 차라리 무공 수련이나 글공부를 해라!'

유청은 두 놈과는 상종도 하기 싫었다.

반면에 소가주를 꼬시려고 갖은 노력은 다 기울이는 그들이 어쩔 때는 측은하기도 했다.

'서문세가는 네놈들이 상상하는 그런 곳이 아니라니까? 내가 총관을 하고 있는 것을 보고도 모르냐!'

유청은 과거 생각을 하니 절로 실소가 났다.

'그때 소가주를 쫓아다니던 놈들이 이제 아예 혼사를 치르려고 하는구나.'

게다가 소가주는 하나인데 둘이 달라붙어 있는 판이 아닌가.

반면, 소가주는 둘 다 그리 탐탁지 않은 얼굴이다.

유청이 억지로 웃음을 참고 있을 때, 주모가 말했다.

"차 다 따랐으면 그만 나가보거라."

자다가도 벌떡 일어날 주모의 목소리!

"예, 주… 알았습니다."

유청은 하마터면 '예, 주모님' 이라고 대답할 뻔했다.

'이러다가 실수하겠다!'

유청은 재빨리 방을 나왔다.

그때였다. 가주의 목소리가 등 뒤에서 들렸다.

"오늘은 일이 있어서 못 들어가니, 먼저 들어가시오."

"또 무슨 일입니까?"

"중요한 일이오."

"딸지 식의 인륜지대사보다 더 중요한 일이 어디 있다고 그러십니까?"

유청은 안 봐도 뻔했다.

'공처가 가주 놈, 주모한테 바가지 잔뜩 긁히는구나.'

문득 스치는 생각,

'잠깐, 그럼 가주가 오늘 돌아오지 않는다는 말이지?'

유청은 복도를 걸으며 무언가를 계획했다. 그리고는 주먹을 움켜쥐며 생각했다.

'가주 놈, 아주 딱 걸렸다. 조금만 기다려라. 네놈의 모든 것을 몽땅 빼앗아주마!'

第三十七章

중원 최고의 보물을 한입에 꿀꺽하다

유청은 복도에 있는 아무 방에나 들어가 점소이 옷을 벗어던졌다. 그런 다음 방에서 나와 계단을 내려갔다.

일층으로 내려가자, 팔소호 삼소봉과 우현이 자리를 잡고 앉아 있었다.

그들은 유청이 명한 대로 다루를 나가는 자를 감시하기 위해서 입구 쪽 탁자에 모여 있었다.

우현이 물었다.

"그 총관이라는 자는 찾았습니까?"

"본인도 모르오. 점소이랑 같이 아무리 돌아봐도 나타나지 않았소."

성정이 솔직담백한 우현은 얼굴에서 실망감을 감추지 못했다.

그에 아랑곳하지 않고 유청이 되물었다.

"다루에서 나간 자는 없소?"

"아직 아무도 없습니다."

"다행이군."

이산이 끼어들었다.

"그 점소이가 총관에 대해서 아는 것은 없답니까?"

우현은 고개를 갸웃하며 말했다.

"예. 그냥 중원 어디서나 볼 수 있는 평범한 젊은이라고 했습니다."

유청은 그 말에 은근히 부아가 났다.

'왕삼 새끼, 맨날 백호복운만 하니까 날 우습게봤단 말이지? 이래 봬도 이제 난 당당한 무림맹주다!'

항상 웃음을 잃지 않는 이산이 눈빛을 반짝이며 말했다.

"그자의 이름은 뭐랍니까?"

"이름은 모르고, 그냥 유 총관이라고 부른다고 하는군요."

"유 총관이라……."

이산은 조용히 우현의 말을 반복했다.

유청은 안도의 한숨을 쉬었다.

'왕삼이 성만 알고 이름을 모르는 게 천만다행이다.'

중원 천지에 유 씨가 하나둘이 아니니, 유 총관이란 말에 자신의 정체가 드러날 일은 없었다.

유청은 아예 이산이 다른 생각을 못하도록 선수를 쳤다.

"본인은 잠시 자리를 비울 것이오. 비급 원정대는 이 소협이 잠시 맡아주시오."

자신이 부재하는 동안, 청성의 이산이 팔소호 삼소봉을 지휘해 달라는 말.

그 말에 소림 진억이 인상을 찌푸렸다.

그는 무림맹주가 없다면 자연 소림이나 무당이 그 자리를 대신해야 된다고 생각했다.

하지만 다른 팔소호 삼소봉은 유청의 일 처리에 고개를 끄덕였다.

진억은 말수가 적고 무뚝뚝하며 자기 고집이 셌다.

반면, 이산은 영리하며 사람들을 잘 이끌었다.

누가 봐도 진억보다 이산이 나았으니, 유청의 처사에 반대하는 이는 없었다.

이산은 포권을 하며 말했다.

"알겠습니다. 한데 맹주님은 어디에 가십니까? 누구 한 명이 호위로 동행해야 하지 않을까요?"

그 말에 유청은 무심코 '무당일봉과 함께 가겠다' 라고 말할 뻔했다.

귀찮은 팔소호 삼소봉을 따돌리고 소영영과 둘만 있을 절호의 기회.

하지만 고개를 저었다.

'지금 가는 곳에 다른 이가 있으면 안 된다. 설령 소영영이라고 해도 마찬가지다.'

"고맙소. 하나, 혼자로도 충분하오. 다름이 아니라, 개방에

긴히 연락할 일이 있어서요."

유청의 말에 이산은 더는 말하지 않았다.

타 문파의 일에 간섭하지 않는 것이 무림인의 기본 예의였기 때문이다.

유청이 말했다.

"팔소호 삼소봉은 들으시오. 그 총관이란 자가 다루 밖으로 나가지 못하게 철저히 감시하시오. 만약 수상한 자가 나간다면, 한 명이 그 뒤를 밟아 행선지를 알아놓으시오. 무림맹주로서 내리는 명이오."

"존명!"

팔소호 삼소봉은 자리에서 일어나 일제히 포권을 했다.

유청은 몸을 돌려 성록루를 나갔다.

그러면서 뒤를 돌아보며 생각했다.

'크크크! 팔소호 삼소봉 놈들, 하루 종일 눈을 뜨고 감시해 봐라. 총관 놈이 코빼기라도 비치나. 유 총관은 네놈들 코앞에서 사라져 주겠다!'

그때, 왕삼이 언제 정신을 차렸는지 속옷만 입은 채로 우현에게 뭐라 얘기하고 있는 게 아닌가?

'빌어먹을! 손속에 힘을 뺐더니 그새 일어났냐?'

유청은 몸을 돌려 황급히 성록루를 떠났다.

*　　　　*　　　　*

유청은 목인비보로 대나무 숲을 질주했다.

팔 년 동안 매일같이 세가와 성록루를 오간 길이다. 때문에 눈을 감고도 갈 수 있을 만큼 익숙했다.

세가에 있을 때와는 내공 수위가 비교할 수 없을 만큼 높아진 유청.

그는 채 일각도 되지 않아 세가에 도착했다.

유청의 예상대로, 세가에는 아무도 없었다.

'그동안 나 말고 다른 총관은 아직 잡아오지 않은 모양이군.'

유청은 조심해서 세가를 살폈다.

하지만 자신을 대신할 새 총관도, 다른 하인도 보이지 않았다.

'됐다. 가주는 오늘 오지 않는다고 했으니, 설령 주모나 소가주한테 들킨다 하더라도 충분히 도망칠 수 있을 것이다.'

유청은 곧장 가주의 비밀 방으로 향했다.

그림을 들추고 벽돌을 누르자 비밀 방으로 향하는 계단이 모습을 드러냈다.

유청은 침을 꿀꺽 삼켰다.

'아직 있을까?'

유청은 두근거리는 가슴을 안고 계단을 내려갔다.

비밀 방은 유청이 마지막으로 봤을 때와 똑같았다.

좁은 방 안에는 선반마다 무공 비급들이 빼곡히 꽂혀 있었다.

유청은 쾌재를 불렀다.

'대박이다!'

가주가 팔 년 동안 모은, 아니, 훔친 구대문파의 무공 비급.

돈을 주고도 살 수 없는 중원무림의 보물이 유청의 눈앞에 펼쳐져 있었다.

'크크큭, 이거야말로 절벽 밑의 동굴에서 신공절학을 발견한 셈이 아니고 무엇이랴!'

그러다가 고개를 갸웃했다.

'가주 놈이 왜 여태 여기에 비급을 놔뒀지? 내가 다시 오면 어쩌려고?'

그러나 다시 생각하니, 그럴 만도 했다.

'가주 놈은 내가 광룡각에서 죽은 줄 알고 있으니, 비급을 어디에 두든 상관없었겠구나.'

비급 도적질이 탄로나지 않기 위해 일부러 세가 식구가 모두 백당에 숨어 살았으니, 괜히 다른 곳으로 비급을 옮길 이유는 없었으리라.

그러나 무당 제자 우현은 결국 비급 도적이 백당에 있다는 것을 알아내지 않았는가?

유청은 장평의 심계와 일 처리에 다시 한 번 감탄했다.

'장평 네놈, 적이지만 과연 대단한 놈이다. 하지만 억울해서 어쩌나? 네놈은 한 발 늦었다!'

유청은 입고 있는 도포를 벗어서 팔과 끝 부분을 열 십(十)자로 교차되게 묶었다.

그러자 대충 보따리의 모습이 되었다.

유청은 도포로 만든 보따리에 무공 비급을 쌓기 시작했다.

개방도 기현이 무림맹주의 위엄을 살리기 위해 비싼 돈을 지급하고 구해온 도포.

당시 기현은 유청에게 도포를 건네며 조심해서 아껴 입으라고 신신당부를 했었다.

"요즘 개봉 젊은이들에게 최고 인기인 후라다(侯羅多) 도포입니다."

유청은 절로 콧노래가 나왔다.

'중원무림에서 최고 명품이 무어냐? 바로 구대문파의 무공 비급 아니냐! 명품 비급을 담으려면 역시 명품 도포쯤은 되야 하지 않겠어?'

구대문파의 비급들은 문파마다 각각 권수가 달랐다.

무당이나 소림은 열 권이 훌쩍 넘어가는 반면, 공동은 달랑 한 권밖에 없었다. 당금 중원무림에서 세를 떨치느냐 아니면 세가 약하느냐에 따라 권수도 달랐다.

'크크큭! 공동 왕철심 새끼, 얼마나 공동이 보잘것없으면 가주가 달랑 한 권만 훔쳐 왔냐?'

유청은 구대문파의 비급은 물론, 이름 모를 사파의 비급도 몽땅 보따리에 넣었다.

하지만 딱 한 권은 일부러 선반에 남겨두었다.

바로 서장내공심법이었다.

겉 표지만 그대로고 속내용은 바꿔치기 했던 서장내공심법.

유청은 나중에 가주가 서장내공심법을 들춰보다가 어떤 표정을 지을지 생각하니 콧노래가 나왔다.

'덕분에 신공절학 내공심법 잘 배웠수다, 크크큭!'

서장내공심법을 빼고, 비급을 모두 집어넣으니 전부 합해서 백팔 권이었다.

유청은 비급을 갈무리한 보따리를 등에 짊어지고 일어섰다.

그러나 걱정이 되었다.

'이거 중간에 찢어지는 거 아냐?'

하지만 명품 도포는 과연 제값을 했다.

찢어지거나 옷솔기가 뜯어질 기미는 전혀 보이지 않았다.

'이래서 부자들이 명품을 산다니까!'

유청은 무공 비급 보따리를 둘러메고 세가를 나와 대나무 숲을 내달렸다.

대나무가 하늘을 찌를 듯이 빽빽하게 늘어서 있어서 낮에도 어두운 숲 속.

안 그래도 인적 없는 백당에서 대나무 숲에 들어오는 이는 거의 없었다.

하지만 팔 년 동안 백호복운을 수련하며 성록루를 왕복한 유청은 대나무 숲의 구석구석을 훤히 꿰고 있었다.

유청은 대나무 숲의 제일 외진 곳에 가서 보따리를 내려놓았다.

마침 알맞은 크기의 바위가 있었다.

유청은 바위 틈새에 보따리를 내려놓은 다음, 땅에 떨어진 대나무 잎과 줄기를 그 위에 잔뜩 쌓았다.

아무도 올 리는 없으나, 혹시 몰라서 위장까지 한 것이다.

사람이 다니는 길도 아니니 들킬 걱정은 없었다.

'이것으로 됐다!'

팔 년 동안 가주가 목숨을 걸고 훔쳐 왔을 무공 비급을 몽땅 가로챈 유청.

유청은 쾌재를 부르며 대나무 숲을 달려갔다.

*　　　　*　　　　*

유청은 다시 성록루에 도착했다.

그는 들어가기 전에 앞으로의 계획을 생각했다.

'무공 비급은 이제 내 수중에 있다. 하면, 서문세가를 끝장 내는 일만 남았다.'

문제는 자신의 정체였다.

괜히 왕삼에게 들켜서 팔소호 삼소봉과 우현이 자신의 정체를 알게 된다면 모든 것이 헛수고가 되는 셈.

'일단 성록루를 떠나자. 서문세가야 나중에 손봐도 된다.'

어차피 서문세가의 위치와 식구들은 장평이 헤아리고 있다.

그러니 구파일방의 장문인들이 정예무사들을 이끌고 오면 세가는 일망타진될 것이라고 생각했다.

심계를 굳힌 유청은 조심해서 성록루로 들어갔다.

왕삼이 어디 있을지 몰라서였다.

하지만 다행히 왕삼의 모습은 보이지 않았다.

팔소호 삼소봉과 우현은 유청의 지시대로 여전히 일층에서 안광을 돋우며 주위를 살피고 있었다.

유청은 그들을 보자 실소가 터졌다.

'크크큭! 눈알 빠지겠다, 이놈들아!'

안 그래도 손님이 드문 성록루다.

그런데 혹시라도 총관이란 자가 성록루를 나갈까 봐 경계를 늦추지 않는 그들의 모습에 웃음을 참을 수 없었던 것이다.

유청은 팔소호 삼소봉에게 다가갔다.

우현이 유청을 반기며 말했다.

"맹주님, 오셨군요."

"무슨 문제는 없었소?"

"없었습니다."

"그 총관이란 자는?"

유청의 말에 이산이 답했다.

"수상한 자는 없었습니다. 아니, 아예 드나드는 사람이 없더군요. 다루는 크고 화려한데, 손님은 거의 없군요."

유청은 이미 알고 있는 사실이나 처음 들은 것처럼 고개를 끄덕였다.

그리고 말했다.

"본인은 일단 성도로 돌아갈 생각이오."

"지금 말입니까?"

"그렇소. 성도에서 구파일방의 장문인들과 합세한 다음 돌아오겠소."

"……."

무림맹주의 말에 반대하는 이는 아무도 없었다.

그러나 소림 진억이 참지 못하고 끼어들었다.

"그러다가 세가 놈들이 도주라도 하면 어찌한단 말입니까?"

유청이 태연히 답했다.

"무공 비급의 소재를 알지 못하는 이상, 함부로 경거망동해선 안 되오. 그리고 놈들이 도주하지 못하도록 감시하기 위해 그대들이 온 것 아니오?"

그 말에 진억은 입을 다물었다.

"팔소호 삼소봉과 무당 제자는 이 다루를 기점으로 해서 본인이 다시 올 때까지 세가를 감시하시오."

"존명!"

유청은 생각했다.

'시골 구석에서 고생 좀 하고 있어라. 나는 사천 최고의 명도인 성도에서 편히 쉴 테니까.'

실은 유청은 성도로 가서 구파일방의 장문인들과 합류하는 척하며 무공 비급을 안전한 곳으로 옮겨놓을 심산이었다.

그러자면 말과 수레가 필요하니 팔소호 삼소봉과 우현은 성록루에 묶어놓아야 했다.

유청은 우현을 보며 말했다.

"본인은 시간을 지체하지 않고 즉시 떠나겠소. 그대는 그 점소이를 찾아서 총관이란 자를 반드시 잡아놓으시오!"

"존명! 알겠습니다!"

유청은 쾌재를 불렀다.

'크크큭, 난 성도에 가서 편히 쉴 테니, 없는 총관을 왕삼이랑 죽어라 찾아봐라!'

모든 일을 일사천리로 처리한 유청.

그는 구름을 걷는 기분으로 성록루를 나서려 했다.

그때였다.

계단에서 한 인영이 내려오다가 유청과 딱 마주쳤다. 순간, 그자도, 또 유청도 입을 딱 벌리고 걸음을 멈췄다.

이층에서 내려온 자는 다름 아닌 서문세가 가주였다!

유청은 너무 놀라서 입도 벌어지지 않았다.

왕삼의 눈을 피해 도망쳤고, 구대문파의 무공 비급까지 접수했으니, 이제 도망칠 일만 남았다.

그런데 하필 가주와 얼굴을 마주했으니…….

가주는 얼굴을 잔뜩 일그러뜨리며 유청을 멍청히 쳐다봤다.

마치 못 볼 것을 본 듯한 얼굴.

유청은 그 와중에도 욕지거리가 났다.

'쌍! 귀신이라도 봤냐? 면상이 왜 그러냐?'

그런데 생각해 보니 가주가 그런 얼굴인 것도 이해가 됐다.

'아하! 내가 광룡각에서 죽은 줄로만 알고 있으니 귀신을 본 셈이렷다?'

유청이 가주와 눈을 마주치고 조용히 있자, 뒤에서 배웅하던 우현이 무슨 일인가 싶어서 앞으로 나왔다.

"맹주님, 왜 그러십니까?"

그 말에 가주의 얼굴이 더욱 보기 흉하게 일그러졌다.

"매, 맹주라고?!"

가주가 괴성을 발하자 우현은 유청을 호위하려고 옆으로 바싹 다가섰다. 그러다가 그는 서문세가 가주를 보더니 깜짝 놀라서 소리쳤다.

"앗! 당신은……!"

장평의 명을 받고 서문세가를 조사했던 우현은 그제야 눈앞의 사람이 가주인 것을 알아차린 것이다.

상황이 이상하게 돌아가는 것을 눈치 챘는지, 이산도 옆으로 다가왔다. 이산이 움직이자 팔소호 삼소봉도 전부 모였다.

유청은 다급해졌다.

'이러다 산통 다 깨지겠다!'

유청은 재빨리 말했다.

"그렇소. 이자가 바로 세가의 가주요."

"……!"

우현을 제외한, 팔소호 삼소봉은 깜짝 놀랐다.

동시에 그들은 본능적으로 움직였다. 유청과 가주를 중심으로 하여 일곱 명이 빙 둘러싼 것이다.

위기에 처했을 때, 생각보다 몸이 먼저 반응하는 것.

구파일방 최고의 후기지수다운 행동이었다.

단지 그중에서 이산만큼은 반사적으로 움직이면서도 동시에 생각을 했다.

'방금까지만 하더라도 맹주는 세가를 일단 지켜보자고 말했었다. 그런데 왜 갑자기 세가의 가주와 말을 나눈 것일까?'

이산이 의심을 하고 있을 때,

유청도 그 생각을 하며 재빨리 머리를 굴렸다.

'일이 이렇게 됐으니 할 수 없다. 일단 가주 놈을 붙잡아서 입을 틀어막아야 한다.'

그제야 정신을 차렸는지 가주가 입을 열었다.

"유……."

순간, 유청이 잽싸게 말을 잘랐다.

"유청이오. 그렇소, 내 이름은 유청이오."

'큰일 날 뻔했다! 유 총관이라고 말하게 두면 안 된다.'

가주는 멈칫하더니 다시 말했다.

"알고 있다. 유……."

"유청이라고 말했지 않소? 한 번 말하면 좀 알아들으시오!"

"……."

유청이 다짜고짜 말을 끊자, 가주는 당황했는지 말을 못 이었다.

유청은 기회를 놓칠세라, 말을 쏟아냈다.

"그렇소. 내가 바로 맹주요. 무슨 맹주냐고? 당연히 무림맹의 맹주이지, 중원에 맹주가 또 어디 있소? 그것뿐이 아니오. 본인은 개방 방주까지 겸하고 있소. 믿기지 않으시오? 그럼 이

자들에게 물어보시구려."

유청은 고개를 돌려서 가주를 에워싼 팔소호 삼소봉을 가리 켰다.

가주는 눈을 가늘게 뜨고 그들을 살폈다.

누가 보더라도 한 눈에 무림의 신진고수임이 확연히 드러나 보이는 자태와 움직임.

가주도 그것을 느꼈는지 아무런 말을 하지 않았다.

유청은 생각했다.

'됐다. 쇠뿔도 단김에 빼란 말이 있다. 아예 여기서 일을 마 무리 짓자.'

유청은 우현을 보며 말했다.

"이자가 확실하오?"

멍하니 있던 우현은 유청의 물음에 깜짝 놀라며 답했다.

"예! 맞습니다. 세가의 가주입니다."

"좋소. 이왕 일이 이렇게 된 것, 지금 이자를 잡아서 성도로 압송합시다."

유청의 말에 기다렸다는 듯 팔소호 삼소봉이 안광을 돋우며 가주를 노려보았다.

검을 뽑지는 않았으나, 손가락 하나라도 까딱하면 순식간에 발검(拔劍)하여 가주를 벨 듯한 기세.

그러나 가주는 조용히 유청을 응시하더니 크게 웃음을 터뜨 렸다.

"후하하하! 네놈이 죽지 않고 살아 있었구나! 용케도 살아남

앉어. 정말이지, 명이 긴 놈이군!"

유청은 가주가 무슨 말을 하는지 알았다.

'광룡각의 광인에게 죽임을 당하지 않았다는 뜻이렸다?'

문득, 유청은 팔소호 삼소봉이 자신을 이상하게 쳐다보는 것을 깨달았다.

'아차, 저들이 나랑 가주의 관계를 의심하고 있구나. 이를 어떡하면 좋지?'

그때 좋은 생각이 떠올랐다.

유청은 일부러 바로 옆에 있는 소면호 이산에게만 들리게끔 살짝 전음을 보냈다.

"실은, 저자가 개방의 무공을 훔치러 왔을 때 본인과 초식을 겨룬 적이 있소."

"아, 그렇습니까?"

"개방의 치부라 모두에게 말하지 않았는데, 결국 드러나고 야 말았군."

유청은 말을 하고서 일부러 인상을 찌푸렸다.

아니나 다를까, 이산은 유청의 심산을 읽은 양 말했다.

"걱정 마십시오. 꼭 필요할 때가 아니면 입을 다물고 있겠습니다."

"그리해 주겠소? 고맙소."

유청은 안도의 한숨을 쉬었다.

'됐다. 이산 놈이 속아 넘어갔으니, 다른 놈들이야 나중에 얼버무리면 된다.'

유청은 일부러 머리 좋은 이산을 골라서 꺼내기 힘든 얘기를 한 듯이 연기를 한 것이었다.

유청은 가주를 보며 말했다.

"그때는 본인이 당신에게 상대가 안 되었다는 것을 인정하지. 하나, 지금은 사정이 다를 것이외다!"

유청은 가주의 입을 교묘하게 틀어막고, 이산마저 속여넘기니 속이 뻥 뚫린 것처럼 시원했다.

'크크, 가주는 이대로 잡아서 구대문파 장문인들에게 선물로 넘겨주자. 난 무공 비급만 가지면 된다!'

그때였다.

가주가 이상한 미소를 지으며 말했다.

"네놈이 무슨 수로 벼락출세했는지는 모르겠으나, 감히 서문세가에 대항할 생각은 꿈도 꾸지 말아라."

"뭐라고?"

유청은 발끈했다.

'이 새끼가 아직도 정신 못 차렸나? 배때지에 백호복운을 박아버려?'

그런데 가주가 슬쩍 손을 들었다.

그와 동시에 성록루 일층의 사방팔방에서 수십 명이 넘는 복면인들이 모습을 드러냈다.

그들은 흑색 도복 차림에 얼굴까지 검은 두건으로 감아서 복면을 하고 있었다.

가주가 말했다.

"이들은 모두 아흔 명이 넘는다. 네놈들은 전부 합해봐야 고작 아홉. 한 명이서 열 명씩 상대하면 되겠구나, 후후후."

유청과 팔소호 삼소봉은 뜻밖의 상황에 긴장했다.

유청은 침을 꿀꺽 삼켰다.

'기세에 밀리면 안 된다. 허세라도 부려야 된다.'

"본인을 호위하는 자들이 누구인지 알고서 하는 소리요?"

"젖비린내가 가시지 않은 애송이인 것은 알겠다."

그 말에 성정이 급한 진억이 화를 터뜨렸다.

"무엇이라? 감히 중원무림의 후기지수 팔소호 삼소봉을 모욕하는 것이냐?"

유청은 이번만큼은 진억을 제지하지 않았다.

'가주도 팔소호 삼소봉이 어떤 존재인지는 알고 있겠지.'

그런데 가주는 진억의 말을 듣자 눈을 크게 뜨며 이상한 표정을 짓는 게 아닌가?

곧 가주는 다시 차가운 얼굴로 돌아와서 말했다.

"네놈들이 정녕 팔소호 삼소봉이냐?"

"그렇다! 내가 바로 소림의 활나한 진억이다!"

"오냐, 잘 알았다. 구파일방의 개들이 범굴에 뛰어들었으니, 일부러 잡으러 갈 수고를 덜었군."

정면대결을 피하지 않는 말투.

그때, 계단 위에서 두 인영이 모습을 드러냈다.

유청은 그들을 알아보고는 입을 딱 벌렸다.

'제길, 망했구나!'

두 인영의 정체는 바로 도학 진인을 암살하려던 살수로 판명난 삼권무적 동문과 용정차왕자 객잔의 점주 최한걸이었다!

'이놈들이 모두 한패였구나!'

유청은 그제야 가주가 팔소호 삼소봉에게 포위당했으면서도 당당했던 이유를 알 수 있었다.

'복면을 한 놈들이 최한걸의 점소이들이겠구나.'

점주 최한걸과 점소이들.

유청과 소영영이 죽을 고비를 몇 번이나 넘겨야 했던 상대가 아닌가?

더군다나 점소이들의 독 묻은 칼에 찔려 중독된 홍욱은 미처 독을 몰아내지도 못하고 숨을 거두고 말았으니…….

'복면인들이 점주 최한걸의 부하라면 아무리 팔소호 삼소봉이라 해도 당해내기 힘들다.'

살수 동문이 말했다.

"이자들은 팔소호 삼소봉이 아니오? 이곳을 어떻게 알고서 온 거요?"

가주가 답했다.

"나도 모른다."

점주 최한걸이 말했다.

"사정이야 잡아서 캐물으면 되지 않습니까?"

"하긴 그렇군."

가주가 복면인들에게 명했다.

"놈들을 잡아라! 죽이지는 말고 생포해라!"

유청은 상황이 예상보다 나쁘다는 것을 직감했다.

'생포하라고?'

강호에서 적을 만나면 죽여서 입을 막으려 하는 것이 보통의 일이다.

한데 가주는 생포하라는 명을 내렸다.

그 말은 추후에 인질로 삼으려는 의도가 아닌가?

팔소호 삼소봉도 가주의 말뜻을 알아차린 눈빛이었다.

설령 목을 내놓더라도 수치를 당할 수 없는 것이 무림인.

진억이 불같이 화를 내며 복면인들에게 달려들었다.

"네놈들이 누구인지는 모르나, 감히 소림을 핍박하려 든단 말이냐!"

검을 쓰지 않는 진억은 앞을 가로막고 있는 복면인을 향해 일권을 출수했다.

속도는 느리지만 산을 뒤엎는 해일 같은 위력이 담긴 일권.

복면인은 허리춤에서 검을 빼어 들었으나 진억의 기세를 이겨내지 못한 채 손을 섞지 않고 옆으로 피했다.

그때, 진억의 주먹이 복면인을 향해 미끄러지는가 싶더니 권경이 폭발했다.

펑!

순간, 복면인은 가슴에 둥그렇게 주먹 자국이 패이면서 뒤로 날아갔다.

털퍽.

복면인은 비명도 지르지 못하고서 혼절했다.

허공으로 권경을 날려 멀리 떨어진 상대를 격살하는 소림의 진산절예.

바로 백보신권이었다.

진억은 기세가 등등해서 소리쳤다.

"강호의 잡배들은 소림의 이름 앞에 무릎을 꿇어라!"

그는 계속해서 백보신권을 펼치려 했다.

하지만 이번에는 사정이 달랐다.

진억의 권경이 멀리까지 날아오는 것을 경험한 복면인들은 쓰러진 동료와 같은 실수를 하지 않았다.

그들은 진억이 권을 뻗기 전에 미리 저지하는 수법을 썼다.

진억이 인쪽으로 권을 뻗으면, 오른쪽에 있는 복면인이 달려들어 검으로 권을 막았다.

진억이 그자를 공격하려 하면, 반대로 왼쪽에 있는 자가 달려들었다.

복면인들은 동시에 진억의 전후좌우, 사방에서 검을 찌르고 빼기를 반복했다.

그러자 진억은 수비에 급급하느라 먼저와 같이 호쾌한 백보신권을 뻗지 못했다.

진억의 공격을 시작으로, 팔소호 삼소봉과 복면인들의 대결이 본격적으로 벌어졌다.

소림 진억, 개방 주영취, 곤륜 엄홍은 권장으로 맞섰다.

청성 이산과 삼소봉 셋, 무당 제자 우현은 검을 들고 복면인들을 상대했다.

반면, 유청은 권장도 검도 쓰지 않았다.

유청은 오직 목인비보를 써서 피하기만 했다.

상황이 급박하지 않아서 팔소호 삼소봉이 그 모습을 봤다면 기가 막혀 했을 광경.

하지만 유청은 당당했다.

'어차피 백호복운은 일 대 일 상황이 아니면 쓰기 힘들다. 난 도망치면서 복면인들의 눈을 흐릴 테니, 싸움은 팔소호 삼소봉 네놈들이 해라!'

그때였다.

문득 스치는 생각이 있었다.

'장 형이 저놈들 검에 맞아서 중독됐었잖아?'

유청은 목인비보를 밟으면서 소리쳤다.

"조심하시오! 놈들의 검에는 독이 있을지 모르오!"

그런데 그 말이 뜻밖의 상황을 몰고 왔다.

진억의 선제공격으로 기선을 잡았던 팔소호 삼소봉은 유청의 말을 듣자 복면인들의 검에 신경을 곤두세웠다.

혹 검에 스칠지 몰라서 몸을 사린 것이다.

팔소호 삼소봉의 집중력이 흐트러지자 조금씩 복면인들의 공세가 거칠어졌다.

유청은 실수했다는 것을 깨달았다.

'아차, 괜히 말했구나.'

굳이 검에 독이 묻어 있지 않더라도, 사람의 몸은 급소를 세 치만 찌르면 죽는다.

때문에 독 묻은 병장기를 상대할 때도 평소와 같이 부동심(不動心)을 유지하는 것이 중요하다.

구파일방을 대표하는 후기지수 팔소호 삼소봉이 그 사실을 모를 리 없었다.

하지만 갑작스레 벌어진 실전에서, 그것도 다른 이가 아닌 무림맹주가 소리치자 자기도 모르게 그에 반응했던 것이다.

챙챙챙!

검과 검이 맞부딪쳐서 불꽃을 튕겼다.

시간이 지나면 지날수록, 팔소호 삼소봉은 조금씩 복면인들에게 밀리게 되었다.

청성 이산은 복면인들의 검을 상대하며 생각했다.

'복면인들의 무공 수위를 볼 때, 우리 팔소호 삼소봉 한 명이서 서넛쯤은 쉬이 상대할 수 있을 것이다.'

하지만 그는 고개를 저었다.

'만약 지금처럼 좁은 공간에서 포위 공격을 당하지 않았다면 말이지…….'

이산의 예상대로, 복면인들의 공격은 더욱 거세졌다.

그는 생각했다.

'불리한 점은 또 있다. 저들은 서로가 한 몸인 것처럼 일사불란하게 움직인다. 하지만 우리들은…….'

이산의 생각대로, 팔소호 삼소봉은 한 명, 한 명이 따로 놀고 있었다.

팔소호 삼소봉은 각자 문파가 다르니 복면인들처럼 손을 맞추기 힘들었던 것이다.

성정이 급해서 복면인들 사이로 뛰어들었던 진억은 포위 공격을 당하느라 가장 고전하고 있었다.

유청은 각자 따로 놀고 있는 팔소호 삼소봉을 보자 부아가 치밀었다.

'당금 중원무림 최고의 신진고수라는 놈들이 무림맹주 하나 호위 못하냐?'

따지자면 이렇게 된 것이 모두 자기 탓인데, 유청은 팔소호 삼소봉에게 책임을 돌렸다.

그나마 복면인들을 몰아붙이고 있는 것은 삼소봉이었다.

"언니!"

"알았어!"

진수향과 소영영은 서로 대화를 주고받으며 서로 초식을 맞췄다.

소영영과 진수향은 어려서부터 친해서 손을 자주 섞어본 사이였다. 때문에 둘은 서로 절묘한 호흡을 자랑하며 복면인들을 제압했다.

게다가 청연도 진억처럼 욕심내지 않고, 소영영과 진수향에게 손을 맞췄다.

삼소봉이 자리한 곳은 복면인들이 쩔쩔맬 정도였다.

유청은 그 모습에 다시 역정을 냈다.

'팔소호는 뭣들 하는 거냐? 뭐 달린 놈들이 어째 여자들보다 못하냐?'

결국 처음으로 복면인에게 사로잡히는 자가 나왔다.

바로 무당 제자 우현이었다.

우현은 본래 팔소호 삼소봉보다 무공이 크게 뒤떨어졌기 때문에 그가 처음으로 잡힌 것은 어찌 보면 당연했다.

게다가 다루 안에서 포위 공격을 당한 것도 그에게는 불운이었다.

자신의 빠른 발을 살릴 기회가 아예 없었기 때문이다.

얼마 있지 않아 우현의 뒤를 이어서 사로잡힌 자가 또다시 나왔다.

소림 진억이었다.

복면인들은 진억의 목울내에 섬을 겨누었다. 진억은 울화를 터뜨렸다.

"네놈들이 감히 소림을……."

유청은 어이가 없었다.

'저 새끼는 제일 먼저 잡힌 주제에 말끝마다 소림이야?'

우현과 진억이 사로잡히자 팽팽하던 균형이 무너졌다.

복면인들의 공세는 한층 더 거칠어졌다.

남은 팔소호 삼소봉은 이제 그들의 공세를 막는 것에 급급해했다.

시간이 지날수록 상황이 악화될 것은 불 보듯 뻔한 일.

유청은 다급해졌다.

'내가 어떤 고생을 하며 여기까지 왔는데…….'

팔 년간 서문세가에서 받은 설움, 기적적으로 개방 방주가

되고 무림맹주에 오른 일들이 주마등처럼 눈앞을 스치고 지나
갔다.

유청은 속으로 일갈했다.

'무공 비급 팔아서 한몫 챙기기 전에는, 나는 죽어도 절대
못 죽는다!'

유청은 미친 듯이 목인비보를 밟았다.

복면인들은 유청을 잡으려고 검을 휘두르다가 오히려 서로
를 벨 뻔한 상황이 잦아졌다.

그때, 유청의 귓속으로 전음이 들려왔다.

"셋을 세면 도망쳐!"

"……?"

전음을 보낸 이는 소영영이었다.

유청은 영문을 알 수 없었다.

'셋을 세면 없는 길이 뚫리기라도 하나?'

소영영이 검을 수직으로 치켜세우며 말했다.

"하나!"

그러자 소영영과 함께 검진을 펴던 진수향과 청연이 그녀의
뒤에 일렬로 붙었다.

계속해서 삼소봉, 세 여검객은 검을 앞으로 뻗으며 몸을 날
릴 자세를 취했다.

복면인들도 소영영이 무언가를 노린다는 것을 깨닫고는 그
앞을 층층이 막아섰다.

"둘!"

소영영의 말이 떨어지기 무섭게 삼소봉은 지면을 차면서 앞으로 날아갔다.

 옆과 뒤의 적들은 도외시하고, 오직 정면의 적을 상대하는 양패구상의 수법.

 유청은 깜짝 놀랐다.

 '소영영 소저가 동귀어진(同歸於盡)하려는 것인가?'

 "셋!"

 소영영이 셋을 외치는 순간,

 삼소봉이 동시에 검을 뿌렸다.

 쉬익!

 세 자루의 검은 섬전처럼 복면인들을 향해 날아갔다.

 그대로라면 포위 공격을 하기 위해 겹겹이 서 있던 복면인들이 검에 꿰일 상황.

 복면인들을 깜짝 놀라며 옆으로 몸을 던져서 검을 피했다.

 그러자 복면인들이 피한 자리에 성록루 정문을 향하는 길이 생겨났다.

 유청은 그제야 소영영의 말뜻을 알 수 있었다.

 '내가 도망치도록 길을 만든 거구나!'

 소영영이 말했다.

 "어서 도망치세요!"

 그러나 발이 떨어지지 않았다.

 "내 한 몸 살자고 혼자 도망칠 수는 없소!"

 그 말에 팔소호 삼소봉은 유청을 다시 봤다.

팔소호 삼소봉을 놔두고 혼자 갈 수 없다는 무림맹주의 단호한 말.

그들은 생각했다.

'우리와 같은 배분인 자가 개방 방주에 이어 무림맹주까지 됐다는 말에 어이가 없었는데, 다시 보니 그럴 만한 자격이 있는 자로구나.'

하지만 그들이 깨닫지 못한 것이 있었다.

실은 유청이 혼자 갈 수 없다고 말한 것은, 팔소호 삼소봉이 아니라 소영영을 두고 한 말이었다.

'나 혼자 갈 수는 없소! 소저도 같이 갑시다!'

그러나 소영영은 길을 만들려고 검을 던진 판이라 눈앞의 복면인들을 막기에도 급급한 처지다.

유청이 머뭇거리자 소영영이 소리쳤다.

"뭐 하십니까? 우리의 희생을 헛되게 만드시려는 겁니까!"

유청은 정신이 번쩍 들었다.

처음 만났을 때부터 유청에게 하대를 하던 소영영.

그런데 지금은 존댓말이 아닌가?

유청은 깨달았다.

'그렇구나. 나를 정인으로 생각하는 게 아니라, 무림맹주로 대접해서 몸을 피하라는 말이다!'

유청은 그녀가 자신을 정인이 아니라 무림맹주로 대우해 주니, 기쁘기도 하고 반면에 섭섭한 감정도 느꼈다.

유청이 머뭇거리는 사이, 삼소봉의 검을 피해서 몸을 날렸던 복면인들이 다시 자세를 잡고 길을 막아섰다.

삼소봉의 고육지책(苦肉之策)이 물거품이 되어버릴 상황.

그러나 유청에게는 목인비보가 있었다.

복면인 여섯 명이 좌우에서 달려들어 겹겹이 길을 막아서는 찰나,

유청은 좌우로 몸을 움직이며 갈 지(之) 자로 목인비보를 밟았다.

그러자 유청의 신형은 복면인들 사이를 꿰뚫고 지나갔다.

유청은 성록루를 나서기 전에 고개를 돌려 소영영을 봤다.

소영영은 미소를 지으며 고개를 끄덕였다.

유청은 결심했다.

'고맙소. 지금은 혼자 몸을 피하지만 반드시 소저를 구하러 다시 올 것이오!'

유청은 몸을 돌려서 바람처럼 내달렸다.

복면인들이 그 뒤를 쫓았으나 유청의 신형은 눈깜짝할 사이에 대나무 숲으로 들어가서 사라져 버렸다.

第三十八章

떡밥을 던지면 입질이 오게 마련

소영영과 팔소호 삼소봉의 희생으로 성록루에서 무사히 도망친 유청.

그는 대나무 숲을 질주하며 생각했다.

'그야말로 구사일생이 따로 없구나.'

팔소호 삼소봉의 패색이 짙어지자 소영영은 무림맹주인 유청만이라도 잡히지 않게끔 진수향과 청연의 도움을 받아 계책을 쓴 것이다.

팔소호 삼소봉이 당금 구파일방의 수장이라 할 수 있는 무림맹주를 구한 것은 어찌 보면 당연했다.

하지만 유청은 입맛이 씁쓸했다.

마음에 두고 있는 정인을 두고서 혼자 도망쳤기 때문이다.

'사내라면 자기 여자쯤은 지켜야 하는 건데…….'

그런데 반대로 정인 소영영의 도움을 받아 남자인 자신이 도망을 쳤으니, 체면이 말이 아니었다.

만약 적들이 다른 자들이었다면 무슨 잔머리를 써서라도 소영영과 함께 도망쳤을 유청이다.

하지만 그럴 여유가 없었다.

모든 것이 가주 때문이었다.

'개새끼! 내 서문세가를 반드시 멸문시키고야 만다!'

가주가 자신을 '유 총관'이라고 밝히는 순간, 공들여 쌓은 탑이 일순에 무너지기 때문이다.

유청은 머리가 복잡했다.

'이제 어떡하면 좋으냐?'

가주가 팔 년간 훔친 구대문파의 무공 비급은 손안에 있다.

즉, 중원무림을 한 손에 움켜쥔 거나 마찬가지다.

물론 백팔 권이나 되는 무공 비급들은 평생을 걸려도 다 못 익힐 것이다.

그러나 유청의 생각은 달랐다.

'무공 비급을 꼭 익혀야 되는 건 아니잖아? 뭘 해도 돈만 되면 그만이다.'

하다못해 구파일방이 아닌 다른 문파나 오대세가에 넘기기만 해도 큰돈이 될 판이 아닌가?

'이대로 무공 비급을 챙겨 도망칠까?'

그러나 소영영이 마음에 걸렸다.

무림인의 분신과도 같은 검을 던지면서까지 무림맹주인 자신을 구하려 했던 소영영.

유청은 절규했다.

'사랑이냐, 돈이냐, 그것이 문제로구나!'

문득 유청은 바람둥이 주씨의 말이 떠올랐다.

"한 여자한테 목숨 거는 것만큼 바보짓은 없다. 중원 천지의 절반은 여자라는 것을 잊지 말아라."

'그래, 돈과 무공만 있으면 여자는 줄을 서게 마련이다.'

유청은 결심을 하고서 무공 비급을 숨겨둔 장소로 향했다.

하지만 성록루에서 헤어질 때 봤던 소영영의 눈빛이 머리에서 좀처럼 지워지지 않았다.

목인비보로 대나무 숲을 질주한 유청은 비급을 숨겨둔 곳에 도착했다.

유청은 먼저 세가에서 비급을 갖고 올 때처럼, 도포를 묶어서 비급을 쌌다.

그다음, 비급 보따리로 변한 도포를 등에 짊어 멨다.

그러자 얼추 자세가 나왔다.

유청은 비급 보따리를 메고 대나무 숲을 떠났다.

'백당아, 잘 있어라. 이제 다시는 올 일 없을 거다.'

유청은 그 길로 영원히 백당에서 도망치기로 결심했다.

'개방 방주도, 무림맹주도 어차피 다 임시직 아니냐? 언제 짤릴지 모르는 감투에 연연하지 말자. 그보다 구대문파의 무공 비급이라는 현찰이 훨씬 더 값어치 나간다.'

애초에 거지 왕초 노릇도, 무당 장평의 허수아비 노릇도 하기 싫었던 유청이다.

그러니 도망치는 데 아무 거리낌이 없었다.

유청은 쾌재를 불렀다.

'절벽 밑의 동굴에 떨어져 봤자 비급 한두 권밖에 더 있냐? 하지만 나는 무려 백팔 권을 손에 넣었다!'

유청은 신바람이 나서 대나무 숲을 떠났다.

백당을 떠난 유청은 옆에 있는 장사라는 마을에 도착했다.

옆이라고는 해도 꼬박 세 시진이 걸리는 곳이다. 하지만 목인비보를 써서 달리는 유청에게는 그리 오래 걸리지 않았다.

마을에 들른 이유는, 중원까지 타고 갈 나귀를 구하기 위해서였다.

사천 중심지에서 백당에 이르는 길은 험해서 말을 타고 오갈 수 없었다.

그러나 언덕을 잘 오르는 나귀라면 괜찮았다.

문제는 나귀는 말과 비교하여 속도가 너무 느리다는 점이다.

목인비보를 쓰지 않고 평상시의 걸음으로 가더라도 나귀보다는 오히려 빠를 게 뻔했다.

유청은 고민했다.

'너무 느리게 가다가 붙잡히는 것 아냐?

하지만 중원까지 먼 길을 비급 보따리를 짊어 메고서 갈 수는 없는 일.

'그래, 사람들이 안 다니는 길을 골라서 가자. 동쪽으로만 가면 언젠가는 중원이 나오겠지.'

유청은 결심을 하고서 장사에 들어갔다.

그리고 장터에 가서 나귀 한 마리를 샀다.

유청은 제일 젊고 힘이 넘쳐 보이는 숫놈 나귀를 골랐다.

'늙은 놈이 값은 싸겠지만, 지금은 돈을 아낄 때가 아니다.'

물론 유청은 가격 흥정을 벌여서 마음에 들 때까지 값을 깎는 데 성공했다.

유청은 콧노래를 부르면서 나귀를 타고 장사를 나왔다.

'크크, 구파일방 놈들아. 그렇게 나를 무림맹주로 만들면 후회할 거라고 하지 않았느냐!'

팔 년간 고생하며 얻은 대가가 구대문파의 무공 비급이라면 손해 볼 것 없는 장사다.

유청은 생각했다.

'일단 사천에 있는 당문으로 가서 협상을 해볼까?'

하지만 고개를 저었다.

'아니다. 괜히 힘으로 비급을 빼앗으려 들지도 모른다. 일단 중원으로 돌아가서 후일을 도모하는 편이 낫겠다.'

유청은 앞으로의 인생 계획을 생각하며 나귀를 몰았다.

・

그때였다.

길 맞은편에서 한 무리의 사람들이 유청을 향해 다가왔다.

유청은 무심코 그들을 보다가 화들짝 놀랐다.

'헉!'

중 하나와 거지 셋.

바로 소림 방장 무혜와 개방 장로 송막, 그리고 송막의 측근인 철원과 기현이었다!

'큰일 났다!'

유청은 반사적으로 나귀의 진로를 돌렸다.

그러자 유청은 무혜 일행과 등을 지게 됐다.

다행히 무혜 일행은 아직 유청을 알아보지 못한 눈치였다.

'저놈들이 어떻게 벌써 여기까지 왔지?'

유청은 무혜 일행과 등을 지고서 다시 마을 쪽으로 들어갔다.

유청은 두 발로 연신 나귀의 배를 찼다.

'빨리 좀 달려라!'

그러나 나귀는 꿈쩍도 않고서 느릿느릿 발을 옮겼다.

말은 빠르지만 예민한 동물이다.

반면, 나귀는 속도는 느리나 미련할 정도로 고집이 세다.

유청의 등에서 식은땀이 흘러내렸다.

'얼른 가자, 이놈아!'

하지만 나귀가 움직이는 것보다 무혜 일행이 걸어오는 속도가 더 빨랐다.

'이대로라면 잡히고 만다.'

그때, 마을에서 십여 명의 행상인들이 나귀와 마차를 끌고 나오는 것이 보였다.

유청은 생각했다.

'오호라, 저놈들 틈에 끼어서 달아나면 되겠다.'

유청은 나귀를 타고 가다가 행상인들과 교차하는 순간, 슬쩍 방향을 바꿨다.

그러자 유청은 자연스럽게 행상인들 틈에 섞였다.

나귀에 보따리를 싣고 가는 유청.

자세히 뜯어보지 않으면 무림인으로 보기 힘든 모습이었다.

게다가 도포는 벗어서 비급을 쌌으니, 언뜻 봐서 유청과 행상인들을 구별하기 어려웠다.

무혜 일행과 길을 지나칠 때,

유청은 조는 흉내를 내며 고개를 푹 숙였다.

'제발 들키지 마라.'

나귀가 한 발 한 발 걸을 때마다 심장이 쿵쿵 뛰었다.

결국 무혜 일행은 자기들끼리 얘기를 나누느라 유청을 알아보지 못하고 지나갔다.

'살았다!'

유청은 쾌재를 불렀다.

'크크큭, 이럴 때 갑자기 나귀 탄 행상인들이 오다니, 이것이야말로 하늘이 내게 홍복을 내려주시는 게 아니고 무엇이랴!'

그때였다.

푸르릉!

유청이 타고 있는 나귀가 갑자기 크게 콧방귀를 뀌었다.

'엥?

푸릉푸릉!

나귀는 콧바람을 멈추지 않더니 갑자기 옆으로 방향을 트는 게 아닌가?

'이놈이 갑자기 왜 이래?

유청은 고삐를 움켜쥐었다.

하지만 소용이 없었다.

나귀는 유청의 말을 듣지 않고 방향을 바꿔서 옆으로 걸어 갔다.

'이게 미쳤나? 야, 임마!'

유청이 탄 나귀는 옆에 있는 한 행상인에게 바싹 붙었다.

그러더니 갑자기 두 앞다리를 치켜들며 그 행상인이 타고 있는 나귀에게 달려들었다!

유청은 입을 딱 벌렸다.

유청이 탄 숫놈 나귀가 행상인이 탄 암놈 나귀를 덮친 것이 다!

앞다리를 번쩍 들어서 암놈 나귀의 등에 걸쳐 놓고 미친 듯이 덤비는 숫놈 나귀!

그 바람에 유청은 나귀에서 굴러 떨어지고 말았다.

콰당.

'아이고, 허리야!'

잘못 비껴서 떨어졌는지, 눈에서 번개가 쳤다.

유청이 일부러 비싼 돈을 주고 골랐던 나귀.

하지만 그것이 문제였다.

유청이 고른 젊고 팔팔한 숫놈 나귀가 행상인이 탄 암놈을 보고서 혈기를 참지 못해 일을 저지른 것이었으니…….

그것으로 끝이 아니었다.

나귀가 앞다리를 들고 일어서는 바람에 등에 실었던 보따리가 땅으로 떨어졌다.

유청은 속으로 비명을 질렀다.

'인 돼애애!'

도포를 묶어서 임시변통으로 만든 보따리는 땅에 떨어지자 확 풀어졌다. 그러자 무공 비급들이 쏟아졌다.

와르르르!

유청은 그제야 실수했다는 것을 깨달았다.

'보따리도 하나 새로 살걸…….'

한편, 송막은 나귀 숫놈이 암놈에게 덤벼드는 걸 재미있게 구경하고 있었다.

그러다가 송막은 갑자기 나귀의 등에서 서책들이 쏟아지자 고개를 갸웃했다.

'이런 시골 벽지의 행상인이 웬 서책을 저리 많이 갖고 다녀?'

그때, 철원과 기현이 유청을 보면서 말했다.

"저 행상인은 방주님과 많이 닮았군요, 홀홀."

"닮은 게 아니라, 방주님 맞습니다."

애초에 유청을 지금 모습으로 바꿔놓은 장본인이 철원과 기현이다.

때문에 그들은 행상인들 틈에 가려서 잘 안보이는데도 한눈에 유청을 알아본 것이다.

송막이 말했다.

"방주님이라고?"

그 말에 무혜도 물었다.

"맹주가 여기 있으시단 말입니까?"

철원이 답했다.

"저기, 저분이 방주님 아니십니까? 그새 서책 장사치를 겸업하시나 봅니다, 홀홀."

무혜 일행은 유청에게 다가갔다.

유청은 망연자실했다.

'다 틀렸다……'

하지만 이유 모를 오기가 생겼다.

'내가 누구냐? 중원무림인을 몽땅 속여 넘긴 유청이다.'

유청은 침을 꿀꺽 삼켰다.

그리고 무혜 일행을 보며 일부러 깜짝 놀란 얼굴을 했다.

"소림 방장님? 송막? 다들 여기는 어쩐 일이십니까?"

무혜가 말했다.

"빈승과 이분들은 맹주를 돕기 위해 긴히 백당으로 가던 중입니다."

"아아, 그러셨군요?"

유청은 기쁜 얼굴로 말했다.

그러면서 동시에 양손은 쉴새없이 땅에 쏟아진 비급을 쓸어 모았다.

'비급만 안 들키면 도망칠 구석은 남아 있다.'

송막이 말했다.

"그 서책들은 무엇입니까? 저희도 도울까요?"

"됐소. 다 주웠소."

유청은 재빨리 손을 놀려서 비급을 일렬로 쌓았다.

그때, 갑자기 세찬 돌풍이 불어왔다.

그 바람에 맨 위에 있는 비급이 그만 넘어가 버리고 말았다.

펄럭!

유청은 멍하니 그 모습을 지켜볼 수밖에 없었다.

"……."

책장이 넘어간 무공 비급은 하필 소림의 것이었다.

펼쳐진 비급의 양면에는 머리에 계인을 찍은 두 명의 소림승들이 서로 무공을 겨루고 있었다…….

*   *   *

유청은 무혜 일행과 함께 장사에 있는 객잔에 묵었다.

서책들이 구파일방의 무공 비급이라는 사실을 들키자 유청은 도망치는 것을 포기했다.

'도망쳐 봤자 부처님 손바닥 안의 손오공일 뿐이다.'

만약 마주친 이가 다른 이였다면 유청은 목인비보로 도망쳤을지도 몰랐다.

그러나 하필 소림 방장 무혜에게 걸리고 말았으니…….

무당산에서 이미 무혜에게는 무엇으로도 안 된다는 것이 증명된 터다.

도망칠 수 없던 이유는 하나 더 있었다.

바로 무공 비급 때문이었다.

도포가 풀어져 땅에 쏟아진 비급들을 언제 챙겨서 도망친단 말인가?

그렇다고 비급을 놔두고 몸만 도망친다면, 다시 강호의 무명소졸이 되는 셈이다.

일행은 방에 들어가 자리를 폈다.

무혜가 물었다.

"맹주, 어찌 된 일이신지요?"

"……."

유청은 난감했다.

다른 놈들은 다 속여 넘길 자신이 있었다. 하지만 눈앞에 있는 무혜의 눈만은 속일 수 없을 것 같았다.

'대체 이 일을 어떻게 얼버무리냐?'

문득 바람둥이 주씨의 말이 생각났다.

"여자가 남자에게 과거 몇 명의 여자를 사귀었냐고 물을 때, 순진하게 몽땅 털어놓으면 안 되는 법이다. 그럴 때는 슬쩍 거짓을 삼 할 섞는 거야."

'좋아, 그 방법을 쓰자.'

유청은 얘기를 시작했다.

"그게 말입니다."

유청은 팔소호 삼소봉과 함께 백당에 도착하여 비급 도적인 세가의 식구를 추적하는 데 성공했다고 말했다.

"저는 세가 식구들이 대화하는 것을 듣다가 운 좋게 무공 비급을 숨겨둔 상소를 알게 됐습니다."

유청은 가주의 비밀 방을 알게 된 연유를 그런 식으로 얼버무렸다.

"언제 어디서 적들이 닥칠지 모르는 상황이었죠. 해서, 저는 일단 무공 비급을 되찾아서 마을 외곽에 숨겨놓았습니다. 한데……."

그다음부터는 있는 사실 그대로 얘기했다.

성록루로 다시 갔을 때, 세가 가주에게 무림맹주라는 것을 들켰다는 얘기, 세가 가주가 살수 동문과 홍욱을 해친 객잔 점주 최한걸과 한패였다는 얘기, 그들의 수하인 복면인 수십 명에게 협공을 당했다는 얘기, 그리고 팔소호 삼소봉이 사로잡히고 자신만 구사일생으로 몸을 피했다는 얘기, 전부를 설명했다.

무혜 일행은 사정을 알았다는 듯 고개를 끄덕였다.

"그렇게 된 일입니다."

유청의 얘기가 끝나자 송막이 말했다.

"그런데 좀 이상하군요. 구대문파의 무공 비급이라면 엄중한 경비를 세워놓았어야 할 텐데, 그렇게 쉬이 찾을 수 있는 곳에 보관한 게 이해가 안 되는군요."

유청은 뜨끔했다.

다행히 철원이 다른 의견을 말했다.

"경비를 많이 두면 둘수록 그곳에 비급을 두었다고 소문을 퍼뜨리는 격이지요. 그 가주라는 자는 일부러 허술해 보이는 곳에 비급을 놔둔 것이겠죠."

유청은 철원의 말을 반기며 말했다.

"맞습니다. 그자는 언뜻 보기에 평범한 장소에 비급을 놔두었습니다. 만약 장소를 엿듣지 못했다면 절대 찾지 못했을 겁니다."

유청은 생각했다.

'철원, 고맙소. 내 개방에 돌아가면 반드시 그대를 장로로 승격시켜 주리다.'

철원의 말이 이어졌다.

"한데 그렇다 하더라도 의문은 남네요. 저 같으면 설령 비급이 숨긴 곳을 들키더라도 가져가지 못하게 무거운 강철 금고 같은 곳에라도 넣어두었을 겁니다, 홀홀."

그 말에 유청은 똥 씹은 얼굴이 됐다.

'이 새끼! 약 주고 병 주냐? 왜 이랬다저랬다 해?'

조용히 있던 기현이 말했다.

"어찌 되었든 구대문파의 무공 비급을 되찾았으니 일은 해결된 셈이군요. 남은 것은 놈들을 일망타진하는 것뿐입니다."

그 말에 유청은 다시 살아난 기분이었다.

'역시 젊은 자가 꼰대보다는 생각이 트였구나. 내 돌아가면 기현 너를 반드시 승격……'

그러다 멈칫했다.

'아니다, 이놈도 또 딴소리할지도 모른다.'

그러나 기현은 더는 아무 말도 하지 않았다.

유청은 다들 조용히 있자 다른 생각을 못하도록 얼른 결론을 내리려 했다.

"맞습니다. 무공 비급은 손에 넣었으니, 놈들은 이제 이빨 빠진 범이나 마찬가지입니다. 구파일방이 힘을 합친다면 그 정체 모를 세가쯤은 쉬이 제압할 것입니다."

유청의 말에 개방도들은 고개를 끄덕였다.

하지만 무혜만은 아무 말 없이 조용히 있었다.

유청은 불안했다.

'송막, 철원, 기현은 모두 눈치 빠르고 잔꾀가 있는 놈들이나, 소림 방장만은 못하다. 아직 마음을 놓을 때가 아니다.'

유청이 마음을 졸이고 있을 때, 무혜가 입을 열었다.

"일이 곤란하게 되었군요, 아미타불."

그 말에 유청과 개방도들은 영문을 몰라 고개를 갸웃했다.

'무공 비급을 되찾았는데 뭐가 그리 걱정이냐?'

무혜가 계속 말했다.

"무공 비급을 되찾은 것은 분명 맹주의 공훈입니다. 하나, 구파일방의 후기지수가 그자들에게 잡히지 않았습니까?"

유청은 김이 빠졌다.

'난 또 뭐라고…….'

"무공 비급을 되찾았으니, 가서 그들을 구하면 되는 일 아닙니까?"

그러나 무혜의 얼굴에서 수심이 가시지 않았다.

"그전에 후기지수들의 생명을 빼앗으려 한다면 어쩌겠습니까?"

"……."

유청은 말문이 막혔다.

하지만 그다지 걱정은 되지 않았다.

'빌어먹을 팔소호 삼소봉, 죽든 말든 나랑 무슨 상관이냐?'

그러나 문득 스치는 생각.

'아니다, 소영영 소저도 잡혔잖아?'

그 생각이 들자 유청도 초조해졌다.

소영영은 놔두고 무공 비급만 갖고 도망치려던 유청이다.

안 그래도 그녀 생각에 발이 무거웠는데, 무혜의 말이 잠들어 있던 유청의 양심을 깨운 것이다.

'소영영 소저가 날 얼마나 도와줬는데…….'

송막이 말했다.

"일주일 뒤면 무당 장문인이 이끄는 구파일방의 정예가 오지 않습니까? 세가가 인질을 함부로 하지는 못할 것입니다."

그 말에 유청은 안심이 됐다.

'그래, 좀 있으면 다들 온다.'

그러나 걸리는 게 있었다.

유청은 송막에게 물었다.

"일주일 후에야 온다구요?"

"예. 장문인들이 자파의 제자들을 모두 모으고 있으니 시간이 걸리겠지요."

"한데 방장님과 장로는 어찌 해서 벌써 백당에 도착하신 것입니까?"

송막이 빙그레 웃으며 말했다.

"실은 소림 방장님께서 따로 말씀하셔서 몰래 빠져나왔습니다."

"그랬군요."

'소림 방장이 역시 다른 놈들보다 행동이 빠르구나.'

그러나 감탄도 잠시, 의문은 여전히 남아 있었다.

"이곳에 오는 길은 험난하기 그지없었습니다. 그런데 어떻게 이렇게 일찍……."

"방주님, 중원 천지에 거지가 모르는 길은 없습니다."

철원이 기현을 가리키며 말했다.

"이놈이 이래 봬도 사천의 모든 지형을 훤히 꿰고 있습지요, 훌훌."

유청은 그제야 이해가 됐다.

동시에 욕이 터져 나왔다.

'썅! 거지 놈들은 왜 이리 내 앞길을 가로막냐? 이놈들만 아니었으면 무공 비급을 챙겨서 사라졌을 텐데……'

유청은 무혜에게 물었다.

"소림도 오고 있겠지요?"

"물론이지요."

"그러면 왜 그리 걱정이십니까?"

무혜가 조용히 답했다.

"개방의 전임 방주께서 어떻게 돌아가셨는지요?"

"애석하게도 객잔 무리들에게 당하셨습니다."

'갑자기 그 얘기는 왜 꺼내냐?'

"무림맹대회에서 도학 진인을 암살하려던 살수가 있었지요. 비무대회에 나왔던 삼권무적 동문이란 자가 바로 그 살수로 밝혀졌지요."

유청은 고개를 끄덕이며 수긍했으나 속마음은 반대였다.

'그것도 이미 알고 있는 얘기가 아니냐?'

"살수 동문은 도학 진인 암살에는 실패했으나, 그전에 이미 무당과 화산의 제자를 격살했지요. 아미타불."

유청은 이제 은근히 부아가 났다.

'다 아는 얘기를 갖고 어쩌자는 거냐? 그런다고 죽은 사람이 살아나냐?'

그런데 이어지는 무혜의 말이 모두를 깜짝 놀라게 했다.

"그자들은 구파일방의 세를 떨어뜨리는 것이 목적입니다. 하면, 팔소호 삼소봉의 안위 역시 안심할 수 없는 상황입니다."

유청이 의아해서 물었다.

"하지만 제가 몸을 피할 때 그 가주는 생포하라고 명했습니다만?"

"구파일방의 무공이나 정보를 알아내기 위함이겠지요."

그제서야 유청과 개방도들의 얼굴이 심각해졌다.

무혜의 말이 이어졌다.

"그 세가의 가주는 팔 년 동안 구대문파의 무공 비급을 훔쳤습니다. 살수 동문은 도힉 진인 암살을 꾀했으며 무당과 화산의 제자를 해쳤습니다. 객잔 무리는 개방 전임 방주님을 해쳤고, 맹주와 무당일봉 소저까지 해하려 들었지요. 맹주가 그들 셋이 한패라는 것을 보셨지요? 그들은 팔 년 동안 계획적으로 일을 진행해 왔을 것입니다."

"……."

유청은 감탄했다.

'과연 소림 방장이다. 내가 잠깐 얘기한 것을 듣고서 모든 사정을 다 알아내는구나.'

동시에 경악을 금치 못했다.

'서문세가 가주, 살수 동문, 점주 최한걸이 지금 벌어지는 일을 팔 년 전부터 계획해 왔다니…….'

무혜의 말은 간단하면서도 이치에 맞아 반론의 여지가 없었다.

유청은 불길한 생각이 들었다.

"그럼 팔소호 삼소봉은?"

"그들이 어떤 문초를 할지 알 수 없지요. 애초에 구파일방이 그자들의 목표니까요."

유청은 침을 꿀꺽 삼켰다.

'그럼 소영영 소저도?'

유청의 생각에 무혜가 답하듯이 말했다.

"팔소호 삼소봉의 생명이 위험합니다."

구파일방의 무공 비급을 되찾은 쾌거로 들떠 있던 분위기는 무혜의 따끔한 일침에 무겁게 가라앉았다.

내심 무공 비급을 갖고 도망치려던 유청은 소영영이 죽을지도 모른다는 말에 침묵할 수밖에 없었다.

게다가 팔소호 삼소봉이 가주에게 잡힌 이유는 맹주인 자신을 구하기 위해 희생했기 때문이 아닌가?

유청은 생각했다.

'쳇, 누가 검을 집어 던지랬나? 중원무림에서 자기 살길은 자기가 찾아야지.'

생각은 그랬지만, 마음 한구석은 찜찜했다.

모두가 팔짱을 끼고 탁자만을 쳐다봤다.

무혜가 무거운 침묵을 깼다.

"한시라도 빨리 그들을 구해야 됩니다."

송막이 말했다.

"하나, 곧 구파일방의 정예가 도착하지 않습니까? 지금은 어차피 중과부적. 그들을 기다렸다가 일을 도모하는 게 옳지 않을까요?"

"아닙니다. 오히려 더욱 위험해집니다. 구파일방의 정예가 도착한다는 소문이 그자들의 귀에 들어간다면 후기지수들을 해치고 도주해 버릴 것입니다. 아미타불."

"……."

무혜의 지적에 송막도 입을 다물었다.

무혜가 유청에게 말했다.

"맹주께서 무공 비급을 되찾아온 것이 그나마 다행입니다."

유청은 무혜의 칭찬에 고개를 숙였다.

유청은 알 수 있었다.

'소림 방장은 구파일방의 명성이나 무공 비급보다 팔소호 삼소봉을 더 아끼는구나.'

그랬다.

소림 방장 무혜에게는 그 어떤 것보다 팔소호 삼소봉의 안위가 중요했다.

만약, 무당 장문인 장평이었다면 팔소호 삼소봉보다는 무공 비급을 선택했을 것이다.

장평이 지금 있었다면, 팔소호 삼소봉의 희생은 불가피한 일로 간주하고 구파일방의 정예를 기다려서 세가를 일망타진 하는 것만 신경 썼을 것이다.

하지만 무혜는 달랐다.

그 이유는, 그가 소림 방장이기 때문이었다.

무혜는 생각했다.

'인재(人才)가 무공보다 중요하다.'

소림은 원명 교체기에 큰 시련을 겪었다.

소림의 숱한 고승들이 수만 명의 관군에 의해 목숨을 잃었다.

또한 소림 무공을 보관하는 장경각이 불태워졌다.

무림의 태산북두인 소림이 아니라 다른 문파였다면 벌써 멸문을 당했을 일이었다.

소림이 큰일을 겪은 뒤에 방장 자리에 오른 무혜는 깨달은 것이 있었다.

'인재가 있으면 무공 또한 전해진다. 하나, 인재가 죽는다면 제아무리 무공 비급이 있더라도 무공은 실전된다.'

만약 고승 몇몇이 살아남지 않았더라면, 소림 역시 어찌 될지 모를 일이었다.

때문에 무혜는 팔소호 삼소봉을 걱정하는 것이었다.

'팔소호 삼소봉은 단순히 구파일방의 신진고수를 묶어놓은 게 아니다. 그들은 곧 구파일방의 미래일 터.'

무혜는 그들을 포기할 수 없었다.

무혜는 유청을 지그시 쳐다봤다.

무혜가 아무리 설명을 했어도 결정은 무림맹주인 유청에게 달린 일.

유청은 무혜의 뜻을 알 수 있었다.

그는 생각했다.

'방장 뜻은 잘 알겠수다. 하나, 나 혼자 도망치기도 힘들었는데 팔소호 삼소봉을 무슨 수로 다시 구한단 말이오?'

문득 스치는 생각이 있었다.

'잠깐만. 장평이 오면 일은 더욱 힘들어진다. 무공 비급을 빼앗기는 건 고사하고, 내 정체를 들킬지도 모르는 일이다.'

유청은 결심했다.

'어차피 인생은 한판의 도박이다. 여기서 주사위를 굴리자.'

유청이 말했다.

"좋은 생각이 있습니다."

"무엇입니까?"

모두가 유청의 말에 귀를 기울였다.

"팔소호 삼소봉과 무공 비급을 교환합시다."

"예?"

송막이 어이없다는 얼굴로 반문했다.

"구대문파의 무공 비급을 그자들에게 넘기자고요?"

"그냥 주자는 게 아니라 팔소호 삼소봉과 바꾸자는 말입니다."

"하지만……."

송막은 생각했다.

'개방 방주가 구대문파의 비급을 되찾아준 셈이니, 앞으로 개방이 무림에서 득세할 일만 남았다. 한데 굴러 들어온 호박

을 차버리겠다는 말이냐?'

"무당 장문인, 아니, 구파일방의 장문인들이 그것을 허용할는지요?"

송막은 구파일방을 언급하며 유청을 압박했다.

하지만 유청은 단호했다.

"무림맹주는 납니다."

"……."

송막은 입을 다물었다.

무혜가 물었다.

"그들이 중요한 인질을 쉬이 내줄지요?"

유청은 가슴을 치며 말했다.

"저에게 맡겨주십시오!"

*   *   *

유청은 다시 성록루로 향했다.

'복면인들만 해도 아흔 명이 넘는다. 그 많은 인원이 세가에 모두 묵을 수는 없다. 하면 그들은 성록루에 진을 쳤을 것이다.'

유청의 짐작은 옳았다.

유청이 성록루에 도착해 보니 이미 복면인들이 주위를 돌며 경비를 서고 있었다.

유청은 성록루 정문을 향해 똑바로 걸어갔다.

문을 지키고 있던 복면인 하나가 유청을 보며 말했다.

"이 다루는 오늘 문 안 연다. 다른 곳으로 가라."

유청이 보통 손님인 줄 알고 하대하는 말.

유청은 슬쩍 화가 났다.

'내가 무명소졸로 보이냐?'

유청은 진기를 끌어올려서 카랑카랑한 목소리로 외쳤다.

"개방의 방주이며, 무림맹의 맹주인 강북일협 대인배 유청이 서문세가 가주 서문량을 찾아왔다고 전해라!"

무공은 단 일 초식밖에 모르나 내공 수위는 이미 절정의 반열에 오른 유청이 내지른 사자후.

복면인들은 화들짝 놀라며 유청을 쳐다봤다.

개중에는 방심하고 있다가 놀라서 쓰러지는 자도 있었다.

채앵!

복면인들이 일제히 검을 뽑았다.

그들의 수장이 그제야 유청을 알아보고 소리쳤다.

"낮에 도망쳤던 놈이다! 잡아라!"

복면인들은 순식간에 유청의 주위를 둘러쌌다.

그들이 동시에 유청에게 달려들려는 찰나, 성록루 정문에 세 인영이 나타났다.

바로 서문세가 가주, 살수 동문, 점주 최한결이었다.

가주가 말했다.

"손을 멈춰라."

그리고 유청을 보며 말했다.

"유 총관, 아니, 이제는 무림맹주라고 했던가? 감히 제 발로 다시 돌아오다니 간이 부었구나."

유청도 지지 않고 맞받아쳤다.

"간이 부은 것은 내가 아니라 당신이지. 감히 구파일방을 해하려 했으니 말이오."

"흥, 오대세가에도 못 미치는 구파일방이 무에 대수란 말이냐?"

가주는 손을 들며 말했다.

"놈을 잡아라! 굳이 생포하지 않아도 상관없다!"

가주의 손이 떨어지는 순간,

유청이 말했다.

"내가 죽으면 당신의 비밀 방에 있었던 구파일방의 무공 비급은 영영 찾지 못할 터인데?"

"……!"

그 말에 가주가 황급히 소리쳤다.

"손을 거두어라!"

복면인들이 검을 멈추자 가주는 눈을 가늘게 뜨고 유청을 노려봤다.

"네놈이 그걸 어떻게 알고 있지?"

유청이 말했다.

"비밀 방을 겉으로 허술한 척 꾸며놓았다고 모를 줄 알았소?"

"……."

가주는 깜짝 놀란 얼굴이었다.

"네놈, 세가에서 나가기 전에 이미 알고 있었군?"

"그렇소. 진작에 알고 있었소."

"어떻게 그동안 날 속였지?"

"당신만이 남을 속일 수 있다고 착각하지 마시오."

"……."

유청은 생각했다.

'됐다. 이 기세를 몰아서 한 방 더 먹이자.'

"그뿐만이 아니오. 서장내공심법 또한 내 손안에 있소!"

"네, 네놈! 그럼 주화입마에 걸렸던 것이……."

"모두 연극이었소. 서장내공심법은 진짜배기요."

가주는 평소와는 다르게 숨을 거칠게 몰아쉬며 유청을 노려
봤다.

그러나 그것도 잠시, 그는 곧 다시 평소의 차가운 얼굴로 되
돌아갔다. 실로 냉정한 가주의 성정이 엿보이는 순간이었다.

유청이 말했다.

"구대문파의 무공 비급은 내 손안에 있소. 비급을 되찾고 싶
다면 내 얘기를 들으시오."

"……."

가주는 잠시 생각을 하더니 말했다.

"그놈을 안으로 들여라!"

*   *   *

성록루 삼층 모란실.

유청은 원탁을 사이에 두고 가주, 동문, 최한걸과 얼굴을 맞대고 있었다.

문밖에는 유청이 도망치지 못하게 복면인들이 겹겹으로 경비를 섰다.

말 한마디 잘못하면 목이 떨어질 상황.

하지만 유청은 태연했다.

'기싸움에서 이기고 들어가야 한다.'

홀홀단신으로 찾아온 유청이 당당하게 있자 동문과 최한걸은 어안이 벙벙한 얼굴이었다.

유청이 말했다.

"구대문파의 무공 비급은 내 손안에 있소."

그 말에 동문이 가주를 보며 물었다.

"사형, 비급을 안전한 곳에 두었다고 하지 않았소?"

유청은 그 말에 정신이 번쩍 들었다.

'사형이라고?'

동문이 재차 말했다.

"말 좀 해보시오! 비급이 없으니 이제 어찌한단 말이오?"

가주가 차갑게 말했다.

"호들갑 떨지 마라. 우리에게는 구파일방의 강아지 새끼들이 있지 않느냐?"

구파일방의 강아지 새끼들.

'팔소호 삼소봉을 두고 한 말이렷다?'

유청은 동문의 말을 다시 한 번 곱씹었다.

'가주를 보고 사형이라고 불렀다. 그 말은?'

문득 짐작 가는 부분이 있었다.

'가주, 동문, 최한걸은 모두 한패다. 한데, 동문이 가주에게 사형이라 부른다면 필히 같은 문파의 사형제임이 틀림없다.'

외모로 볼 때, 가주가 대사형이고, 동문이 둘째, 그리고 최한걸이 막내로 보였다.

유청은 생각했다.

'이들의 문파는 어디일까? 일단 구대문파는 아니다. 사형이라고 부르는 것을 보면 오대세가노 아니다. 그렇다면?'

문득 스치는 생각.

바로 비무대회 때의 일이었다.

'살수 동문이 비무대회에서 음양오행권을 썼잖아?'

유청이 살수와 같은 음양오행권을 쓰는 바람에 무혜가 유청을 살수로 오인했었다.

다행히 살수가 또 다른 살겁을 벌이는 통에 누명을 벗었던 유청.

그 살수가 눈앞에 있는 동문이다.

'방장이 말하기를, 비무대회에서 살겁을 펼칠 때마다 살수는 서찰을 남겼다고 했다. 구파일방을 단죄하겠다던 서찰이다.'

유청은 팔 년 전의 일을 생각했다.

'가주가 팔 년 전에 처음 나를 꼬실 때 보였던 백호복운 일 초식은 시정잡배의 무공이 아니었다. 가주가 다른 건 몰라도 백호복운만큼은 제대로 된 진정을 가르쳐 주지 않았는가?'

순간, 유청은 모든 사건의 배후를 알 수 있었다.

'백호복운을 가르쳐 준 가주, 음양오행권으로 살겁을 벌인 동문, 모르긴 해도, 최한걸 역시 음양오행권을 펼칠 수 있을 터. 그렇다면?'

결론은 하나였다.

'이들은 음양오행권을 진산무공으로 삼던 문파, 즉 복호문의 제자들이 분명하다!'

또한 무당산에서 장평이 했던 말도 기억났다.

'장평은 이들을 복호문의 잔당이라고 했다. 한데, 그냥 잔당이 아니라 사형제들이었구나.'

지금까지의 의문이 엉킨 실타래 풀리는 것처럼 하나씩 풀려 나갔다.

유청은 무혜에게 들은 얘기를 기억했다.

실은 복호문은 마교에게 멸문당한 것이 아니라 구파일방이 그들을 희생양으로 삼았다는 얘기였다.

가주가 구대문파의 무공 비급을 팔 년에 걸쳐서 훔친 일.

동문이 도학 진인 암살을 공표하여 비무대회에서 살겁을 벌인 일.

최한걸이 자신과 소영영을 잡으려다가 홍욱을 죽인 일.

그 모두가 복호문의 제자들이 구파일방에게 복수하려는 것이었다고 하면 아귀가 맞아떨어지는 것이 아닌가!

유청은 모든 사실을 깨닫자 소름이 끼쳤다.

'팔 년 동안 이번 일을 계획했구나. 가주 새끼, 적이지만 실로 무서운 놈이다.'

반면, 실소가 나는 부분도 있었다.

'그렇게 철저히 준비한 일을 일개 총관이던 나 때문에 몽땅 망칠 줄은 꿈에도 몰랐으렷다?'

유청은 생각했다.

'지금 수세에 몰린 것은 내가 아니라 이들이다. 강하게 밀어붙이자!'

유청의 머릿속에서 많은 생각이 오갈 때,

동문은 여전히 불평을 계속하고 있었다.

"그깟 팔소호 삼소봉 놈들을 어디에 쓴단 말이오? 그보다 무공 비급을 빼앗겼으니, 팔 년 동안 준비한 일이 물거품이 되는 것 아닙니까!"

가주가 차갑게 말했다.

"말을 조심해라!"

유청이 앞에 있으니 전후 사정을 얘기하지 말라는 소리였다.

유청은 속으로 쾌재를 불렀다.

'크크큭, 입조심을 해도 소용없수다. 난 이미 당신들 수작을 다 알고 있소!'

유청이 말했다.

"같은 문파의 사형제끼리 그리 다투시다니, 사문이 부끄럽

지도 않으시오?'

그 말에 동문은 깜짝 놀라며 유청을 봤다.

동문이 물었다.

"네놈이 그걸 어떻게 알고 있느냐?"

최한걸이 대신 답했다.

"아까 사형이란 말을 꺼내지 않았습니까?"

"……."

동문은 그제야 자신의 실수를 깨닫고 입을 다물었다.

하지만 충격은 거기서 끝나지 않았다.

유청은 생각했다.

'이때다. 판돈을 올리자.'

"사형제들끼리 이리 싸우니, 복호문이 멸문한 것도 이해가
가는군."

"……!"

이번에는 평소 냉정함을 잃지 않던 가주마저 입을 딱 벌렸다.

"네놈이 그것을 어떻게 알고 있느냐?"

"음양오행권을 쓰는 세 사형제, 뻔한 얘기 아니오?"

"……."

가주 일행은 의표를 찔리자 할 말을 잃었다.

유청이 말했다.

"슬슬 본론으로 들어가겠소. 내가 이곳에 다시 온 것은 협상
을 하기 위해서요."

"협상?"

"그렇소."

가주 일행은 서로 얼굴을 쳐다봤다.

가주가 말했다.

"말해봐라."

유청은 그들의 애를 태우도록 잠시 뜸을 들이다가 말했다.

"삼 일 후면 구파일방의 장문인들이 정예를 이끌고 백당으로 올 것이오."

"……!"

동문이 소리쳤다.

"거 보십시오! 백당이 안전한 곳이 아니라고 누누이 말하지 않았소?"

최한걸도 한마디 했다.

"무당 장문인이 일 처리가 빠른 것은 알고 있었지만, 삼 일 후라니, 믿기지 않는군요."

유청은 그들의 반응을 보며 속으로 비웃었다.

'한 번 낚이니까 줄줄이 떡밥을 무는구나.'

송막은 구파일방 장문인들이 일주일 후에 온다고 말했었다.

그러나 유청은 일부러 날짜를 당겨서 말한 것이다.

가주 일행에게 심리적 압박을 주기 위한 유청의 심계였다.

유청이 말했다.

"팔소호 삼소봉은 무사하오?"

그 말에 가주가 눈을 가늘게 뜨면서 말했다.

"그건 왜 묻느냐?"

유청은 뜨끔했다.

'혹시 소 소저에게 벌써 무슨 일이 생긴 것 아냐?'

그러나 겉으로 태연한 척 말했다.

"그들 중에 죽거나 다친 이가 있다면 무공 비급은 못 가질 줄 아시오."

그 말에 동문이 벌떡 일어서며 말했다.

"감히 우리를 협박하는 것이냐? 사형, 협상이고 자시고 필요없소. 당장 이놈을 요절냅시다!"

가주가 고개를 끄덕이면 당장에라도 동문과 최한걸이 달려들 태세.

하지만 일촉즉발의 상황에도 유청은 태연하게 팔짱을 끼며 말했다.

"좋을 대로 하시오. 날 죽이면 무공 비급은 영영 못 찾을 거요. 그리고 구파일방 장문인들과 정예 무사들이랑 한판 잘 겨뤄보시오. 행운을 빌겠소."

조용히 읊조린 유청의 말.

그러나 크게 협박하는 것보다 더욱 가주 일행의 가슴을 옥죄었다.

'이쯤 되면 넘어갔으렷다?'

유청은 그들의 눈치를 살피며 말했다.

"애초에 당신들이 원하는 것은 구파일방의 세를 떨어뜨려서 복호문의 복수를 하는 것 아니오?"

그 말에 성정이 급한 동문은 자기도 모르게 고개를 끄덕였다.

"비급을 갖고 있다면 구대문파의 목줄을 쥔 셈이오. 백당을 떠나더라도 후일을 도모할 수 있을 것이오. 하나, 비급이 없다면 말짱 헛수고가 아니겠소?"

"……."

유청은 협상안을 제시했다.

"팔소호 삼소봉을 넘겨주시오. 그러면 비급을 다시 주겠소."

가주 일행은 아무 말이 없었다.

유청은 생각했다.

'그럼 그렇지. 네놈들이 다른 방도가 있겠냐?'

가주가 물었다.

"연유는 모르겠으나, 네놈이 정말 무림맹주라면 무엇보다 무공 비급이 중요할 터. 한데, 왜 팔소호 삼소봉과 바꾸겠다는 소리냐?"

가주는 유청의 속내를 들여다보려는 듯 매서운 눈빛이었다.

유청은 슬쩍 미소를 지으며 말했다.

"솔직히 말해서, 나는 구파일방이 망하든 말든 상관없소. 팔소호 삼소봉도 죽든 말든 신경 쓰지 않소."

"하면?"

"실은, 팔소호 삼소봉 중에 내 정인이 있소."

가주는 그제서야 사정을 알겠다는 듯 씨익 웃었다.

"삼소봉 중에 누구냐?"

"무당일봉이오."

동문이 어이없다는 얼굴로 말했다.

"허! 꼴에 무림 최고의 미녀를 넘보시겠다?"

유청이 반문했다.

"그렇소. 나는 개방 방주이며 동시에 무림맹주요. 무당일봉쯤은 취해야 직성이 풀리오."

"으음……."

동문이 할 말이 없는지 말을 흐렸다.

유청은 생각했다.

'여기서 약한 모습을 보이면 다 된 밥에 코 빠뜨리는 격이 된다.'

"설령 무당일봉을 취할 수 없다 해도 난 상관없소. 중원 천지의 절반은 여자요. 구대문파의 무공 비급이 내 손안에 있는데 못 취할 여자가 어디 있겠소?"

그 말에 이번에는 최한걸이 자기도 모르게 고개를 끄덕였다.

최한걸은 돈과 색을 탐하는 성정이었다.

그가 남색가이기에, 상대를 구하기 힘들어서 더욱 색을 탐하게 된 것일지도 몰랐다.

때문에 정보다는 돈과 색을 밝히는 유청의 말에 수긍하며 고개를 끄덕인 것이다.

반면, 동문은 복호문의 실추된 명예를 되찾아야 한다는 열망이 컸다.

가주는 그들과는 또 달랐다.

그는 복호문의 명예나 복수에는 관심이 없었다.

그가 원하는 것은 서문세가를 오대세가에 맞먹는 곳으로 키우는 것이었다.

유청은 그 사실을 잘 알았다.

'가주, 네놈은 서문세가를 위해서라면 무슨 짓이라도 할 놈이다. 내가 그걸 어떻게 아냐고? 나도 한때 오대세가에 미쳐 있어서 잘 안다!'

서문세가를 오대세가에 맞먹는 중원 굴지의 세가로 만들기 위해서는 구대문파의 무공 비급이 반드시 필요했다.

유청은 가주의 심산을 미리 읽은 다음, 그에게 피할 수 없는 협상안을 제시한 것이다.

유청이 말했다.

"하나, 팔소호 삼소봉만으로는 내가 손해 보는 일 같소. 난 애초에 무당일봉만 취하면 되니까."

가주가 말했다.

"그 말은?"

"팔소호 삼소봉에다 금 일백 냥을 더해 주시오."

"뭐라?"

동문과 최한걸이 벌떡 일어섰다. 그리고 원탁을 돌아 유청에게 달려들었다.

먼저 비무대회 때 동문의 일권을 맞아 사경을 헤맸던 유청이다.

그러나 지금은 상황이 달랐다.

홍욱에게 진기를 전해 받아서 절정의 경지에 오른 유청에게 이미 동문과 최한걸은 상대가 못되었다.

"죽어라!"

동문과 최한걸은 유청의 좌우에서 음양오행권을 출수했다.

순간, 유청이 자리에서 일어나면서 동시에 목인비보를 밟았다. 유청은 동문과 최한걸의 사이를 파고들어서 뒤로 돌아갔다.

그러자 동문과 최한걸은 서로에게 권격을 날리는 셈이 되어버렸다.

퍼퍽!

"크억!"

"크윽!"

동문과 최한걸은 서로를 때리고서 바닥에 쓰러졌다.

유청은 뒷짐을 지며 말했다.

"내가 당신들 셋을 상대하여 이긴다고는 자신 못하겠소. 하지만 내 한 몸 피하는 것은 충분하오."

유청이 그렇게 말하는 것은 목인비보 때문이었다.

'도망치는 것은 자신있다.'

"내가 당금 개방 방주이며, 동시에 무림맹주라는 사실을 잊은 것은 아니겠지?"

자신감에 찬 말투.

유청은 가주를 보며 말했다.

"당신은 서문세가를 만들기 위해 많은 돈을 모은 것으로 알고 있소. 금 일백 냥이라면 당신에게는 적은 액수 아니오? 내가 백당을 떠나 오대세가에게 비급을 넘긴다면 더 큰돈을 만질 수 있다는 점을 명심하시오."

"……."

동문과 최한걸은 허리를 부여잡고 몸을 일으켰다.

잠시 방 안에는 무거운 침묵이 흘렀다.

가주가 말했다.

"좋다. 팔소호 삼소봉과 금 일백 냥을 내어주마. 대신 구대문파의 무공 비급을 내놓아라!"

동문과 최한걸은 더는 반대하지 못했다.

유청은 고개를 끄덕였다.

"좋소. 내일 아침 이곳 성록루로 비급을 가지고 오겠소."

유청은 협상을 끝내고 모란실을 나왔다.

그러면서 주먹을 꽉 움켜쥐었다.

'역시 도박판에서는 배짱이 있어야 한다. 소영영에다 금 일백 냥이라, 판돈이 왕창 올랐구나, 크크크큭!'

第三十九章

유청, 가주에게 복수의 칼을 뽑다

유청은 가벼운 발걸음으로 성록루를 나섰다.

그리고 무혜 일행이 있는 장사로 향했다.

대나무 숲을 목인비보로 내달리는 유청. 그는 속으로 쾌재를 불렀다.

'모든 일이 계획한 대로 풀리는구나!'

사실 구대문파의 무공 비급은 유청에게 계륵과도 같았다.

돈 주고도 살 수 없는 무공 비급.

하지만 딱히 어디에다 비급을 판단 말인가?

'오대세가에게 넘기는 것이 제일 좋기는 하지.'

그러나 고민은 남아 있었다.

'오대세가 놈들이 힘을 앞세워 비급을 날로 먹으려 들 수도 있잖아?

그런데 사정이 바뀌어서 지금은 굳이 비급을 갖고 있을 필요가 없어진 것이다.

무공 비급을 복호문 일당에게 넘기는 대신에 금 일백 냥을 받는다면 손해 보는 장사는 아니었다.

하지만 유청은 못내 아쉬웠다.

금 일백 냥보다 더 큰 액수를 부르고 싶었던 것이다.

'이것으로 만족하자. 괜히 금액을 높이다가 동문과 최한걸 놈이 목숨 걸고 반대하면 곤란하니까.'

게다가 무당일봉 소영영과 도망칠 핑계가 생긴 셈이다.

'내가 이런 위험을 감수하면서까지 그녀를 구하려 한 것을 안다면, 분명 그녀도 내게 마음을 활짝 열 것이다.'

돈도 벌고 님도 구했으니, 일거양득인 셈.

'구파일방이랑 복호문 놈들이 무공 비급을 놓고 한바탕 전쟁을 벌일 때, 이 몸은 금 일백 냥을 챙겨서 소영영과 함께 달아나는 거다. 크크큭!'

그러자 다른 생각이 떠올랐다.

'그럼 소영영이랑 함께 세가를 만들어도 되잖아? 금 일백 냥이면 멀쩡한 집 한 채는 충분히 사고도 남는다. 그 후에는 다시 벌면 되고.'

유청은 다시금 세가에 대한 열망을 꿈꾸기 시작했다.

'소영영이랑 달랑 둘이면 이인세가렷다? 인원이 너무 부족한데……'

그러다가 좋은 생각을 떠올렸다.

'그래! 아들딸을 낳으면 되잖아? 이왕 낳을 거, 아들 여덟에 딸 셋 정도 낳으면 되겠군. 그러면 팔소호 삼소봉을 자식으로 두는 셈이 아니고 무엇이랴?'

유청은 신바람이 났다.

'아들딸을 낳으려면 소영영과 방사를 치뤄야겠지? 아이고, 그 잘록한 개미허리를 그냥……'

유청은 소영영과 잠자리를 같이 할 생각을 하자, 허리 아랫부분이 근질거리기 시작했다.

그러자 자연히 발걸음이 느려졌다.

그때였다.

갑자기 옆에서 인영 하나가 나타나더니 유청의 앞을 가로막았다.

"웬 놈이냐?"

유청은 반사적으로 목인비보를 밟아서 피하려 했다.

그러나 소영영과의 방사를 상상한 것이 문제였다.

다리 사이의 그곳이 흥분해 있는 상태로 목인비보를 밟으려하자, 그만 다리가 꼬여 버린 것이다.

유청은 비틀거리며 넘어졌다.

그는 이상한 상상을 했던 자기 탓은 하지 않고서 애꿎은 그곳을 욕했다.

'얌마! 때와 장소도 안 가리고 일어서냐?'

앞을 가로막았던 인영이 유청에게 다가왔다.

유청은 재빨리 몸을 일으켰다.

그때, 인영이 번개처럼 손을 출수했다.

파파팟!

인영의 손이 유청의 전신을 스치고 지나갔다.

그러자 유청의 몸은 딱딱하게 굳어버렸다.

'······!'

유청은 인영이 무슨 수법을 썼는지 알 수 있었다.

'점혈당했구나!'

인영은 한 발짝 앞으로 다가섰다.

그러자 대나무 숲에 가려서 잘 보이지 않던 모습이 드러났다.

그자는 핏빛처럼 붉은 가사를 살짝 어깨에 걸치고 있었다.

'이놈도 소림 땡초인가?'

하지만 소림승과는 많이 달랐다.

가사를 걸쳤다면 중이 분명할 텐데, 머리를 삭발하기는커녕 덥수룩하게 길러서 옆으로 늘어뜨린 모양이었다.

게다가 얼굴의 생김새가 눈썹이 짙고 광대뼈가 도드라진 것이, 중원인 같아 보이지 않았다.

문득 떠오르는 생각.

'머리를 깎지 않는 중이라면··· 서장의 라마승?'

유청은 어렸을 때 저잣거리에서 라마승 얘기를 들은 적이 있었다.

하지만 실제로 본 것은 처음이었다.

'이놈의 라마승이 왜 처음 보는 사람을 잡고 지랄이야?'

유청은 욕지거리가 났지만, 아혈까지 점혈당하는 통에 말을 할 수 없었다.

라마승은 유청에게 다가왔다.

그리고 유청을 번쩍 들어서 어깨에 들쳐 멨다.

라마승은 크게 한 번 심호흡을 하더니, 유청을 업은 채로 대나무 숲을 달리기 시작했다.

대나무 잎들이 유청의 뺨을 스치며 뒤로 빠르게 지나갔다.

유청은 깨달았다.

'이 라마승, 절정고수다!'

순식간에 유청을 점혈하는 수법이나, 대나무 숲을 달리는 경공으로 보아 절정고수임이 틀림없었다.

하지만 경공만큼은 목인비보보다 조금 느린 듯했다.

'대체 어디로 가는 거냐?'

아혈을 점혈당한 유청은 물을 수도 없었다.

라마승은 한마디 말도 없이 유청을 업고서 대나무 숲을 빠져나갔다.

*   *   *

라마승이 도착한 곳은 무혜 일행이 있는 장사 마을이었다.

유청은 생각했다.

'하긴, 백당에서 그나마 가까운 곳은 여기밖에 없지.'

그리고 안도의 한숨을 쉬었다.

'다행이다. 난 또 이대로 시장에 가는 줄 알았네.'

라마승은 유청을 업고 마을에 있는 한 객잔으로 갔다.

마을 끄트머리에 있는 객잔은 무혜 일행이 묵은 곳과 다른 곳이었다.

무혜 일행이 묵는 객잔도 썩 좋은 곳은 아니었다.

그러나 눈앞의 객잔은 금방 쓰러질 듯한 낡은 건물이었다.

'아무리 돈이 없다고 해도 이런 곳에서 자냐? 나 같으면 돈 아끼고 차라리 노숙하겠다.'

그런데 라마승은 문으로 들어가지 않았다.

탁.

그는 땅을 박차며 뛰어올랐다.

그리고 처마를 한 번 밟으면서 그대로 이층에 있는 방으로 날아갔다.

창문이 열려 있는 것으로 보아 라마승은 나올 때도 창문으로 나온 듯싶었다.

그러나 라마승의 괴이한 습관(?)에 실소를 터뜨릴 여유는 없었다.

유청은 생각했다.

'이 라마승, 생각보다 훨씬 고수다.'

혼자 몸이라면 유청 역시 방금 라마승의 경신법을 따라 할 수 있었다.

그러나 라마승은 유청을 어깨에 업은 상태가 아닌가?

유청은 긴장이 됐다.

'대체 날 어떻게 하려는 거냐?'

라마승은 방에 들어와서는 유청을 의자에 앉혔다.

그리고 아혈의 혈도를 풀었다.

유청은 입이 자유로워지자 대뜸 소리쳤다.

"이 무슨 행패란 말이오? 사람 잘못 본 거 아니오?"

마음 같아서는 욕지거리를 퍼붓고 싶었다.

그러나 아혈만 풀려서 아직 운신할 수 없는 상황이라 욕을
했다가는 역효과가 날까 걱정됐다.

라마승이 입을 열었다.

"처……."

"……?"

"처……."

유청은 어이가 없었다.

'설마 벙어리냐?'

"처, 천천히… 천천히."

'당최 뭔 소리야?'

"천천히 말합니다. 나, 중원말 잘 못합니다."

"……!"

유청은 기가 막혔다.

'나보고 천천히 말하라는 거 아냐?'

유청은 라마승의 말대로 천천히 또박또박 말했다.

"중원말 잘 못한다고요?"

"예."

라마승은 연신 고개를 끄덕이며 대답했다.

유청은 황당했다.

'무공은 절정고수면서 말은 못하냐? 하긴, 서장 놈이니까 중원말을 못하겠구나.'

유청이 물었다.

"도대체 날 잡아온 연유가 뭐요? 어디 들어봅시다."

"천천히……."

'이런 썅!'

"나를, 왜, 잡아온, 것이오?"

그러자 라마승이 유청을 가리켰다.

"당신, 서문세가 총관입니다."

"그건 어떻게 알았소?"

"점소이가 말합니다."

점소이가 말해줬다는 뜻이다.

'왕삼 새끼! 아무나 물어보면 몽땅 꼰지르는구나!'

"그래서요?"

"서문세가 가주 나쁜 사람입니다."

유청은 고개를 끄덕였다.

"그 말은 맞소."

"서문세가 총관도 나쁜 사람입니다."

"그건 아니오!'

유청은 다급하게 설명하려다가 입을 다물었다.

'천천히 말하지 않으면 어차피 못 알아듣잖아?'

유청은 심호흡을 한 번 하고는, 천천히 설명했다.

"나는 지금은 서문세가 총관이 아니오. 사람 잘못 본 것이오."

그러자 라마승이 고개를 저으며 말했다.

"못 믿습니다."

'어이구!'

유청은 부아가 치밀었다.

하지만 꾹 참고서 말했다.

"믿으시오. 나는 서문세가 총관 그만둔 지 이미 오래됐소."

"……."

라마승은 반신반의하는 얼굴이었다.

유청은 머리를 굴렸다.

'내가 서문세가 총관인 줄 알고 잡아온 거렸다? 그 말은 가주한테 앙심이 있다는 소리다. 그렇다면 나랑 적이 아니니, 말만 잘하면 충분히 구워삶을 수 있다.'

"이보시오, 나도 서문세가 가주한테 나쁜 일을 당했소. 그래서 총관을 그만둔 것이오."

"……."

"정말이오. 못 믿겠으면 그 가주한테 가서 직접 물어봐도 좋소!"

유청이 그렇게까지 말하자 라마승은 조금은 유청의 말을 믿는 얼굴이 되었다.

"그런데 가주를 잡을 것이지, 왜 총관인 날 잡아왔소?"

"가주는 호위 많습니다. 저 혼자 못 잡습니다."

'그래서 날 미행하다가 점혈해서 잡아온 거냐?'

재수가 없으면 뒤로 넘어져도 코가 깨진다는 말이 있다.

유청은 지금 자신의 처지가 딱 그런 것 같았다.

'어쨌든 나하고는 상관없는 일이라 다행이다.'

유청이 말했다.

"난 총관이 아니니 점혈을 풀어주시오."

하지만 라마승은 고개를 저었다.

"아직 안 됩니다."

'또 뭐가 문제냐?'

유청은 짜증이 났다. 그러다가 궁금한 것이 생겼다.

"가주가 대체 무슨 나쁜 짓을 했길래 그러시오?"

"나쁜 일 했습니다."

'그러니까 당최 그게 뭐냔 말이다!'

라마승은 유청이 묻는 것 말고 다른 얘기를 했다.

"삼 일 있으면 사부랑 사형님들 옵니다."

'사부에게는 님 자를 안 붙이고, 사형에게는 붙이냐?'

"사부는 다릅니다. 사부는 중원말 잘합니다. 사부는 무공 셉니다."

유청은 라마승의 말을 듣고 생각했다.

'눈앞의 이놈은 절정고수다. 근데 이놈의 사부라면 무공이 훨씬 셀 것은 당연하겠지.'

유청이 물었다.

"사부가 중원말을 잘한다면서 왜 말도 못하는 당신 혼자서 미리 왔소?"

그러나 라마승은 먼저 하던 말을 계속했다.

"사부 오면 서문세가는 끝납니다."

'엥?'

유청은 귀가 솔깃했다.

"그게 무슨 소리요?"

"사부는 화 많이 났습니다. 사부는 서문세가 싫어합니다. 사부는 서문세가 혼내줍니다."

유청은 얼추 감을 잡을 수 있었다.

'가주 새끼가 라마승한테도 뭔가 일을 꾸몄구나.'

그러자 실소가 터졌다.

'이 라마승도 절정고수인데 그 사부에다 사형들까지 온다고 하니, 가주 새끼 아주 제대로 걸렸구나, 크크큭!'

그때였다.

라마승의 말이 청천벽력처럼 떨어졌다.

"서문세가 가주가 사부 책 훔쳤습니다. 사부 화났습니다."

"……!"

유청은 입을 딱 벌렸다.

그제야 모든 상황을 알 수 있었다.

팔 년간 구대문파의 무공 비급을 훔쳐 온 가주.

그가 서장에까지 가서 라마승의 무공 비급을 훔친 게 아니면 무엇인가?

'가주 새끼, 멀리도 갔다 왔네.'

문득 드는 생각,

'그럼 설마 이 라마승이 포달랍궁 사람인가?

유청은 침을 꿀꺽 삼키고 물었다.

"저 실례지만, 혹시 포달랍궁에서 오셨는지요?"

포달랍궁 생각이 들자, 말투까지 존대로 바뀌었다.

그러자 라마승이 깜짝 놀라며 말했다.

"어떻게 아십니다?"

"……."

유청은 심각해졌다.

포달랍궁.

바로 서장 무공의 총본산이 아닌가?

'포달랍궁의 라마승들이 중원에 온다면 보통 일이 아니다.'

중원무림, 즉 구파일방과 포달랍궁은 고래로 사이가 좋지 않았다.

서로가 중원과 서장을 대표하는 무공의 총본산이니 당연했다.

만약 중원과 서장이 가까웠다면, 벌써 몇 번씩 전쟁이 일어나 혈겁이 쌓였을 일이었다.

그 포달랍궁의 라마승들이 오는 것이다.

'큰일이다. 포달랍궁 라마승 놈들이 중원까지 온다면 한바탕 피바람이 불겠구나!'

유청은 조심스레 물었다.

"포달랍궁에서 구파일방이나 오대세가에 무슨 안 좋은 감정이라도 있습니까?"

라마승은 고개를 저었다.

"사부는 서문세가 가주만 안 좋아합니다."

유청은 안도의 한숨을 쉬었다.

'다행이다. 중원까지 올 일은 없겠구나.'

동시에 웃음이 나왔다.

'포달랍궁에게 원한을 샀으니, 이제 서문세가는 멸문한 거나 마찬가지다 포달랍궁이 내 수고를 덜어주는 셈이렷다? 크크큭!'

그런데 문득 스치는 생각이 있었다.

'가만있자, 가주가 훔친 비급은 몽땅 내 수중에 있잖아?'

유청은 먼저 가주의 비밀 방에서 도포에 비급을 쌀 때, 제목을 일일히 확인했었다.

하지만 서장 무공이 실린 비급을 본 기억은 없었다.

'제목이 서장어라서 모르고 넘어갔나?'

그것도 아니었다.

제목이 괴상한 사파의 내공심법은 있었어도, 읽을 수 없는 비급은 없었다.

'내가 빼놓은 비급이 있나? 아니면 가주가 서장 무공 비급만 따로 챙겨놨나?'

그때였다.

어떤 생각이 강하게 머리를 강타했다.

쿵!

'아악!'

유청은 속으로 비명을 질렀다.

'서장내공심법! 가주가 훔쳐 온 서장 무공 비급은 그거 하나 잖아?'

유청은 그때의 일이 생생하게 기억났다.

가주가 자신의 몸에 실험하던 내공심법 중에서 유일하게 주화입마에 들지 않았던 심법.

때문에 비밀 방에 들어가 속내용을 몰래 바꿔치기 했던 내공심법.

그것이 바로 서장내공심법이 아닌가!

충격은 그것으로 끝나지 않았다.

'서장내공심법… 지금 내 가슴속에 있다!'

그때부터 오로지 서장내공심법 수련에만 목을 매달았던 유청이다. 때문에 항시 서장내공심법을 품에 잘 갈무리하고 다녔지 않은가?

유청의 이마에서 식은 땀이 흘러내렸다.

'이 라마승이 내 몸을 뒤진다면 끝장이다!'

라마승은 유청이 조용히 있자 말했다.

"사부가 오기 전에 제가 책 찾습니다. 사부 저를 칭찬합니다."

유청은 사정을 깨달았다.

'네놈이 공훈을 세우려고 일을 먼저 저질렀구나. 그게 아니라면 난 잡혀올 일이 없었을 텐데.'

그 생각이 들자 눈앞의 라마승에게 열불이 터졌다.

'말도 못하면 조용히 사부나 기다릴 것이지, 왜 나서고 지랄이냐?'

그런데 라마승이 갑자기 품을 뒤지려는 게 아닌가?

'헉!'

유청은 다급히 말했다.

"이게 무슨 짓이오? 난 서문세가 총관이 아니라고 했잖소?"

"나 배고픕니다. 밥 못 먹습니다. 돈 없습니다."

'이 새끼! 돈까지 훔치려는 거냐?'

문득 떠오르는 생각.

'그래, 배고프다면 밥을 먹여주자.'

"일단 내 혈도를 풀어주시오."

"당신 도망칩니다."

"도망치지 않소. 오해도 풀렸겠다, 내가 도망칠 이유가 어디 있소?"

'점혈만 풀리면 당장 도망친다!'

유청은 계속해서 라마승을 회유했다.

"포달랍궁 분을 이렇게 만나다니 오히려 이 몸의 영광이오. 부처가 말씀하시길, 옷깃만 스쳐도 인연이라 했소. 귀하신 분을 이렇게 만났으니, 내 한턱 크게 내리다!"

라마승은 그제야 유청을 믿는 눈치였다.

그는 손을 뻗어 유청의 혈도를 풀어줬다.

유청은 몸이 자유로워지자 즉시 도망칠 궁리를 했다.

그러다가 고개를 저었다.

'이 라마승과 다시 싸운다면 점혈당하거나 진다. 그럴 바에는 차라리……'

유청은 라마승의 옷깃을 끌며 말했다.

"자, 약속한 대로 내가 크게 한턱 내겠소!"

라마승은 유청이 호의를 보이자 미안한 얼굴을 했다.

"점혈 죄송합니다. 당신 좋은 사람입니다."

"하하, 귀하신 포달랍궁 분에게 술 한잔 사겠다는데 무얼 그러시오?"

유청은 호기롭게 말했다. 그리고 점소이를 불러서 술과 음식을 주문했다.

곧 진수성찬이 탁자에 차려졌다.

유청과 라마승은 부어라 마셔라 하며 신나게 먹고 마셨다.

유청은 라마승과 얘기를 하는 중에 그가 왜 돈을 훔치려 했는지 이유를 알 수 있었다.

라마승의 말에 따르면, 본래 선발대는 자신과 사제까지 둘이었다는 것이다.

유청은 생각했다.

'장평 놈도 그러더니, 포달랍궁 놈들도 왜 그리 선발대를 좋아하나? 아예 함께 오면 좋잖아?'

그런데 험한 산을 넘다가 사제가 실족하여 천 길 낭떠러지로 떨어졌다는 것이다.

'크크, 그 라마승은 절벽 밑에서 신공절학이 있는 동굴을 발견하겠군.'

하필 돈과 비상식량은 사제가 모두 갖고 있었다.

게다가 사제는 중원말에 익숙했다.

말하자면, 사제가 통역인 셈이었다.

한데, 사제가 급사를 당해서 시체도 발견 못한 판이다.

남은 라마승은 수중에 돈도 몇 푼 안되는데, 말도 안 통해서 갖은 고생을 다 했다는 얘기였다.

'어쩐지 볼이 움푹 패여서 광대뼈가 나왔더라니, 다 굶어서 그린 거였구나.'

유청은 연신 라마승의 술잔에 술을 따랐다.

돈이라면 벌벌 떠는 유청이 흔쾌히 비싼 술과 음식을 한턱 낸 것은 이유가 있었다.

'그냥 도망만 치면 안 된다. 내일 일이 모두 끝날 때까지, 이 라마승 놈을 이곳에 붙잡아둬야 한다.'

만에 하나, 라마승이 공훈을 세우겠다며 다시 성록루에 가서 왕삼을 만나거나 또는 서문세가 가주와 문제를 일으키면 계획에 차질이 생길 것을 우려한 것이다.

때문에 유청은 술을 잔뜩 먹여서 라마승을 만취시키려는 심산이었다.

'이놈 사부가 삼 일 후에나 온다고 한 게 천만다행이다. 일찍 왔으면 큰일 날 뻔했구나.'

하지만 안심할 수는 없었다.

무혜와 송막도 다른 장문인들보다 먼저 오지 않았는가?

갑자가 라마승들이 들이닥친다면 모든 계획이 허사가 될 판.

'내일 빨리 일을 처리하고 백당을 뜨자.'

라마승은 크게 취기가 돌자 더는 술잔을 받지 않았다.

유청은 웃으면서 말했다.

"친우를 만나면 술 세 동이가 부족하다고 했습니다. 더 마시지요?"

"……."

라마승은 술 말고 무언가 다른 것을 원하는 눈치였다.

"여기 음식도 더 드시지요."

"……."

라마승은 여전히 묵묵부답이었다.

'이 새끼, 술과 음식도 싫으면 뭘 바라는 거냐?'

문득 스치는 생각,

'아하, 네놈이 배가 차니까 색이 동했구나?'

유청은 고개를 끄덕였다.

자신도 처음 중원에 나왔을 때 객잔에서 배를 채운 다음 기녀를 찾지 않았던가.

물론 돈이 다 떨어진 것도 모르고 기녀를 불렀다가 점소이들에게 먼지 나게 맞았지만 말이다.

유청이 슬쩍 운을 띄웠다.

"혹시 적적하셔서서 말 상대가 필요하신지요?"

"……."

"말 상대로 기녀라도 부를까요?"

"예!'

'썅! 말도 못하는 주제에, 기녀를 말 상대로 부르겠다는 게 말이 되냐?'

속마음과는 달리, 유청은 흔쾌히 고개를 끄덕였다.

"과연 포달랍궁 분은 영웅호걸이시오! 자고로 영웅은 호색하는 법이라 했소. 술을 마셨으니 여자가 있어야 하는 것은 당연지사. 나만 믿으시오."

유청은 방에서 나와서 일층으로 내려갔다.

그리고 점소이 하나를 불러서 돈을 쥐어주며 말했다.

"이층 손님한테 기녀 하나 넣어주시오."

"감사합니다. 그런데 돈이 너무 많은뎁쇼?"

"오늘 밤에 한 명 넣고, 내일 아침과 점심, 아니다, 아주 저녁까지 세 끼마다 술과 음식은 물론, 기녀를 한 명씩 넣으시오."

그 말에 점소이는 황당한 얼굴로 쳐다봤다.

유청은 점소이가 무슨 생각을 하는지 뻔히 보였다.

'아무리 색에 굶주렸다고 해도 하루에 세 번을 어떻게 하냔 소리렷다?'

유청은 점소이의 손에 몇 푼을 더 쥐어주었다.

"시키는 대로만 하시오. 그리고 이건 수고비요."

점소이는 고개를 조아리며 소리쳤다.

"감사합니다! 걱정 마십시오!"

유청은 콧노래를 부르며 객잔을 나왔다.

'라마승 놈아, 내일 하루 종일 기녀와 침대에서 뒹굴고 있어라. 이 몸은 영영 사라져 주마!'

*　　　　*　　　　*

라마승을 술과 기녀로 처리한 유청은 다시 무혜 일행이 묵는 객잔으로 갔다.

무혜가 반기며 물었다.

"어떻게 됐습니까?"

"모두 계획한 대로 진행했습니다. 내일 비급을 주는 대신, 팔소호 삼소봉을 놓아주겠다는 약조를 받았습니다."

유청은 계속해서 일어났던 일을 자세히 설명했다.

"아미타불."

무혜는 합장을 하며 미소를 지었다.

유청은 무혜의 미소를 보자 양심에 찔리는 부분이 있었다.

무혜에게 말 못한 것이 남아 있었기 때문이었다.

'팔소호 삼소봉에다가 금 일백 냥을 받는다고 협상했다. 이 얘기는 그냥 넘어가도 상관없겠지.'

무혜가 유청의 눈치를 살피며 말했다.

"하실 말씀이라도 있으신지요?"

"아닙니다."

유청은 뜨끔했다.

다행히 외출했던 송막 일행이 들어오는 바람에 유청은 무혜의 눈길을 피할 수 있었다.

유청은 얼른 화제를 돌렸다.

"물건은 구했습니까?"

"예."

송막 일행은 유청의 지시로 하루 종일 어떤 물건을 구하러 다녀온 참이었다.

송막이 조심스레 말했다.

"방주님, 정말 이것을 무공 비급과 함께 나귀에 실을 생각이십니까? 혹시라도 잘못되면……."

"걱정 마시오. 설마하니, 내가 정말 그리하겠소?"

"그렇긴 합니다."

송막은 고개를 끄덕였다.

유청이 송막에게 구해오라고 한 것은 다름 아닌 벽력탄이었다.

벽력탄(霹靂彈).

벽력탄은 산서에 있는 벽력당(霹靂堂)이란 문파에서 만든 폭탄의 일종이다.

불을 붙여서 터뜨리면 주위 일 장에 있는 것은 모두 불에 타버린다는 강력한 폭탄이다.

유청이 송막에게 급히 구해오라고 명한 것이 다름 아닌 벽력탄이었다.

철원이 말했다.

"이놈을 구하느라 하루종일 뛰어다녔습죠."

기현이 말을 이었다.

"근처에 있는 녹림의 무리들이 작년에 벽력탄을 하나 입수했다는 정보를 듣고서, 그들과 협상해서 얻어왔습니다."

"잘했소."

"이 벽력탄은 좀처럼 보기 드문 특이한 것입니다."

기현이 벽력탄을 꺼내면서 말했다.

벽력탄은 딱 주먹만 한 크기였는데, 특이하게도 사과처럼 위에 꼭지가 하나 달려 있었다.

"이게 심지입니다. 이 심지에 불을 붙이면 폭발하죠."

철원이 말을 이었다.

"그런데 말입니다, 이놈은 굳이 불을 붙이지 않아도 터뜨리는 방법이 있습니다."

"무엇이오?"

"이 심지를 잡아당기기만 하면 된답니다. 한 번 심지가 뽑히면 세 발짝을 걷기 전에 터진다고 하는군요, 훌훌."

기현이 이번에는 품에서 가느다란 실을 꺼내며 말했다.

"이 끈을 당기면 심지가 뽑히도록 오늘 밤 연결해 놓겠습니다."

"좋소."

유청이 내일 서문세가와의 협상을 위해 세운 작전은 다음과 같았다.

구파일방의 장문인들이 이끄는 정예 후발대가 언제 올지 모르는 상황이다.

무공 비급과 팔소호 삼소봉을 교환할 때, 가주가 말을 바꿔서 무공 비급을 힘으로 뺏으려 할 가능성이 있었다.

유청은 그 가능성을 없애고자 했다.

그래서 준비한 것이 바로 벽력탄이었다.

"이것으로 됐소. 잘못하다가 무공 비급에 불이 붙을 수 있다는 것을 알면 가주도 함부로 행동하지 못할 것이오."

그러나 송막은 여전히 불안한 얼굴이었다.

송막은 생각했다.

'어차피 개방의 비급은 없다고 하지만, 너무 위험한 계획이다. 만에 하나, 심지가 뽑히면 무슨 수로 감당할 것인가? 구대문파의 무공 비급이 일순에 불타 버릴 것이 아닌가?'

그러나 유청이 무림맹주의 권한을 앞세워 일을 계획하는 바람에 달리 반대할 명분이 없었다.

유청이 말했다.

"그 서문세가 가주란 자는 매우 영악한 것 같소. 이렇게 하지 않으면 언제 무슨 일이 있을지 모르오."

무혜가 합장하며 말했다.

"혹 심지가 뽑히지 않도록 맹주는 부디 조심하십시오. 아미타불."

"물론입니다. 당연히 그래야지요."

그러나 송막은 속으로 생각했다.

'세상 일이 다 뜻대로 된다면야 무슨 걱정이 있겠냐?

유청이 말했다.

"다들 수고가 많았소. 그럼 내일을 위해 일찍 쉽시다."

유청이 피곤하다는 내색을 하자 무혜와 개방도들은 반배를 하고서 방을 나갔다.

*   *   *

다음날 아침.

유청은 비급을 실은 나귀를 몰았다.

벽력탄의 심지에 연결된 끈의 길이는 삼 장이었다.

기현은 그 끈을 길게 늘어뜨려서 유청의 손목에 동여맸다. 유청이 삼 장 밖으로 나가면서 손을 당기면 즉시 심지가 뽑히도록 한 것이었다.

유청이 비급 보따리에서 삼 장 밖으로 떨어지지 말아야 했기에 직접 비급이 실린 나귀를 몰았다.

"그럼 갑시다."

유청, 무혜, 송막, 철원, 기현, 그리고 비급을 실은 나귀.

사람 다섯 명과 짐승 한 마리는 성록루를 향해 출발했다.

유청 일행은 성록루에 도착했다.

유청은 비장한 각오로 성록루를 바라봤다.

팔 년 동안 주모 심부름으로 매일같이 드나들었던 성록루.

하지만 이제 결전의 장소가 된 것이다.

유청 일행은 성록루 정문 앞에 있는 작은 공터에서 발을 멈췄다.

만에 하나 일이 잘못됐을 경우, 즉시 대나무 숲으로 뛰어들어가 도망칠 수 있도록 준비를 했다.

성록루 정문에는 이미 가주 일행과 복호문의 제자들이 나와 있었다.

서문세가 가주 서문량.

삼권무적 동문.

그리고 개잔 점주 최힌결.

유청은 어제 다른 사람들에게 서문세가의 정체를 얘기했었다.

무혜가 그들을 바라보며 말했다.

"저들이 말씀하신 복호문의 제자들이군요. 아미타불."

무혜의 말속에는 구파일방이 복호문을 멸문시킨 책임이 있다는 양심이 섞여 있었다.

그 뜻을 깨달은 송막이 말했다.

"방장님, 신경 쓰실 것 없습니다. 복호문 놈들이 스스로 잘못해서 멸문한 것뿐입니다."

"아닙니다. 소림과 무당이 마교대전에서 군소 문파를 신경 썼더라면 오늘 같은 일은 없었을 것입니다."

잔머리가 둘째가라면 서러워할 유청과 송막.

하지만 그들도 불문의 자비를 얘기하는 무혜의 말에는 고개를 숙이지 않을 수 없었다.

유청이 나귀를 끌면서 말했다.

"그럼 다녀오겠습니다."

"조심하십시오."

무혜가 합장을 하며 유청을 배웅했다.

유청은 나귀를 끌고 공터로 나갔다.

그러자 가주도 유청과 같은 속도로 걸어왔다.

둘은 정확히 공터의 중간에서 만나 걸음을 멈췄다.

가주가 말했다.

"감히 네놈이 서문세가를 상대하려 하다니, 많이 컸구나."

유청은 지지 않고 맞섰다.

"맞소, 그동안 나는 아주 많이 컸소. 나는 개방 방주에 올랐고, 비무대회에서 우승했으며, 무림맹주에 추대되었소. 서문세가? 흥! 웃기지도 않소. 오대세가라면 또 모를까, 서문세가 따위는 멸문을 하든 말든 관심도 없소."

그 말에 가주의 눈썹이 잔뜩 일그러졌다.

"팔 년 전, 네놈을 하남에서 데려올 때 설마 이런 날이 올 줄은 꿈에도 몰랐다."

유청은 다시 가주의 속을 긁었다.

"나는 알고 있었소. 나는 언젠가 당신의 모든 것을 빼앗고 개망신을 줄 거라 자신하고 있었소."

"이, 이놈이……."

가주의 얼굴이 조금씩 붉어졌다.

유청은 생각했다.

'계획대로 되어간다.'

유청의 계획에서 가장 중요한 것은 가주를 화나게 하는 것이었다.

바로 저잣거리 도박사 양씨의 조언을 따라 한 것이었다.

"도박에서 이기려면 먼저 상대의 심기를 거슬러서 화나게 해야한다. 도박꾼이 화를 내면 결국 제일 먼저 판돈을 잃게 마련인 법이지!"

'말싸움이라면 자신있다. 무슨 말이든 해봐라. 모두 맞받아쳐 주마!'

하지만 가주는 금세 냉정을 되찾은 얼굴이었다.

유청은 실망했다.

'좀 더 약을 올려야 되는데……'

가주가 차가운 목소리로 말했다.

"무공 비급은 가져왔느냐?"

"그렇소. 여기 나귀의 등에 실려 있소."

"가져와라."

유청은 고개를 저었다.

"약조했지 않소? 첫번째 조건이오. 금 일백 냥을 넘기시오."

가주는 잠깐 유청을 노려보다가 품에서 종이 한 장을 꺼내서 건넸다.

"받아라."

유청은 금전을 받는 모습이 혹시라도 뒤에 있는 무혜와 송막에게 들키지 않도록 가주와 일직선으로 섰다.

그런 다음, 재빨리 가주의 손에서 종이를 낚아챘다.

그런데 가주가 준 종이장은 공교롭게도 하남 이가장에서 발행한 금 일백 냥짜리 전표였다.

유청은 어이가 없었다.

'하필이면 하남 이가장이냐…….'

먼저 홍성표국 표두에게서 받은 전표를 바꿀 때도 하남 이가장 지부를 찾아갔지만 문전박대만 당하고 도망쳐야 했지 않은가?

'세상만사 참으로 모르는구나.'

유청은 전표를 품에 집어넣고 말했다.

"그럼 두번째 조건이오. 팔소호 삼소봉과 무당 제자 우현은 무사하오?"

"잘 있다."

"손가락 하나라도 다쳤으면 협상을 다시 할 줄 아시오!"

유청은 다시 한 번 가주의 속을 긁었지만, 그는 차갑게 응수했다.

"털끝 하나 건드리지 않았다."

가주는 뒤를 보며 고갯짓을 했다.

그러자 최한걸이 성록루 안으로 들어갔다.

잠시 후, 최한걸이 다시 정문으로 나오자 뒤를 이어서 복면 인들이 밧줄로 포박한 팔소호 삼소봉과 우현을 끌고 나왔다.

팔소호 삼소봉과 무당 제자 우현은 하룻밤 사이에 많이 수척해진 얼굴이었다.

하지만 가주의 말대로 복면인들과의 싸움에서 크게 부상당한 이는 없어 보였다.

또한 멀쩡히 잘 걷는 것으로 보아 무혜가 걱정했던 문초는 받지 않은 듯했다.

유청은 안도의 한숨을 쉬었다.

'다행이다, 소영영 소저가 지난밤에 무사했구나.'

유청은 팔소호 삼소봉을 향해 살짝 고개를 끄덕였다.

그 모습에 팔소호 삼소봉은 유청을 다시 봤다.

유청은 당금 구파일방의 수장인 무림맹주인 신분.

자신들을 놔두고 그대로 도망쳤어도 아무 무리가 없는 상황이 아닌가?

한데, 유청이 스스로 맹세한 대로 끝내 자신들을 구하러 다시 돌아왔으니…….

무당 제자 우현은 눈물을 글썽이며 울먹였다.

"맹주니임……."

유청에게 평소 앙심을 품었던 진억과 주영취는 미안한 마음에 고개를 들지 못했다.

'저놈이, 아니, 맹주가 정말 대인이었구나…….'

진수향은 두 볼을 붉히며 유청을 봤다.

'역시 남자라면 의리가 있어야지! 내가 남자 보는 눈은 있다니까!'

그러나 유청이 소영영을 바라보는 것을 보고는 양미간을 구겼다.

'하! 이제 보니, 언니를 구하러 왔구만?'

진수향은 어떻게 유청을 자기 것으로 할 수 있을까 그 와중에도 고민했다.

유청을 가볍게 보던 이산마저 고개를 끄덕이고 있었다.

'강북일협 대인배라… 터무니없는 별호를 쓰는 자라서 우습게 여겼는데, 이제 보니 아니구나. 오히려 별호에 걸맞는 행동을 하는 자다.'

이산은 유청이 무혜 일행에게 덜미를 잡히는 바람에 돌아올 수밖에 없다는 사실을 모르지 않는가.

후에 이산이 무혜에게 그 얘기를 듣는다면 무언가 수상한 구석을 발견할 수 있을지 모른다. 하지만 지금만큼은 이산도 유청의 처사에 진심으로 감복하고 있었다.

팔소호 삼소봉이 유청을 보며 감개무량해하고 있을 때,

유청은 소영영만을 바라보고 있었다.

그는 소영영을 보자 가슴이 뛰었다.

'소저, 내가 그대를 구하기 위해 이렇게 다시 왔소!'

유청이 잠시 딴생각을 하자 가주가 일침을 놓았다.

"어디 한눈을 팔고 있느냐?"

"…아무것도 아니오."

"좋다. 무공 비급을 내놓아라. 그러면 구파일방의 애송이들을 보내주겠다."

"그들을 이리로 오게 하시오. 그러면 비급을 주겠소."

가주가 소리쳤다.

"놈들을 보내라!"

가주의 명에 복면인들은 팔소호 삼소봉의 손에 묶인 밧줄을 검으로 잘랐다. 두 동강이 난 밧줄은 땅에 떨어졌다.

자유의 몸이 된 팔소호 삼소봉과 무당 제자 우현이 유청 쪽으로 걸어왔다.

제일 먼저 다가온 자는 우현이었다.

그는 얼굴이 눈물 콧물로 범벅이 되어 있었다.

"맹주니임, 저희를 위해 이렇게 와주시다니 몸 둘 바를 모르겠습니다, 흑흑……."

유청은 담담하게 미소를 지으며 고개를 끄덕였다.

우현을 선두로 하여 팔소호 삼소봉이 유청을 지나쳐갔다.

이산과 엄홍은 엄숙한 얼굴로 포권을 했다. 무림맹주에 대한 고마움을 표하면서 동시에 품위를 잃지 않는 것이 명문정파의 후기지수다웠다.

진억과 주영취도 포권을 했으나, 유청의 시선을 피하면서 지나갔다.

유청은 속으로 실소했다.

'크크큭! 진억과 주영취, 이제 네놈들이 다시는 나를 업수히 여기지 않으렷다?

청연은 뜻밖에도 유청에게 환하게 미소를 보냈다.

평소 얼음인형 같던 청연이 자신을 보고 웃자 유청은 가슴이 진탕됐다.

하지만 고개를 저었다.

'아니다, 내게는 소영영 소저가 있지 않느냐?'

그러나 어딘가 아쉬운 마음도 들었다.

'바람둥이 주씨가 말하길, 열 여자 마다하는 남자 없다고 했는데, 내가 벌써부터 소영영한테 묶여 살아야 하나?'

유청이 딴생각을 하고 있을 때, 진수향이 다가왔다.

진수향은 청연보다 더했다.

그녀는 유청을 지나치면서 살짝 한쪽 눈을 깜빡이는 게 아닌가?

동시에 진수향은 전음을 보냈다.

"고마워요. 다음에 제가 술 한잔 살게요."

'……!'

사정이 이렇게 되자 유청은 머리가 복잡했다.

여자가 먼저 남자에게 술을 산다는 말.

강호의 젊은이들 사이에서 남녀가 서로 유혹하는 데 가장 많이 쓰인다는 비법 중의 비법이 아닌가?

유청이 진수향의 마음이 어떤 것일지 계산하고 있을 때,

마지막으로 소영영이 유청에게 다가왔다.

유청은 소영영을 보자 청연과 진수향 생각을 까맣게 잊어버렸다.

그런데 소영영의 얼굴이 이상했다.

그녀는 조용히 유청을 쏘아보고 있었다.

'갑자기 왜 그러냐?'

유청이 영문을 모르고 있을 때, 소영영이 말했다.

"너, 왜 이러는 거야?"

"왜라니, 뭘 말이오?"

"왜 돌아온 거냐고?"

유청은 어안이 벙벙했다.

'그걸 몰라서 묻냐? 널 구하려고 온 거 아니냐?'

소영영이 날카롭게 물었다.

"그 나귀에 실은 거, 구내분파의 무공 비급이지?"

"그렇소."

"너, 무림맹주 맞아? 네가 뭔데 무공 비급을 저놈들한테 갖다 바쳐?"

"뭐요? 나는 팔소호 삼소봉을 구하려고……."

그러나 소영영은 유청의 말을 듣지 않았다.

"변명은 필요없어! 네가 무림맹주라면 이런 일은 꾸미지 말아야 했어."

그쯤 되자 유청도 화가 났다.

'뭐야? 팔소호 삼소봉을 구하자고 한 건 내가 아니라 소림 방장이란 말이다!'

"이보시오! 나도 좋아서 무공 비급을 놈들한테 주는 줄 아시오? 팔소호 삼소봉이 위험하니까 이러는 거 아니오? 그리고 나

혼자 내린 결정도 아니오. 소림 방장과 함께 의논한 깃이란 말이오!"

하지만 소영영은 굽히지 않았다.

"그게 말이 돼? 나는 무림인이지만 동시에 무당의 제자야. 무당의 제자가 무당의 무공을 남에게 넘기면서 목숨을 구걸할 줄 알았어?"

"……."

유청은 말문이 막혔다.

소영영이 차갑게 말했다.

"난 널 절대 용서 못 할 거야."

그녀는 말을 마친 후 몸을 돌렸다. 그리고 무혜 일행이 있는 곳으로 걸어갔다.

그때였다.

탁.

소영영은 뒤에서 유청이 손목을 잡자 냉랭한 얼굴로 되돌아봤다.

"왜 이래?"

그런데 소영영의 표정이 대번에 바뀌었다.

그녀의 손목을 잡은 것은 유청이 아니라 가주였다!

가주가 말했다.

"네놈에게 모든 걸 내어줄 줄 알았느냐? 보아 하니, 이 계집을 마음에 두고 있는 것 같군. 계집은 내가 데려가겠다."

유청과 소영영은 서로를 쳐다봤다.

소영영이 손으로 둥글게 원을 그리며 소리쳤다.

"이것 놓지 못할까!"

소영영은 팔로 원을 그리며 동시에 왼발을 뒤로 뺐다. 그리고 오른발로 가주의 발목을 걸어찼다.

그녀가 관도에서 곤륜 엄홍을 이겼을 때와 같은 초식.

바로 무당의 진산절예, 팔괘장의 수법이었다.

그대로라면 가주는 소영영에게 걸어차여서 몸이 공중에 뜰 상황.

그러나 가주는 소영영의 팔을 억지로 잡아당기려 하지 않았다. 반대로 그녀가 원을 그리는 방향을 따라 몸을 돌렸다.

동시에 가주는 땅을 박차며 공중으로 뛰어올랐다. 그리고는 반 바퀴를 회전하며 다시 착지했다.

그러자 반대로 소영영의 팔이 역으로 꺾이는 상황이 되는 것이 아닌가?

가주가 손을 살짝 흔들자 소영영의 몸이 공중에 붕 떴다.

가주는 팔을 흔들어 소영영을 땅에 내리꽂았다.

쿵!

유청은 입을 딱 벌렸다.

'소저가 팔소호 삼소봉 중에서도 무공이 가장 강한 축에 끼는데 단 일 초식에 무너지다니……!'

가주가 쓰러진 소영영을 차갑게 내려다보며 말했다.

"무당의 수법에는 무당의 수법으로 맞서야 하는 법."

그제야 유청은 가주의 수법이 어떤 건지 알 수 있었다.

'소영영의 팔괘장과 같은 원리와 수법이다!'

가주는 팔 년 동안 구대문파의 무공 비급을 훔쳐서 소가주에게 가르쳤다.

소가주에게 가르쳤다는 것은, 즉 자신이 이미 무공을 익혔다는 뜻이 아닌가?

때문에 소영영이 펼친 회심의 일초는 가주에게는 무용지물이 되고 만 것이다.

가주는 소영영의 손목을 여전히 틀어쥐며 말했다.

"무공 비급을 내놓아라."

유청은 치를 떨었다.

'개새끼! 약조도 지키지 않냐?'

그러나 가주를 욕하는 것은 아무 의미가 없었다.

자신을 총관으로 삼아 팔 년간 부려먹은 것도 모자라, 광룡각에서 미끼로 삼았던 가주가 아닌가.

'저 새끼가 약조를 제대로 지킬 리가 없지.'

유청은 조용히 오른손을 들며 말했다.

"잘 보시오. 이것이 무엇인지 아시오?"

"그게 무어냐?"

유청은 가주가 볼 수 있도록 손에 묶은 끈을 들어 보였다.

그리고 말했다.

"이 끈의 끝에는 어떤 물건이 연결되어 있소."

"물건? 그게 뭐냐?"

"말 안 끝났소. 기다리시오. 그 물건에는 심지가 꽂혀 있지."

"심지?"

"그렇소."

가주는 무언가 불길한 생각을 하는지, 얼굴이 어두워졌다.

"심지라면 설마⋯⋯."

"설마가 사람 잡는다는 말이 있소. 이 끈에 연결되어 있는 물건은 바로⋯⋯."

이어지는 유청의 말이 천둥처럼 떨어졌다.

"벽력탄이오!"

그 말에 모든 사람이 경악했다.

유청이 송막에게 급히 구해 오라고 명했던 벽력탄.

유청은 모두가 깜짝 놀라는 얼굴을 하자 생각했다.

'내 생각이 먹혀들었다.'

유청이 말했다.

"이 끈의 끝에는 벽력탄의 심지가 연결되어 있소. 그리고 벽력탄은 나귀의 등에 무공 비급과 함께 실려 있지."

"⋯⋯!"

사람들은 다시 한 번 경악했다.

유청이 말한 대로라면 그냥 벽력탄이 아니라, 심지를 뽑으면 불이 붙는 정교한 벽력탄이다.

그 벽력탄이 무공 비급과 함께 나귀의 등에 실려 있다는 얘기.

그 말은 즉, 수틀리면 무공 비급을 불태우겠다는 소리가 아니고 무엇인가!

가주는 물론, 동문과 최한걸도 입을 딱 벌렸다.

그뿐 아니라, 팔소호 삼소봉과 무당 제자 우현도 멍한 얼굴이었다.

달마 대사가 소림사를 창시하여 시작된 중원무림.

수천 년에 걸친 중원무림의 모든 것이 담겨 있는 것이 바로 구대문파의 무공 비급이다.

한데, 그 무공 비급을 감히 불태워 버릴 생각을 한 자가 있다는 사실이 도무지 믿기지 않았던 것이다.

모두가 경악하며 고개를 저었다.

그들의 생각은 동일했다.

'설마 정말로 무공 비급에 벽력탄을 터뜨리겠냐?'

가주도 그 생각을 했는지, 피식 웃으며 말했다.

"좋군, 아주 좋아! 네놈이 제법 협상이 무언지 아는구나."

"이제 아셨소?"

"하지만 말뿐이렷다? 네가 정녕 무공 비급을 불태울 수 있으리라고는 생각되지 않는군."

가주의 말에 동문과 최한걸은 고개를 끄덕였다.

'당연하지. 정말 벽력탄을 터뜨린다면 그게 제정신 박힌 놈이냐? 미친 놈이지!'

비록 적인 가주의 말이지만, 팔소호 삼소봉도 수긍했다.

'그 말이 맞다. 무공 비급을 넘겨주지 않기 위해서 무림맹주가 술수를 쓰는 것이겠지.'

그러나 유청의 말은 모두의 예상을 빗나가게 했다.

"내가 심지를 뽑을지 안 뽑을지, 보고 싶소?"

"······!"

유청이 차라리 비장한 각오로 말했다면 모두는 일말의 희망을 가졌을 것이다.

그러나 유청의 말투는 무덤덤한 것이, 자신과 아무 상관없는 일을 얘기하는 듯했다.

공터에 있는 이들 중에 오직 네 명,

소림 방장 무혜와 개방도인 송막, 철원, 기현만이 속으로 안심하고 있었다.

벽력탄을 구해서 무공 비급에 설치한 장본인들이니 유청의 엄포에 떨 이유가 없었던 것이다.

송막은 고개를 끄덕였다.

'과연 방주 놈은 잔머리 하나는 일품이다. 벽력탄으로 무공비급을 불태우겠다고 협박하는데, 중원무림인 중 누가 그 말을 듣지 않을 것이냐?'

송막은 이제 편한 마음으로 상황을 지켜봤다.

더군다나 무공 비급 중에 개방의 것은 없지 않은가?

송막은 생각했다.

'방주 놈의 계책이 참으로 탁월하구나. 방주 놈, 역시 보통 놈이 아니다. 내 꼭두각시로 쓸 수는 없더라도 이번 방주 놈은 반드시 잡아야 한다. 저놈이 방주로 있으면 개방이 돈방석에 앉는 것도 무리가 아니다.'

송막, 철원, 기현은 걱정은 전혀 안 됐지만, 다른 이들에게 들킬까 봐 일부러 얼굴을 찡그리고 연기를 했다.

속마음은 편한데 겉으로 오만 인상을 다 찌푸리니, 그게 오히려 힘들 정도였다.

공터에는 쥐새끼 소리 하나 나지 않았다.

가주가 침묵을 깨며 말했다.

"좋다. 계집은 풀어주겠다. 대신에 무공 비급을 넘겨라!"

유청은 고개를 흔들었다.

"먼저 놓아주시구려."

가주는 잠깐 유청을 노려보더니, 움켜쥐고 있던 소영영의 손목을 놓았다.

소영영은 유청의 옆으로 와서 말했다.

"너 미쳤어? 만에 하나, 잘못되면 어쩌려고 무공 비급에다 벽력탄을 붙여놔?"

그러나 유청은 씨익 한 번 웃고는 말했다.

"만에 하나가 아니라, 난 태워 버릴 생각이오."

"뭐야?"

소영영은 입을 딱 벌렸다.

유청은 가주 쪽과 팔소호 삼소봉 쪽을 번갈아보며 말했다.

"대저 무공이란 무엇이오? 몸을 튼튼히 하여 무병장수하는 데 보탬이 되는 것, 그것이 무공 아니오? 하지만 당신들을 보시오. 무공 비급 하나에 목숨을 걸고 있지 않소? 무공 비급이 대체 뭐길래 사람의 목숨보다 중요하다는 말이오?"

유청은 숨을 한 번 고르고는 소리쳤다.

"무공 비급 따위 없어도 사람은 살 수 있소! 무공 비급 때문에 결국 강호에 항상 피바람이 부는 것 아니오? 무공 비급이 중원무림에 벌어지는 혈겁의 원인임을 왜 모르시오?"

유청의 말은 모두의 가슴속을 파고들었다.

물론 유청의 속마음은 달랐다.

'무공보다 사람 목숨이 중요하다. 하지만 목숨보다 중요한 건 바로 돈이다!'

그러면서 유청은 가주에게만 들리게끔 슬쩍 전음을 보냈다.

"어떠시오? 이 정도면 당신에게 복수하는 셈이지 않소?"

"복수?"

"그렇소. 팔 년 동안 날 붙잡아두고 부려먹은 죄, 내게 사파의 내공심법을 실험한 죄, 그리고 광룡각에서 날 버리고 도망친 죄! 그 모든 것을 지금 이 자리에서 되갚아주겠소. 바로 당신이 팔 년 동안 고생했던 수고를 물거품으로 만들겠소!"

유청은 계속해서 전음을 끝내고 목청을 높여 소리쳤다.

"해서, 나는 무공 비급을 이 자리에서 불태울 생각이오!"

그러자 마치 유청은 대의(?)를 위해 무공 비급을 불태우는 것처럼 사람들에게 비춰졌다.

물론 단 한 사람, 가주는 유청의 행동이 복수라는 것을 알았다.

유청은 전음으로 일갈했다.

"가주 새끼, 잘 봐라! 내 설령 죽는 한이 있더라도 네놈한테는 반드시 복수하고 만다!"

가주가 떨리는 목소리로 전음을 보냈다.

"유, 유 총관. 왜 그러나? 제발 정신 차리게나!"

상황이 다급해지자, 가주는 자기도 모르게 옛날 말투를 꺼
낸 것이다.

하지만 유청은 꿈쩍도 하지 않았다.

유청은 오른손을 하늘 위로 번쩍 치켜들었다.

그러자 손에 묶어놓은 끈이 잡아당겨졌다.

"내 네놈이 팔 년간 공들인 탑을 오늘 몽땅 무너뜨릴 것이
다!"

유청이 세차게 손을 잡아당겼다.

순간, 대나무 숲에 외마디 괴성이 울려 퍼졌다.

"안 돼애애애!"

괴성의 장본인은 바로 가주였다.

팔 년간 목숨을 걸고 준비한 계획이 수포로 돌아갈 순간, 가
주는 그만 이성을 잃은 것이다.

그는 뱃속 깊숙한 곳에서 비명을 터뜨리며 유청에게 달려들
었던 것이다.

"약조를 지켜라! 무공 비급을 당장 내놓지 못할까!"

쉬익!

가주의 권격이 유청에게 날아왔다.

바로 복호문의 비전절기, 음양오행권이었다.

하지만 유청은 이미 가주가 공격할 것을 예측하고 있었다.

유청은 목인비보를 밟아서 옆으로 미끄러졌다. 그러자 가주의 권격은 허무하게 공중을 찌르고 말았다.

유청은 회심의 미소를 지으며 전음을 보냈다.

"당신이 가르쳤던 목인비보의 진수를 보여주겠소!"

이미 이성을 잃은 가주는 미친 듯이 권격을 출수했다.

펑펑펑!

그러나 유청은 목인비보를 써서 가볍게 피했다.

동시에 오른손을 빙빙 돌리며 손목으로 끈을 감았다.

그러자 삼 장이 되던 끈은 점점 길이가 짧아졌다.

모두는 유청의 행동을 보며 경악했다.

'말로만 벽력탄을 터뜨린다는 게 아니라, 실제로 그렇게 하고 있나!'

소영영이 소리쳤다.

"너, 어쩌려고 그래? 정말 무공 비급을 불태울 작정이야?"

"그렇소!"

소영영은 아연실색했다.

"뭐어?"

하지만 유청은 가주의 권격을 피하면서도 태연한 얼굴로 답했다.

"난 개방 방주요. 어차피 무공 비급은 구대문파의 것일 뿐, 개방의 비급은 하나도 없지 않소? 불타 버려도 개방은 손해 볼 것 없소! 아니지, 오히려 득이 되는 일인가?"

그 말이 결정타였다.

소영영은 물론, 다른 팔소호 삼소봉까지 입을 딱 벌렸다.

'무림맹주, 아니, 저놈은 정말로 무공 비급을 불태워 버릴 생각이다!'

개방은 무공을 글로 전하지 않고 구전한다는 것을 익히 알고 있는 팔소호 삼소봉이 그것을 모를 리 없었다.

반면, 팔소호 삼소봉의 옆에 있는 송막, 철원, 기현은 바늘방석에 앉은 심정이었다.

송막은 경악했다.

'저놈이 끝내 일을 저지르는구나!'

그는 어이가 없었다.

'무공 비급을 불태워서 구대문파의 세가 줄어드는 것이야 좋다. 하나, 개방 방주가 그 짓을 했다면, 구대문파가 개방을 가만 놔두겠느냐? 또한 무공 비급은 돈으로 살 수 없는 보물이나 마찬가지인데, 미쳤다고 그걸 불태우냐? 차라리 오대세가에게 넘겨서 돈이라도 챙겨야지!'

철원과 기현도 할 말이 없는지 멍한 얼굴로 송막을 쳐다봤다.

철원이 물었다.

"방주가 대체 왜 저런답니까?"

"……."

송막은 입을 열지 않고 속으로 일갈했다.

'내가 그걸 어떻게 아냐? 미친놈이 미친 짓 하는 거겠지!'

그때였다.

문득, 송막은 이상한 기분이 들었다.

송막은 자기도 모르게 고개를 돌렸다.

거기에는 무혜가 조용한 눈빛으로 유청을 노려보고 있었다.

무혜의 눈빛을 보는 순간, 송막은 나이에 어울리지 않게 그만 오줌을 지릴 뻔했다.

'헉!'

무혜의 안광이 먹이를 쫓는 호랑이의 그것처럼 느껴졌기 때문이다.

송막은 무혜가 왜 그런 눈빛을 하는지 알아차렸다.

'방주가 정말로 비급을 불태우려 하니 소림 방장이 분노했구나!'

무혜가 살짝 발을 들었다가 다시 땅을 찼다.

탓!

송막의 시야에서 갑자기 무혜가 사라졌다.

무혜는 화살처럼 유청에게 날아갔다.

그리고 양손을 출수했다.

유청은 산을 뒤엎는 기세가 옆에서 쏟아지는 것을 느꼈다.

시선을 돌리던 유청은 깜짝 놀랐다.

무혜가 손바닥을 곧추세운 수법, 즉 소림의 용조수를 뻗어 오는 게 아닌가!

동시에 왼쪽에서는 가주가 재차 음양오행권을 출수했다.

유청이 일갈했다.

"오냐, 네놈들이 날 협공할 셈이렷다!"

유청은 목인비보의 구명절초, 비괴능파를 펼쳤다.

파파파팍!

비괴능파(飛傀陵波).

꼭두각시가 날아서 파도를 넘는다는 뜻.

목인비보 중에서 가장 괴상한 발놀림을 가졌으며, 또한 가장 신묘한 보법인 비괴능파.

유청의 양발이 순식간에 팔괘를 밟자, 무혜의 용조수와 가주의 음양오행권은 모두 빗나가서 허공을 때리고 말았다!

예전의 유청이라면 제아무리 보법이 신묘하다고 해도 구파일방의 장문인과 절정고수인 가주의 공세를 동시에 피할 수는 없을 것이다.

하지만 지금 유청은 과거의 그가 아니었다.

개방 방주 홍욱이 전이해 준 내공진기는 이제 그의 혈맥을 자유자재로 돌았다.

때문에 목인비보를 밟는 속도가 두 배, 세 배, 아니, 그 이상을 넘나들었다.

또한 유청은 최한걸의 점소이들과 목숨을 걸고 싸웠으며, 관도에서 팔소호 삼소봉과 비무를 겨뤘다.

원래 강호에 처음 출행하여 무공에 대한 지식이 전무했던 유청이다.

그러나 계속되는 싸움과 비무를 거치면서 어느새 무공에 대한 이해가 자연스럽게 몸에 녹아들었던 것이다.

안 그래도 팔 년 동안 소가주한테 구파일방의 갖은 무공으로 매를 맞아왔던 유청.

그런 그가 드디어 구파일방의 무공에 개안(開眼)한 것이다!

물론, 피하는 것에만 득도했다.

유청은 속으로 일갈했다.

'이제 네놈들의 수법은 다 알고 있다!'

비괴능파를 펼친 유청은 무혜와 가주의 뒤로 크게 돌아갔다.

그때였다.

옆에서 누군가의 장격이 바람처럼 날아왔다.

유청은 깜짝 놀라 소리쳤다.

"소저?"

유청을 공격한 이는 바로 소영영이었다.

그녀는 무당면장의 수법으로 유청의 어깨를 공격했다. 어깨를 무력화시키면 자연 손을 쓸 수 없어서 끈을 당기지 못할 거라 생각한 것이다.

그러나 소영영도 미처 짐작하지 못한 것이 있었다.

유청의 초식 피하기 신공이 이미 완성되었다는 것을…….

'내 소가주한테 팔 년 동안 무당면장으로 셀 수 없이 얻어터졌다!'

유청은 부드럽게 날아오는 무당면장을 억지로 피하려 하지 않았다.

대신에 소영영의 움직임에 맞춰서 자연스럽게 몸을 움직였다.

그러자 그녀의 무당면장은 유청의 어깨에 적중할 듯하면서
도, 아슬아슬하게 미치지 못했다.

마치 지남철의 서로 같은 극이 붙지 않는 것처럼, 소영영의
장격이 뻗어오면 유청의 어깨는 점점 더 멀어졌다.

소영영은 공격이 무위로 돌아가자 안타까워하며 말했다.

"너, 정말 미쳤어? 도대체 왜 그래?"

"뭐가 말이오?"

"몰라서 물어? 불태워 버릴 거면 왜 무공 비급을 다시 가지
고 온 거야?"

"정말 모르시오?"

"그래! 네가 미쳤다는 것은 알겠다!"

순간, 유청이 안광을 돋우며 소영영을 쏘아봤다.

항상 소영영을 볼 때는 게슴츠레 한 눈빛을 하던 유청이 불
같이 자신을 노려보자 소영영은 자기도 모르게 움찔했다.

유청이 외쳤다.

"소영영! 널 구하려고 그런 것을, 정말 모르겠냐?"

"……!"

"난 무공 비급보다 네가 더 소중해! 황금이나 무공 비급 따
위는 없어도 돼. 소영영, 너만 있으면 된단 말이다!"

소영영은 멍하니 유청을 바라봤다.

그때, 등 뒤에서 다시 무혜와 가주가 초식을 출수했다.

유청은 목인비보를 써서 둘 사이를 파고들었다.

순식간에 무혜와 가주는 수십 초를 퍼부었고, 유청은 목인

비보를 써서 미꾸라지처럼 빠져나갔다.

만약 유청의 손에 끈이 묶여 있지 않았다면 이미 유청은 둘의 협공에 땅에 쓰러졌을 일이었다.

그러나 끈이 묶여 있으니 함부로 유청을 칠 수가 없었다.

무혜와 가주도 그 사실을 잘 알았다.

유청을 공격해서 그가 삼 장 밖으로 날아가기라도 한다면 끈에 연결된 심지가 빠져서 벽력탄이 터질 것이 아닌가!

때문에 무혜와 가주는 무공의 십성을 쓸 수 없었던 것이다.

어느새 소영영도 정신을 차리고서 다시 공격해 왔다.

유청은 신들린 듯이 세 명의 공격을 피했다.

그러나 중과부적, 시간이 지날수록 유청의 발이 조금씩 느려지기 시작했다.

그대로라면 누구의 손속에 걸려서 피를 토하고 쓰러질지 모를 판.

소영영이 안타까운 마음에 소리쳤다.

"이제 그만둬! 제발!"

"싫소! 난 저따위 무공 비급, 불질러 버려야 속이 시원하겠소!"

유청이 무혜의 용조수와 소영영의 무당면장을 피하는 순간, 그의 등을 향해 가주의 음양오행권이 날아왔다.

제아무리 절정고수라도 도저히 피할 수 없는 일격.

소영영은 눈을 감았다.

'다 끝났구나……'

그때였다.

퉁!

갑자기 어디선가 권격 하나가 날아오더니, 가주의 음양오행권을 가볍게 튕겨내는 게 아닌가?

유청을 공격하던 무혜, 가주, 소영영은 깜짝 놀라서 끼어든 사람을 쳐다봤다.

가주의 권을 막은 불청객.

그는 뜻밖에도 웬 라마승이었다!

모든 이가 갑자기 끼어든 라마승을 보며 영문을 몰라 했다.

하지만 가장 놀란 표정을 지은 것은 바로 유청이었다. 그는 입을 딱 벌리고 멍하니 라마승을 쳐다봤다.

불청객 라마승.

그는 유청이 장사 마을의 객잔에 묶어두었던 라마승과는 전혀 다른 사람이었다!

第四十章

강북일협 대인배, 전설로 남다

한쪽 어깨가 드러나게 걸친 핏빛 가사.

삭발하지 않고 아무렇게나 기른 머리.

우뚝 솟은 콧날에 짙은 눈썹.

중은 중이나, 소림승과는 전혀 다른 분위기.

서문세가의 권격을 막으며 갑작스레 등장한 이는, 누가 봐도 라마승임이 분명했다.

라마승은 새하얀 백미(白眉)의 끝이 길게 늘어져서 뺨까지 내려왔다.

또한 백발의 수염 또한 가슴 밑까지 내려왔다.

얼핏 봐서는 나이를 추측하기 힘든 외모였다.

눈썹과 수염이 새하얗게 샌 것으로 보아 백 살은 충분히 먹었음직했다.

불청객이 갑자기 싸움에 끼어들자, 무혜, 가주, 소영영 셋은 공격을 멈췄다.

무혜가 합장을 하며 말했다.

"실례지만, 포달랍궁에서 오신 분이신지요?"

절정고수인 가주의 일권을 간단하게 막았으니 포달랍궁에서 온 라마승이 아닐까 생각한 것이다.

라마승은 퉁명스럽게 하대하며 말했다.

"맞다."

그 말에 공터에 있는 모든 사람들이 깜짝 놀랐다.

'갑자기 라마승이 싸움에 끼어들다니, 무림맹주가 믿는 구석이 있었구나.'

사람들은 라마승이 가주의 공격을 막은 것을 보고 그를 유청의 편이라 생각한 것이다.

무혜가 말했다.

"포달랍궁 분이 어찌 무림의 일에 관여하시는지 물어도 되겠습니까?"

"대답하기 싫다!"

무혜의 공손한 말을 라마승은 대뜸 거절했다.

라마승은 주위를 둘러보며 혼잣말을 했다.

그리고 라마승은 가주에게 몸을 돌렸다.

"네가 서문세가 가주냐?"

먼저 이성을 잃고 유청에게 미친 듯이 권격을 날리던 가주는 그새 다시 정신을 차린 얼굴이었다.

하지만 갑작스레 라마승이 끼어드는 바람에 영문을 몰라서 멍한 얼굴로 대답했다.

"그렇소만?"

"그래?"

순간, 라마승이 양손을 천천히 치켜올렸다.

그러자 그의 두 손이 불붙은 숯덩이처럼 시뻘겋게 변하더니, 곧 조금씩 부풀어 오르기 시작했다.

팔소호 삼소봉 중에서 누군가가 깜짝 놀라 소리쳤다.

"미, 밀종대수인?!"

밀종대수인(密宗大手印).

서장 무공의 총본산인 포달랍궁이 자랑하는 비전절기가 바로 밀종대수인이다.

밀종대수인은 수법을 펼치면 진기가 장심에 몰려서 손이 부풀어 오르는 특징이 있었다.

가주는 라마승이 대뜸 비전절기를 펼치는 것을 보고는 깜짝 놀랐다.

라마승이 말했다.

"설마 모른다고 말은 못하겠지?"

"무엇을 말이오?"

"사 년 전에 네놈이 서장에 쥐새끼처럼 들어와서 내공심법을 하나 훔쳐 가지 않았느냐?"

"……!"

가주는 입을 딱 벌렸다.

"그, 그걸 어떻게……?"

"네놈을 찾느라 중원 천지를 사 년 동안 헤매고 다녔다. 이제 목을 내놓을 준비를 해라!"

가주는 라마승이 적의를 드러내자 당황한 얼굴이 되었다.

동문과 최한걸도 복면인들을 이끌고 언제든지 달려들 준비를 했다.

그때였다.

갑자기 가주가 씨익 웃는 게 아닌가?

라마승이 영문을 몰라서 물었다.

"왜 웃느냐?"

"그 비급, 내가 훔친 게 아니오."

"무어라?"

라마승이 분노하면서 시뻘건 양손을 치켜올렸다.

그러자 가주는 태연한 얼굴로 손을 들었다. 그리고는 손가락으로 라마승의 뒤를 가리켰다.

"그 내공심법을 훔친 자는 바로 저놈이오!"

가주가 가리킨 자는 다름 아닌 유청이었다!

유청은 입을 딱 벌리고 가주를 쳐다봤다.

갑자기 어디선가 끼어든 라마승 때문에 위기를 모면하는가 싶었는데, 가주가 자신한테 비급 도적질을 덤터기 씌우는 게 아닌가?

유청은 가주를 보며 말했다.

"그게 무슨 소리냐? 비급 도적은 네놈 아니냐?"

어느새 유청의 입에서 막말이 터져 나왔다.

가주는 빙그레 웃으며 답했다.

"유 총관, 팔 년 동안 네가 나랑 같이 무공 비급 도적질을 한 것을 모두가 알고 있는데, 설마 발뺌을 하려는 건 아니겠지?"

"……!"

유청은 경악했다.

백당에 와서 지금까지 별의별 수를 다 쓰면서 피해왔던 것.

바로 '유 총관'이란 말.

그 말이 결국 가주의 입에서 터져 나온 것이다!

기주의 밀에, 무혜가 유청을 보며 말했다.

"유 총관이라니, 무슨 소리인지요?"

가주가 얼른 답했다.

"저놈은 바로 서문세가의 식솔이었소. 팔 년 동안 세가에서 총관으로 일했지. 설마 모르고 있었소?"

가주는 어깨를 으쓱하며 과장된 어투로 말했다.

무혜는 눈을 가늘게 뜨고 유청을 바라봤다.

지금까지 한 번도 볼 수 없었던 차가운 무혜의 눈빛.

"맹주가 저 세가의 총관이었다는 게 사실이오?"

"……."

유청은 말문이 막혔다.

무혜와 소영영이 차가운 눈빛으로 유청을 쏘아봤다.

팔소호 삼소봉과 우현은 유청이 실은 '유 총관'이었다는 가주의 말을 듣고서, 속았다는 얼굴로 유청을 노려봤다.

송막, 철원, 기현도 전후 사정은 모르지만, 유청이 그동안 정체를 숨겼다는 것을 직감했다.

유청은 이리저리 고개를 돌렸다.

하지만 그의 편은 어디에도 없었다.

유청이 무혜의 물음에 대답하지 못하자 자연히 유청은 서문세가의 총관으로 낙인찍혔다.

구파일방의 사람들은 속으로 분노를 터뜨렸다.

'저놈이 비급을 훔쳐 간 세가의 총관이었다니!'

그런 유청을 무림맹주로 추대해 놨으니, 고양이에게 생선 가게를 맡겨놓은 격이 아니고 무엇인가.

구파일방 사람들은 격심한 분노에 치를 떨었다.

'저놈을 살려두어선 안 된다!'

의협심 강하고 사리에 공명정대한 강북일협 대인배가 일순에 사기꾼 협잡배가 되는 순간이었다.

가주는 구파일방 사람들의 얼굴을 보며 씨익 웃었다.

위기의 상황에서 그가 터뜨린 폭탄이 제대로 먹힌 것이다.

가주가 라마승을 보며 말했다.

"내가 중원에서 무공 비급 도적질을 한 것을 부인하지는 않겠소. 하나, 서장의 내공심법만큼은 바로 저자, 유 총관이 훔쳤소. 나는 아니오."

"그 말을 어떻게 믿느냐?"

"알아서 확인해 보시오."

유청은 경악했다.

안 그래도 무혜, 가주, 소영영의 협공에 금세라도 무너질 판이었다.

그런데 설상가상으로 라마승까지 상대가 넷이 되어버린 상황이 아닌가?

유청은 슬쩍 몸을 돌렸다. 그리고 목인비보를 밟아서 대나무 숲을 향해 달리려 했다.

그때였다.

쉭!

인영 하나가 유청의 앞을 막아섰다.

바로 소림 방장 부혜였다.

무혜의 손이 전광석화처럼 유청의 목으로 날아왔다.

유청은 창졸간에 벌어진 일이라 목인비보를 밟을 생각도 못하고 멍하니 서 있었다.

콱!

무혜가 유청의 목울대를 움켜쥐었다.

그리고 말했다.

"포달랍궁에서 오신 분, 원하신다면 이자를 문초하여 내공심법이 어디 있는지 실토하도록 해드리겠습니다."

유청의 얼굴이 새하얗게 질렸다.

유청은 어떻게든 무혜의 손에서 벗어나려 했다. 그러나 목의 혈맥을 잡혔는지, 손가락 하나 까닥할 수 없었다.

그때, 라마승이 무혜에게 하대를 하며 다가왔다.

"그대로 잡고 있어라."

라마승은 유청에게 가더니 대뜸 그의 품에 손을 집어넣었다.

사람들은 라마승의 행동을 보며 비웃었다.

무혜마저 라마승을 보고 어이없다는 표정을 지었다.

그들의 생각은 동일했다.

'훔친 내공심법을 설마 품에 넣고 있겠냐?'

그때, 유청의 절규가 공터에 울려퍼졌다.

"안 돼!"

순간,

라마승이 유청의 품에서 서책 한 권을 꺼내 드는 게 아닌가?

라마승은 회심의 미소를 지으며 사람들을 돌아봤다.

"네놈들 속셈을 모를 것 같으냐? 이놈이 내공심법을 갖고 있을 리 없다고 날 비웃었겠다?"

사람들은 입을 다물지 못했다.

유청의 품에서 정말로 내공심법이 나올 줄 누가 상상이나 했는가?

게다가 그 생각을 라마승이 모두 꿰뚫고 있었다니…….

라마승이 유청을 보며 말했다.

"네놈을 찾느라 사 년을 중원 천지를 돌아다녔다. 그것을 어찌 갚을 셈이냐?"

유청은 망연자실한 얼굴로 멍하니 허공을 바라봤다.

그러나 생명은 질기듯이, 유청의 잔머리도 포기하는 법이 없었다.

유청이 정신을 차리며 말했다.

"저, 정말 죄송합니다."

라마승이 씨익 웃으며 말했다.

"죄송할 것 없다. 네놈은 곧 죽을 목숨이니까."

유청의 이마에서 어느새 식은땀이 줄줄 흘러내렸다.

"다시 생각해 보십시오. 지금 저를 죽인다고 해서 무슨 소용이 있겠습니까?"

"소용 있지. 사 년간 애를 태우며 고생을 했는데, 오늘 그 한을 푼다면 기분이 상쾌하지 않겠느냐?"

구파일빙인들은 라마승의 말에 절로 눈쌀을 찌푸렸다.

'비급을 도둑 맞은 심정은 이해하겠지만 사람을 죽이면서 기분이 상쾌하다니, 저 라마승은 실로 성정이 잔인한 자다.'

유청은 목소리를 떨며 말했다.

"다, 다시 한 번 생각해 보십시오. 절 살려두면 필시 대인께도 득이 될 것입니다."

"득?"

"예. 제게 금전이 좀 있습니다."

"필요없다."

유청의 뇌물 공세를 라마승은 단번에 거절했다.

구파일방인은 생각했다.

'포달랍궁이라면 서장 무공의 총본산이다. 그런 곳에서 금전 몇 푼에 명예를 팔겠냐?'

유청은 포기하지 않고 말했다.

"참! 여기 있는 나귀를 보십시오. 나귀의 등에 실린 것이 바로 구대문파의 무공 비급입니다!"

"그래?"

라마승이 관심을 보이는 것 같자 유청의 목소리가 높아졌다.

"예! 소림과 무당의 진산절예 비급이 저 보따리에 있습니다. 저걸 가지시죠. 그럼 중원무림은 대인 것이나 마찬가지입니다!"

구파일방인은 어이가 없었다.

'방금까지만 해도 무림맹주였던 자가 그새 구파일방을 서장에게 팔아먹으려 하냐?'

팔소호 삼소봉은 혹 라마승이 무공 비급을 노릴지 몰라서 달려들 태세를 했다.

그러나 라마승은 무덤덤한 얼굴로 말했다.

"중원의 무공? 필요없다! 애초에 중원 무공은 우리 서장에서 흘러들어 간 잡무공에 불과하다. 서장의 무공만 익히면 세상 천지에 두려울 것이 없는데, 하찮은 중원 무공이 내게 무슨 소용이란 말이냐?"

유청은 다급해졌다.

"그건 그렇지만… 소림의 무공은 어떻습니까? 소림 무공은 천축국의 달마 대사가 전해준……."

라마승은 유청의 말을 잘랐다.

"중원 무공은 필요없다니까! 이 내공심법만 수련해도 중원 무공쯤은 단박에 제압할 수 있다!"

라마승은 말을 하면서 유청의 품에서 빼앗은 서장내공심법을 흔들어 보였다.

그때였다.

서장내공심법 사이에서 종잇장 하나가 떨어졌다.

라마승은 무슨 암기가 아닐까 생각했는지 깜짝 놀라서 뒤로 물러섰다.

그러나 다시 보니 하늘하늘 떨어지는 것은 평범한 종잇장에 불과했다.

종잇장은 이느새 땅에 널어졌다.

라마승도, 무혜도, 가주도, 그리고 소영영도 종잇장의 정체가 무엇인지 알려고 고개를 숙였다.

라마승이 천천히 종잇장을 집어 들었다.

그가 종잇장을 이리저리 돌려보더니 말했다.

"이건 중원의 전표가 아니냐?"

그리고 유청을 보며 물었다.

"왜 전표가 여기 있지?"

"그, 그건……."

유청의 얼굴은 그야말로 새하얗게 질려서 마치 분을 잔뜩 바른 연극배우 같았다.

"내공심법 서책이 귀중한 물건이라… 금전도 그 안에 넣어서 보관하려고……."

서책에 전표를 넣어두는 것은 부자라면 있을 수 있는 일이다.

하지만 무림인이 무공 비급 안에 돈을 넣어둔다는 것은 절대 있을 수 없는 일이다.

라마승은 내공심법을 뒤적거렸다.

"어디 보자……."

순간,

라마승의 얼굴이 심하게 일그러졌다.

"이, 이게 무엇이냐?"

옆에서 유청의 목울대를 쥐고 있는 무혜가 고개를 내밀었다.

하지만 무혜는 무엇을 봤는지 알 수 없다는 표정을 지었다.

라마승이 답답하다는 얼굴로 무혜를 쳐다봤다.

"대체 이게 무어냐?"

무혜가 답했다.

"빈승이 보기에는 사서삼경의 하나인 논어로 보입니다만……."

"무어라?!"

라마승이 진기를 돋워서 소리치자 대나무 숲이 웅웅거리며 흔들렸다.

사자후와 같은 일성(一聲).

라마승의 얼굴이 밀종대수인을 출수하는 손처럼 시뻘겋게 달아올랐다.

"네놈! 서장의 내공심법을 어찌 했느냐?"

유청의 얼굴은 이제 피가 통하지 않아 군데군데 시퍼런 것이, 꼭 시체를 연상케 했다.

유청은 후들후들 떨리는 목소리로 말했다.

"그, 그게 그만… 서책이 바뀐 모양입니다……."

라마승이 일갈했다.

"바뀌다니? 어떻게?"

"제 아버지의 집에서 그만… 내공심법을 가져온다는 게 다른 서책을 가져온 줄 모르고……."

사람들은 유청의 말을 알아들을 수 없었다.

내제 어떤 무림인이 목숨보다 귀한 무공 비급을 평범한 서책으로 바꾸고서도 모른단 말인가?

그들은 생각했다.

'아버지 집에 내공심법을 숨겨두고 왔는데, 그것이 들킨 모양이구나.'

그때였다.

라마승이 크게 일갈했다.

"크아아아! 네놈, 목을 내놓아라!"

동시에 쌍장을 뻗었다.

퍼펑!

라마승의 쌍장이 유청의 배에 통렬하게 적중했다.

그러나 어떤 수법으로 쳤는지, 소리가 귀청이 터지도록 크게 울려 퍼진 반면, 유청의 몸은 무혜의 손아귀에 목을 잡힌 채 조금도 흔들리지 않았다.

무혜는 깜짝 놀라며 유청의 목을 놓았다.

그러나 유청은 힘없이 땅에 쓰러졌다.

"시, 시주?"

무혜는 쓰러지는 유청을 받아 들었다. 그리고 손을 유청의 목에 갖다 대어 맥을 짚었다.

옆에서 소영영이 눈을 크게 뜨고 무혜를 바라봤다.

그러나 무혜는 유청의 목에서 손을 떼고는 조용히 고개를 흔들었다.

"…흑!"

소영영은 자기도 모르게 손으로 입을 막고 울먹였다.

너무나 창졸간에 벌어진 일.

매사에 지혜롭던 무혜마저 넋을 잃었는지, 손에서 힘이 빠져서 유청의 몸을 땅에 떨어뜨렸다.

순간, 유청의 오른손이 힘없이 뒤로 넘어갔다.

그러자 손에 묶어놓았던 끈이 당겨지고, 자연히 끈에 연결된 벽력탄의 심지가 빠졌다.

벽력탄의 폭발음이 대나무 숲을 흔들었다.

퍼어어엉!

동시에 나귀의 등에 실은 비급 보따리에서 커다란 불길이 솟아올랐다.

히힝!

나귀가 미친 듯이 발광하며 앞으로 뛰쳐나갔다. 그 바람에 비급 보따리는 땅으로 떨어졌다.

그러나 벽력탄의 불길은 이미 보따리를 불덩어리로 만든 뒤였다. 구대문파의 무공 비급을 담은 보따리는 짙은 연기를 내뿜으며 활활 불타올랐다.

사람들은 망연자실해서 타오르는 비급을 멍청한 눈으로 쳐다봤다.

무혜도, 소영영도, 팔소호 삼소봉도, 우현도, 송막 일행도.

가주도, 동문도, 최한걸도, 복면인들도.

그리고 라마승도.

오직 땅에 쓰러진 유청만이 눈을 감고 있었다.

잠시 후.

가장 먼저 행동한 것은 가주와 복호문 일당이었다.

가주는 생각했다.

'지금 아이들을 풀면 소림 방장과 팔소호 삼소봉은 충분히 제압할 수 있다.'

그러나 걸림돌이 있었다.

바로 라마승이었다.

라마승은 제삼자에 가깝다.

하지만 분을 이기지 못해 유청을 죽이는 바람에 서장의 내공심법을 찾을 길이 영영 없어져 버린 셈이다.

'만약 라마승의 분노가 유청 놈의 가주였던 나한테 다시 향한다면 골칫거리다.'

가주가 꺼리는 문제가 하나 더 있었다.

구대문파의 무공 비급이 몽땅 한 줌의 재가 되어버렸으니, 소림 방장 무혜와 팔소호 삼소봉은 목숨을 내던지고 동귀어진할 게 분명하지 않은가?

오히려 구파일방인들이 제정신이라면 이길 수 있지만, 목숨을 내놓고 덤빈다면 복호문도 큰 피해를 감수해야 할 터.

'저들이 정신을 차리기 전에 빨리 자리를 피해야 한다.'

가주는 동문과 최한걸에게 눈짓을 했다.

그러자 복면인들은 신속하게 성록루 안으로 들어갔다. 그들은 일이 잘못될 경우, 성록루 안에서 뒷문을 통해 대나무 숲으로 도피하기로 계획을 세워놓았었다.

성록루로 들어서는 가주에게 동문이 말했다.

"사형, 어서 피합시다. 구파일방 놈들이 정신을 차리면 죽기 살기로 덤벼올 겁니다."

"그래."

가주는 뒤를 돌아보며 생각했다.

'오늘 이긴 것은 결국 우리 서문세가다!'

그는 회심의 미소를 지었다.

'구파일방은 무공 비급을 창졸간에 잃어버렸으니 못해도 삼십 년은 세를 떨치지 못하겠지. 무공 비급이 우리 손에 있다면 더욱 좋겠지만, 그러지 못할 바에야 태워 버리는 것도 나쁜 선택은 아니군. 후후, 유 총관. 네놈이 죽으면서까지 서문세가에 충성을 하는구나! 내 죽은 너를 위해 위패라도 만들어주겠다!'

그리고 가주는 성록루로 들어가 모습을 감췄다.

다음으로 자리를 떠난 것은 서장 라마승이었다.

그는 혼자 몸으로 당당하게 싸움에 끼어들었지만, 지금은
상황이 바뀌어 있었다.

자신도 내공심법을 되찾지 못해서 분노가 크지만, 무공 비
급 보따리를 통째로 잃어버린 구파일방의 분노보다는 못하다
는 것을 느끼고 있었다.

게다가 유청을 죽인 것은 라마승이었다.

괜히 자신에게 구파일방의 분노가 옮겨오길 기다릴 수는 없
는 일.

그는 눈치를 보다가 대나무 숲으로 들어가 사라져 버렸다.

구파일방인들은 복호문 일당과 라마승이 사라진 이후로도
오랫동안 자리에서 떠날 줄 모르고 서 있었다.

이산이 가장 먼저 정신을 차리고서 무혜에게 말했다.

"방장님, 이제 그만 정리를 하셔야지요?"

무혜는 조용히 고개를 끄덕였다.

그리고는 아무 말 없이 장사 마을 쪽으로 걸음을 옮겼다.

팔소호 삼소봉과 우현, 송막 일행이 그 뒤를 따라갔다.

그들은 타버린 무공 비급에서 눈을 떼지 못했다.

하지만 무공 비급을 갈무리할 생각은 하지 못했다. 벽력탄
의 강한 불길에 새하얗게 재가 되어 이미 바람에 흩날린 지 오

래였던 것이다.

그들이 유청의 시신 앞을 지나칠 때, 이산이 무혜에게 말했다.

"방장님, 이자의 시신은 이대로 놔두고 갈 생각이십니까?"

그 말에 무혜는 잠깐 걸음을 멈췄다가 아무 대답 없이 다시 발을 옮겼다.

소영영이 참다 못해 끼어들었다.

"방장님, 아무리 그래도 시신을 이대로 두는 것은……."

소영영은 울음이 났는지 말을 흐렸다.

이산이 말했다.

"한때는 우리 스스로 무림맹주에 추대했던 자입니다. 그런데 시신을 가져가서 만인에게 죄를 공개한다면, 구파일방의 명성은 크게 떨어질 것입니다. 다시 회복하기 힘들 만큼 큰 충격이 있을지도……."

무혜는 이산의 말에 조용히 고개를 끄덕였다.

그리고 혼잣말을 하는 것처럼 말했다.

"아미타불."

결국 그들은 유청의 시신을 그냥 놔두고 발을 옮겼다.

소영영은 무리의 맨 뒤에서 걸었다.

그녀는 유청의 시신이 보이지 않을 때까지 눈을 떼지 못했다.

*　　　　*　　　　*

그날 밤.

장사에 돌아온 무혜 일행은 객잔을 통째로 빌렸다.

팔소호 삼소봉이 모두 돌아온 바람에 객잔의 방을 모두 빌려도 자리가 부족했다.

방이 부족해서 사람들은 방 하나에 둘 또는 셋이 함께 들어갔다.

하지만 소영영은 독방을 썼다.

청연도, 진수향도 미리 알아서 소영영과 방을 함께 쓰겠다고 나서지 않았다.

사람들은 아무도 소영영에게 말을 걸지 않았고, 저녁도 점소이를 시켜서 그녀의 방에 가져다주게 했다.

며칠 사이에 너무도 많은 일이 벌어진 터라 다른 이들이 세상 모르고 곯아떨어져 있을 때,

소영영은 침대에 앉아 멍하니 창밖을 바라보고 있었다.

탁자에는 저녁 식사가 손도 대지 않은 채 식어 있었다.

소영영은 창밖에 걸려 있는 달을 보며 말했다.

"바보 같은 놈."

그녀의 두 눈에는 어느새 눈물이 고였다.

"바보 같은……."

가득 고인 눈물이 주루룩 흘러내릴 때,

갑자기 창문으로 한 인영이 모습을 비췄다.

"악!"

소영영은 깜짝 놀라 비명을 질렀다.

인영은 손가락을 입에 대고 조용히 하라는 신호를 보냈다.

"쉬잇!"

덜컹덜컹.

인영은 창문을 열었다. 그리고 방 안으로 들어왔다.

소영영은 얼굴이 새하얗게 질려서 인영을 바라봤다.

"너, 너……."

그녀는 목소리를 떨다가 침대 옆에 있는 검을 들고서 빼어
들었다.

챙!

"귀신이면 사라져라. 사람이면……."

소영영의 말을 유청이 잘랐다.

"사람이면, 설마 날 베겠다는 거요?"

소영영은 멍청히 유청을 쳐다봤다. 그리고 갑자기 검을 내
던지더니, 유청에게 달려가 품에 안겼다!

"소, 소저?"

소영영은 그대로 잠시 눈물을 흘렸다.

그러다가 고개를 확 들며 유청을 노려봤다.

"너, 어떻게 된 거야?"

"그보다 소저는 어떻게 된 것이오?"

"뭐가?"

"아녀자의 몸으로 이렇게 갑자기 사내의 품에 안겨도 되는
것이오?"

유청의 말에 소영영은 얼굴을 붉히며 떨어지려 했다.

하지만 유청은 소영영을 놓지 않았다. 그리고 그녀를 꼭 부여안고 입을 맞췄다.

꿈결같이 달콤한 시간이 흐른 뒤,

소영영이 물었다.

"…도대체 일이 어떻게 된 거야?"

"날 따라오시오."

유청은 영문을 몰라서 멍하니 있는 소영영의 손을 잡고서 창문을 통해 밖으로 나갔다.

유청은 소영영을 끌고 대나무 숲을 달렸다.

어두운 대나무 숲을 일각 정도 달리자 소영영은 왠지 불안해졌다.

"너, 대체 여기는 왜 온 거야?"

"조금만 참으시오."

"혹시 너… 이상한 생각하는 건 아니지?"

"음, 하고는 있소."

"뭐야?"

소영영은 깜짝 놀랐다.

유청이 능청스럽게 말했다.

"실은, 소저와 함께 야반도주할 생각을 하고 있소."

"너, 너……."

소영영은 어이가 없어서 말문이 막혔다.

그러나 유청은 진지한 눈으로 그녀를 보며 말했다.

"나, 유청. 가진 것도 없고 무공도 일천하오. 하지만 소저 하나만은 충분히 먹여 살릴 수 있소. 그러니 나랑 함께 야반도주해 주시오!"

소영영은 얼굴을 붉혔다.

"내가 왜 너 같은 놈이랑……."

유청이 걸음을 멈추며 말했다.

"다 왔소."

유청이 멈춘 곳은 울창한 대나무 숲에 조그맣게 나 있는 공터였다. 그리고 그곳에는 두 인영이 유청과 소영영을 기다리고 있었다.

그들은 바로 무혜와 서장 라마승이었다!

소영영은 무혜를 보고 놀라고, 라마승을 보고 두 번 놀랐다.

"방장님? 대체 어떻게 된 일이에요? 그리고 당신은……!"

라마승이 씨익 웃으며 말했다.

"나야, 나."

"네?"

라마승은 손을 들어 얼굴로 가져갔다. 그가 쓰고 있던 가발을 벗자, 백발은 사라지고 시커먼 흑발이 모습을 드러냈다. 동시에 손으로 이마 끝을 잡는가 싶더니, 단숨에 얼굴 가죽을 벗겨 내렸다.

그것은 바로 인피면구였다.

인피면구를 벗자 소영영이 잘 아는 얼굴이 모습을 드러냈다.

"사, 사형?!"

"응. 사매, 잘 있었어?"

인피면구를 써서 라마승으로 분했던 자,

그는 바로 도학 진인의 사손이며 소영영의 사형인 동시에, 팔소호 삼소봉의 윗배분인 육소룡(六小龍)의 일원, 무당신검(武當新劍) 진하군이었다.

소영영은 멍한 얼굴로 사형인 진하군을 쳐다봤다.

그러다가 눈썹을 활처럼 휘며 말했다.

"이게 다 뭐예요? 모두 날 속였단 말이에요?"

무혜가 빙그레 웃으며 말했다.

"본의 아니게 소저에게 죄를 지었군요. 아미타불."

소영영이 유청을 째려보며 말했다.

"너, 대체 어떻게 살아난 거야?"

유청은 어깨를 으쓱하며 말했다.

"애초에 죽은 적이 없소."

"웃기지 마! 넌 라마승의 쌍장에 맞아서 죽었……."

그녀는 말하다가 실수를 깨달았다.

자신이 말한 라마승이 바로 사형 진하군이지 않은가?

진하군이 웃으며 말했다.

"내가 일부러 소리만 크게 나게 쳤지. 히히."

무혜가 말했다.

"유청 시주의 연기가 너무 훌륭했습니다. 빈승은 처음에는 정말로 숨이 끊어진 게 아닌가 착각했을 정도니까요."

그 말에 유청이 답했다.

"방장님의 연기에 비하면 저는 아무것도 아닙니다. 저야 애초에 사기… 잔머리 굴리는 데 도가 텄지만, 방장님이 사람들을 몽땅 속이는 걸 보고서 고수가 따로 없구나 생각했습니다."

유청은 잠깐 쉬고는 다시 말했다.

"또한 진하군 형님의 연기도 일품이었죠. 저는 그만, 정말 라마승이 저를 잡으러 온 줄 알았지 뭡니까!"

유청의 말에 무혜, 유청, 진하군 모두가 웃음을 터뜨렸다.

"허허허!"

"헤헤헤!"

"히히히!"

소영영은 자기만 빼고 다들 웃자 심통이 나서 말했다.

"사형, 어떻게 그럴 수가 있어요? 난 그것도 모르고서 난리를 피웠잖아요!"

"나도 네가 이자를 좋아하는 줄은 까맣게 몰랐었어. 물론 알았더라도 미리 계획을 말할 수야 없었지만."

소영영은 날카롭게 말했다.

"누가 누굴 좋아해요? 그런 일 없어요!"

"아님 말고."

진하군은 머리를 긁적이며 웃었다.

소영영이 유청의 멱살을 잡으며 말했다.

"너, 빨리 말해. 대체 어떻게 한 거야? 처음부터 몽땅 다 말해!"

"알았으니까, 이것 좀 놓으시오, 켁켁!"

그리고 유청의 얘기가 시작됐다.

유청은 애초에 가주와 담판을 지으러 가기 전에 무혜에게 모든 사실을 실토했다.

자신이 서문세가의 총관이었던 과거의 일부터 시작해서, 운이 좋아 비무대회에 승승장구했고, 개방 전임 방주 홍욱의 눈에 들어서 방주가 되었으며, 무림맹주에까지 오르게 된 일 모두를 무혜에게 털어놓았던 것이다.

"그래서 방장님과 계획을 짠 것이오."

"계획이란 게 날 속인 걸 말하는 거지?"

"소저뿐만 아니라 모두를 속여야 했소. 특히 서문세가 가주를 속이는 게 중요했소."

유청은 송막 일행에게 서문세가 가주를 협박해야 한다며 벽력탄을 구해오도록 시켰다.

"이번 계획에서 가장 중요한 점은, 가주가 무공 비급을 포기하고 스스로 달아나게 만드는 거였소."

"그걸 어떻게?"

"무공 비급을 모두 불태워 버리면 가주가 알아서 도망칠 거라 예상했소."

"아……."

거기까지는 계획대로였다.

문제는 갑자기 유청을 납치한 라마승이었다.

"그 라마승의 사부와 사형들이 성록루에 오기라도 하면 모든 계획은 수포로 돌아갈 상황이었소."

"하지만 왔잖… 아, 아니지. 사형이었지."

"맞소. 진하군 형님이었소."

"도대체 어떻게 한 거야?"

"빈승이 무당산에서 내려올 때 이미 사천에 있는 무당신검에게 전서구로 기별을 했습니다."

"형님이 없었다면 이번 일은 더욱 힘들었을 거요."

"내가 좀 대단하긴 하지. 히히."

유청은 라마승 문제를 역으로 이용하기로 무혜와 의논했다.

그래서 연락이 된 진하군을 그 라마승의 사부로 변장시키기로 계획한 것이다.

"그럼, 그 라마승은 어디에 있는 거야? 사부 말고 널 납치했던 라마승 말야."

"흠, 그건 말하기 좀 곤란하오."

"왜?"

"그런 게 있소. 뭐에 굶주려서 당분간 정신을 못 차릴 거요."

그다음은 소영영도 이미 경험한 일이었다.

유청은 나귀에 무공 비급과 벽력탄을 함께 싣고, 심지에 연결된 끈을 손목에 묶고는 성록루로 온 것이다.

가주가 중간에 소영영을 납치하려고 하는 돌발상황이 일어나기는 했다.

"그럼, 그건 전혀 예상 못했던 거야?"

"결과가 좋으면 다 좋은 법이오."

"너, 진짜 뻔뻔하다."

"이제 알았소?"

그다음은 일사천리였다.

가주가 유청이 비급을 불태우지 못하게 잡으려 할 때, 무혜가 함께 유청을 막는 척하며, 실은 가주의 손속에서 유청을 보호한 것이었다.

"방장님이 내가 위험할 것 같으면 슬쩍 가주의 앞을 막아섰지."

"빈승이 그자와 협공하는 척하면서 실은 그자를 방해했지요."

"그럼 뭐야? 난 그것도 모르고 괜히 뛰어들었잖아?"

그리고 진하군이 등장했다.

진하군은 라마승으로 분해서 가주의 눈을 흐리는 게 목적이었다.

그리고 가주의 이목을 서장내공심법으로 옮겼다.

"그 서장내공심법이란 게 대체 뭐야? 정말 있는 거야?"

"그건 정말 있소. 아버님 댁에 모르고 두고 온 것도 사실이오. 나도 얼마 전에야 그 사실을 알고서 깜짝 놀랐었소."

"서책 하나 제대로 못 챙겨? 얼마나 칠칠맞으면."

진하군이 분한 라마승이 유청을 격살하고, 유청은 죽은 척하며 벽력탄을 터뜨렸다.

그러자 가주는 구파일방인들을 잡을 생각을 포기하고 도주해 버린 것이다.

"우리가 그냥 싸웠으면 그자들과 상대가 안 됐을까?"

"무리입니다. 팔소호 삼소봉은 하루 동안 사로잡혀 있었고, 맞서 싸울 수 있는 자는 빈승과 무당신검 외에 없었지요."

"너는? 너는 못 싸워?"

"본인은 무사 체질이 아니라 모사(謀士) 체질이오."

"잘났어."

그것으로 유청은 이야기를 모두 마쳤다.

소영영은 고개를 갸웃했다.

"잠깐만, 뭔가 이상한데……."

"또 뭐가 궁금하오?"

그녀는 잠시 생각을 하더니, 알았다는 듯 소리쳤다.

"그래, 무공 비급! 무공 비급은 어떻게 된 거야? 몽땅 타버렸잖아!"

"음, 타버린 것은 맞소. 하지만 그건 무공 비급이 아니었소."

소영영은 입을 딱 벌렸다.

"그럼 뭐였는데?"

"겉표지만 그대로고 속내용은 바꿔치기한 가짜였소."

"……."

소영영은 멍한 얼굴로 유청을 쳐다봤다.

무혜가 웃으며 말했다.

"개방도 분들이 벽력탄을 구하러 자리를 비웠을 때, 빈승과 무당신검이 손수 작업을 했지요."

"더럽게 많더라고. 전부 백팔 권이나 됐거든. 일일이 겉장을 떼서 다른 서책에 붙이는데, 미치는 줄 알았어."

"다행히 근처 서당에 낡은 서책이 많이 있었소. 그 서책들을 싸게… 아니, 값을 후하게 쳐주고 샀소. 내가 가주와 담판을 하러 갔기 때문에 방장님과 형님이 수고를 해주신 것이오."

소영영은 그제야 정신을 차리며 물었다.

"그럼, 진짜 무공 비급은 어디 있어?"

유청이 뒤를 가리키며 말했다.

"저기요."

그곳에는 겉표지만 사서삼경으로 바뀐 구대문파의 무공 비급들이 가지런히 쌓여 있었다.

소영영은 멍하니 비급을 바라보다가 말했다.

"너, 좀 맞아야겠다."

"뭐요?"

"날 속였으니까, 응당 대가를 치러야지!"

"허! 누가 속으랬소?"

"뭐야? 너, 말 다 했어?"

소영영은 쌍장으로 둥그렇게 원을 그리며 유청에게 달려들었다.

유청은 재빨리 목인비보를 밟았다.

그러나 바로 옆에 빽빽하게 대나무가 솟아 있어서 그만 발을 헛디디고 말았다.

퍽!

*　　　　*　　　　*

사천 백당에서 강북일협 대인배가 구파일방의 실추된 명예를 되찾으며 장렬한 죽음을 맞이한 지도 어언 일 년이 지났다.

그날의 일은 이미 무림에서 전설이 되었다.

무림인들의 술자리에서 빠지지 않는 게 강북일협 대인배 얘기였다.

"비무 시에 상대를 배려하여 일 초식만 쓰던 거 기억나나?"

"어디 그뿐인가? 무림맹주도 사양하는 무욕을 갖추지 않았나!"

사람들은 당금 무림의 제일인자가 되었으면서도 겸손하고 자만하지 않던 그를 칭송했다.

동시에 그의 죽음을 안타까워했다.

"대인배가 계속 살아 있었더라면, 무림이 크게 변했겠지?"

"당연한 일이지. 힘없는 무림인들이 더욱 살기 좋은 세상으로 되었을 텐데, 아쉽네그려."

덕(德)과 혜(惠), 무욕(無慾)을 지녔던 강북일협 대인배.

무림인들은 그와 같은 영웅호걸이 다시 중원무림에 나타나기를 고대하며 술잔을 들었다.

그날 이후, 소림 방장은 팔소호 삼소봉과 송막을 포함한 개방도들에게 모든 사정을 철저히 함구할 것을 명령했다.

그러나 무혜의 명이 아니었더라도 팔소호 삼소봉은 차마 말을 꺼낼 수 없었다.

구파일방이 추대하고 뽑아놓은 무림맹주가 실은 구파일방을 팔아먹으려 한 사기꾼이었음을 제 입으로 말할 수는 없었기 때문이다.

누워서 침을 뱉는 꼴이 아닌가?

무당 장평은 장문인들의 회의 끝에 강북일협 대인배 유청이 구파일방의 명예를 되찾기 위해 스스로 자신을 희생했다고 무림에 공표한 것이다.

결국 그날 일은 그렇게 묻혀졌다.

구파일방에게는 숨겨야 할 비밀이, 무림인들에게는 전설이 된 것이다.

그런 후, 소림 방장 무혜는 소림 십팔나한을 이끌고 복호문의 잔당을 퇴치하러 사천으로 떠났다.

화산 풍조학은 사천당문과의 힘싸움 때문에 골머리를 썩였다.

무당 장평은 도학 진인의 권고에 따라 장문인에서 물러나고 폐관수련에 들어갔다. 무당의 차기 장문인은 무당신검 진하군이 되었다.

공동 왕철심은 뭘 하고 사는지 아무도 몰랐다.

무당일룡 영조명은 행방불명돼서 다시는 나타나지 않았다. 그 후, 멀리 운남에서 이름 모를 청부살인 검객이 등장했다는 소문이 떠돌았다.

소면호 이산은 장문인 석호가 갑자기 주화입마에 드는 바람에 차기 장문인이 될 준비를 했다.

소걸아 주영취는 취권으로 무림을 제패하겠다고 하면서 술독에 빠져 살았다.

종남미검 진수향은 부자 외할아버지를 졸라서 용정차왕자 삼호점의 점주가 되었다.

아미풍검 청연은 흑발식귀 엄홍과 혼사를 올렸다. 강북일협에게 승복한 일이 서로에게 호감을 갖는 계기가 되었다.

백발광귀 주식은 아미산에서 열린 혼례식에서 주사를 부리다가 쫓겨날 뻔했다.

아미 청송 사태는 무당에 이어 곤륜과 사돈을 맺은 것을 사문의 영광으로 여겼다.

개방 송막은 차기 방주를 선출하는 일에 골치를 앓았다.

유청의 아버지는 어느 날 베개 옆에 놓여 있는 금 열 냥을 발견하고는 새 집을 샀다.

중원에서 아름답기로 둘째가라면 서러워할 항주(杭州).

일 년 전, 항주의 외곽에 이름 모를 세가가 들어섰다.

사람들은 세가의 정체를 알 수 없었다.

드나드는 손님도, 식솔도, 심지어 하인도 없었다.

가주와 주모만 있는 이인(二人)세가였다.

그나마 알 수 있는 사실은, 세가의 가주가 밤이면 항주의 가장 큰 도박판에 낀다는 것이었다.

가주는 몸을 보면 젊은 사람 같았는데, 얼굴은 핏기가 없고 희멀개서 나이를 알 수 없었다.

가주가 정체를 숨기기 위해 인피면구를 썼을 거라는 얘기가 나돌았지만, 사실인지는 아무도 몰랐다.

그는 어떤 도박을 해도 절대 지지 않았고 판돈을 모두 잃은 적도 없었다.

그가 일 년간 도박판을 돌면서 재산을 열 배, 스무 배, 또는 그 이상으로 늘렸다는 소문이 돌았다.

세가가 들어선 지 일 년째가 되는 날, 가주는 처음으로 하인을 들였다.

그가 고른 하인은 뜻밖에도 늙은 노파였다.

사람들은 곧 그 이유를 들을 수 있었다.

노파가 말하길, 세가의 주모가 아이를 회임했다는 것이었다.

아이를 가지면 일손이 많이 필요한 법이다.

그러나 가주는 낮에만 잠깐 노파를 부를 뿐이었다.

노파도 사람들에게 영문을 모르겠다고 말했다.

노파가 다음날 가보면 세가가 구석구석 말끔히 청소되어

있고, 누가 만들었는지 음식도 잔뜩 쌓여 있더라는 얘기였다.

그리고 항주의 새로운 도박사는 조금씩 도박판에 끼는 날이 줄어들었다.

함박눈이 펑펑 내리던 어느 날 밤,

세가의 침실에서는 다정한 말들이 오고갔다.

"나 있잖아."

"또 뭐요?"

"새콤달콤한 딸기가 먹고 싶어."

"따, 딸기?"

"왜, 안 돼?"

"그게 아니라……."

"먹고 싶어, 응?"

"알았소……."

가주는 잔뜩 얼굴을 찌푸리고서 주섬주섬 옷을 챙겨입었다.

그는 대충 옷을 껴입고 밖으로 나왔다.

하늘에서는 함박눈이 내리고, 땅은 어느새 하얗게 별천지가 되어 있었다.

그는 하늘을 쳐다보며 푹 한숨을 쉬었다.

"이 엄동설한에 어디서 딸기를 구해오란 말이냐……."

그때, 안에서 주모가 말했다.

"여보? 출발했어?"

"지금 밖이 너무 추워서 그러는데, 눈이라도 그친 후에 다녀오면 안 되겠소?"

그러자 잔뜩 혀를 굴린 목소리가 들려왔다.

"어~서~!"

『대인배』 5권 完

저작권 보호!!
장르문학의 성장에 힘이 되어주십시오.

저작물의 무단 전재와 복제, 불법 다운로드!
이것은 관심이 아니라 무관심입니다!

작가님들은 창의적 열정과 시간을 투자해 자신의 꿈과 생계를 유지합니다.
한 권의 책을 만들어 많은 사람들은 자신의 인생과 미래를 설계합니다.

저작물 속에는 여러 사람의 노력과 희망이
담겨 있습니다!

저작물의 무단 전재와 복제, 불법 다운로드는 여러 사람들의 꿈과 생계를
위협함으로써 장르문학을 심각한 상황에 빠뜨리고 있습니다.

이제는 무관심이 아니라 관심으로 장르문학의
성장에 힘이 되어주세요.

[도서출판 **청어람**은 항시적인 저작권 보호를 통해 장르문학과
여러분의 희망을 지키겠습니다.]

도서출판 청어람

고검추산

허담 新무협 판타지 소설
FANTASTIC ORIENTAL HEROES

두 사형제가 난세(亂世)를 헤치며 만들어 나가는
기이막측(奇異莫測)한 강호(江湖) 이야기!

천하가 사패(四覇)의 대립으로 혼란스러운 시기,
세상이 혼탁해지자 강호(江湖)에는 온갖 은원(恩怨)이 넘쳐난다.
그러자 금전을 받고 은원을 해결해주는 돈벌레[黃金蟲]가 나타난다.
그런데… 비천한 황금충(黃金蟲) 무리 가운데 천하팔대고수(天下八大高手)가
나타나니…

천검(天劍) 능운백(陵雲白)!
천하팔대고수이자 강호제일 청부사의 이름이다.

그리고… 그가 두 제자를 들이니, 고검(孤劍)과 추산(秋山)이 그들이었다.
훗날 강호제일의 해결사가 되어 무림을 진동시킬 이들이었다.

유행이 아닌 자유추구ー
WWW. chungeoram.com

Book Publishing CHUNGEORAM

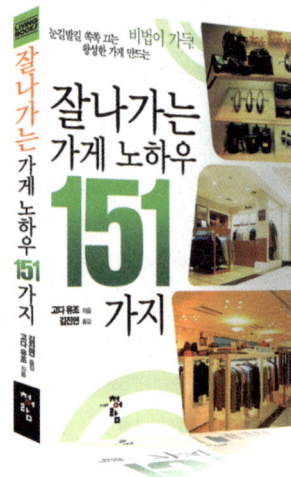

입소문을 통해 아는 분은 다 알고 계십니다!
올 한해 공인중개사 최고의 화제작!

1~2권 합본 | 이용훈 지음
3~4권 합본 | 이용훈 지음
5~6권 합본 | 이용훈 지음
용어해설 | 이용훈 지음

수험생 기본 필독서
만화 공인중개사

제목 : 만화공인중개사 쓰신 분에게 감사드립니다.

학원을 두 달 다녔어요. 근데 과연 그 숫자 외우기 그런 게 몇 문제나 나올까 생각을 했어요.
아니라는 생각이 드네요. 학원강의를 뒤로하고 서점을 갔어요. 내 머리에 가장 이해될 수 있는
책이 없나 하구요. 거기서 만화를 발견했어요. 무조건 세 번 봤어요. 3개월 걸렸어요. 문제집을 보라고
했는데 그건 시행을 못했어요. 근데 합격을 했네요.
어떻게 감사의 말을 해야 될지……
도서관에서 만화책 들고 다니니까 사람들이 비웃더라구요. 만화책으로 공인중개사를 공부한다고
미친 사람처럼 보더라구요. 근데 그거 다 감수하고 했던 내가 자랑스럽습니다.
어떻게 감사의 말을 해야 할지… 정말 감사합니다.
부디 행복하세요. 제 나이 41살에 좋은 스승을 만난 것 같습니다.
엎드려 감사드립니다.

-본사 홈페이지에 독자분이 올린 메일 中 에서 발췌-